KB237939

ⓒ권효정

Lee Jin

리진

리진

Lee Jin

신경숙 장편소설

1

문학동네

이 사랑은 두 사람을 긴 여행길에 오르게 했다.

**차
례**

1장

2장

1장

모 든 이 름 속 에 는 그 이름을 지닌 존재의
성품이 숨어 살고 있다

1. 두 사람

항구까지는 꼬박 사흘이 걸렸다.

구불구불한 산길을 지나고 흙먼지가 이는 신작로를 지나고 몇 척의 목선이 떠 있는 강이 내려다보이는 자갈길을 지났다. 이제 막 심은 푸릇한 벼가 바람에 흔들리고 있는 논두렁을 지나오기도 했다. 붉나무와 버찌나무 느릅나무를 지났고 금잔화와 꽃창포와 민들레와 불두화를 지났다. 야생 모란을 만나 그 앞에 잠시 머물기도 했다. 그녀는 가마 밖으로 스쳐 지나가는 풍경을 하나하나 눈에 담아두었다. 언제 다시 볼 수 있을지 모른다는 생각에.

그녀는 끝없이 펼쳐지는 잿빛 개펄을 처음 보았다.

하늘엔 구름 한 점 없고 바람 또한 조용했다. 눈을 들면 푸른 바닷물 멀리 올망졸망한 섬들이 불안한 조선의 앞날을 모르는 듯 꿈처럼 떠 있었다. 땔감을 비롯한 다양한 화물들을 실은 배들이 누가 밀었다 당겼다 하듯이 바다 위에서 출렁거렸다. 건어물 하치장에서 풍겨나오는 냄새가 항구를 뒤덮었다. 갓 잡아올린 생선이 좌판에 내놓였다. 짚신장수가 지게 가득 짚신을 지고 바쁘게 걸어갔다. 생업에 종사하는 사람들의 활기가 넘치는 풍경 위로, 아직 더위가 묻어 있지 않은 투명한 초여름 햇살이 쏟아져내렸다.

외교관인 그는 해마다 두 달가량을 배를 타고 다녔으나 궁중 무희였던 그녀는 처음으로 배에 오르려는 참이다.

발목까지 내려오는 헐렁한 판탈롱에 길이가 짧은 조끼를 입고 그 위에 벨트를 묶는 여행용 외투를 걸치고 있는, 키가 크고 흰 얼굴에 콧수염이 달린 불란서 남자와, 바람이 불면 덧입을 외투와 장미 수가 놓아진 모자를 손에 든, 물결치는 듯한 연푸른 드레스 차림의 조선 여자는 항구의 인파 속에서도 쉽게 눈에 띄었다. 장죽을 문 노인도, 나막신장수도, 무뢰배로 보이는 젊은 사내도, 맷국물이 흐르는 어린아이는 물론이고 외국인 조차지역에서 차를 팔거나 뗏목 위에 땔감을 싣고 온 청국인, 부두에서 쌀을 팔고 있는 일본인도 낯선 세계의 문을 열고 안을 들여다볼 때처럼 두 사람을 쳐다보았다.

특히 여자.

윤기 흐르고 숱이 많은 검은 머리카락을 빗질해 겹겹의 층을 지어 머리 꼭대기에 흑단처럼 올려놓은, 맑은 얼굴빛에 검푸른 구슬처럼 깊은 눈을 가진 여자. 누구나 양식 머리를 하고 다니는 때가 아니었으니 그녀는 당연히 눈에 띄었다.

그녀의 연푸른 드레스는 어깨로부터 허리를 지나 발목까지 S자로 흘러내렸다. 무명 흰 치마저고리를 입고 있는 부두의 여인들과는 단연 대조적이었다. 그녀가 한 걸음 뗄 때마다 구경꾼들이 앞으로 뒤로 몰려들었다. 처음엔 외국 여인인가? 바라봤다가, 어 조선 여인이네, 싶으면 다시 한번 호기심 어린 시선이 그녀의 얼굴에 노골적으로 머무르다, 콜랭의 얼마간은 오만해 보이는 코와 흰 피부, 갈색 곱슬머리로 옮겨갔다. 깊이 파인 드레스의 가슴 부분에 장식된 눈부신 흰 레이스에서 눈길을 떼지 못하는 이들도 있었다. 혹여 그녀의 드레스를 밟을라, 뒤로 한 발짝 물러서기도 했으나 그녀와 콜랭을 바라보는 부두 사람들의 시선에는 조선 여인이 웬 서양 여자 옷차림을 했을까? 싶은 의혹이 공통으로 서려 있었다. 어떤 이는 심사가 뒤틀리는지 눈살을 찌푸리거나 입술을 퉁명스럽게 내밀었다.

그녀의 매력은 단순히 옷차림이 다른 것에서 뿜어져나오는 것이 아니었다. 헤아릴 수 없이 많은 여인들 속에 섞여 있어도 단박 눈에 띄는 눈부신 목덜미와 깊은 눈동자 때문만도 아니었다. 그녀의 드러난 목덜미는 고개를 아래로 숙일 땐 다정하고, 몸의 중심이 바로 서 있을 땐 의연하며, 주변을 돌아보느라 부드럽게 접혀지고 휘어질 때는 손바닥을 갖다대고 싶게 관능적이었다.

가지런한 눈썹 밑에 자리잡은 그녀의 반짝이는 두 눈은 어떤가. 무슨 어려운 이야기를 해도 금세 알아듣고 고개를 끄덕일 것같이 깊은데다가 물기가 촉촉이 서려 있어 그 누구도 가보지 못한 바다 밑을 감추고 있는 듯 비밀스러워 보였다. 귀밑으로부터 뺨까지는 홍조가 들어 있어 얼핏 수줍음이 많은 사람인가 싶은데, 두 눈 사이로 좁은 듯 길게 뻗어 있는 콧마루가 수줍음을 넘어 총명함을 느끼게 했다. 독특한 조화였다. 가늘지도 도톰하지도 않은 꼭 다문 입술 주변엔 봄날 새싹에 붙어 있는 가는 솜털이 보송해 설령 그녀가 무슨 생뚱맞은 짓을 해도 깊이 껴안아주고 싶을 만큼 사랑스러움이 머물렀다. 그렇다고 그 사랑스러움이 그녀에게서 풍겨나오는 매력의 전부라고 할 수도 없었다. 그녀의 매력은 쏟아지는 시선 속에서도 지적일 정도로 단정하고 균형잡힌 걸음걸이를 유지하고 있는 데서 흘러나왔다. 그녀는 뭇 사람들의 곁눈질에 아랑곳하지 않았다. 장옷으로 얼굴을 가리고 습관처럼 숨듯이 움츠리고 걷는 조선 여인들하고는 확연히 구별되는 걸음걸이였다. 그녀는 걸음걸이의 균형을 흩뜨리지 않았다. 의혹에 찬 뭇 시선을 견디느라 저편 바다를 응시하는 따위의 행동도 하지 않았다. 가슴을 펴고 앞으로 나아가는 듯한 그녀의 걸음걸이는, 무엇이라도 뚫고 나갈 듯해 어떤 상황에서라도 자신을 잃지 않을 것 같은 강인함을 느끼게 했다. 자칫 시비를 걸고 싶은 걸음걸이는 그녀의 깊은 눈동자, 애잔한 목덜미, 얼굴에 넘쳐흐르는 사랑스러움이 덮어주었다. 흘끔거려도 흔들림 없는 그녀의 모습에 외려 그녀를 응시했던 사람들이 긴 한숨을 쉬며 바다로 시선을 거둬들였다.

그 사랑스러운 여자는, 낮은 산자락에 둘러싸여 있는 포구를 바라보고 있는 여자는, 제물포조약이 체결되기 이전인 불과 십여 년 전만 해도 이 항구가 손가락을 접으며 셀 수 있을 정도의 초가들이 조용하게 모여 살던 곳이었다는 것을 알지 못했다. 인생이든 상황이든 견딜 수 없게 되었을 때 오히려 변화가 찾아온다. 물로 둘러싸여 있던 작은 어촌마을은 조약 이후 급속히 변모했다. 조용했던 어촌마을에 일본 조계가 들어서는 것을 시작으로 청국을 비롯한 각국의 조계도 뒤따라 설치되었다. 이즈음의 제물포에는 열 사람 중 한 사람은 일본인이거나 청국인이었다. 그들이 제물포에 슬픔을 불어넣을지 생명력을 불어넣을지는 누구도 알 수 없었다.

배가 출항하기에 좋은 날씨라고 생각하다가 그녀는 얼른 생각을 거두었다.

도성의 통리교섭통상사무아문(統理交涉通商事務衙門) 독

판(督辦) 조병식으로부터 조선을 떠나는 콜랭의 배웅을 부탁받은 도호부사는 배를 타면서는 날씨가 좋다, 라는 말을 하지 않는 법이라는 말로 인사를 대신했다. 당장 날씨가 좋다고 말하는 것은 항해 도중 비바람이 몰아칠 수도 있다는 것을 암시한다면서. 배웅 나온 사람들 속에는 불란서에서 온 선교사들의 모습도 두엇 섞여 있었고 해관의 관리도 보였다. 불란서에서 건너와 조선에서 살고 있는 수녀들도 보였다.

사방을 휘둘러보아도 높이 솟아 있는 건물이나 큰 선박이 별로 눈에 띄지 않았다. 항구는 외항인데도 얼핏 정박항처럼 보였다. 가까운 곳의 파도도 먼 곳의 파도도 잔잔했다. 낮은 지붕들 사이로 이따금 하얀색의 유럽식 건축물들이 섞여 있었다. 높은 건물이 없으니 짚으로 지붕을 엮어올린 초가들은 나란나란 서로 어깨동무를 하고 있는 듯이 보였다. 그 사이로 햇살이 따스하게 스며들었다. 깊은 궁궐에서 거북 자수를 놓고 춤을 추며 지냈던 그녀는 항구에 퍼져 있는 온화한 햇살에 몸을 맡겼다. 궁궐의 높은 처마들은 서로 닿을 듯 잇대어져 있어 고개를 숙이면 늘 그늘이었다. 항구에 닿을 때까지 그녀는 처음 보는 것들, 처음 밟아보는 땅, 처음 만나는 사람들과 수도 없이 헤어졌다.

그곳은 어디였을까?

도성을 떠난 날 그들 일행은 지방의 객관에서 묵었다. 고사

목으로 울타리를 쳐놓은 산골의 객관에서는 조랑말을 열두어 마리나 기르고 있었다. 조랑말들은 푸우, 숨을 내쉬며 초원을 내달리고 싶어하는 듯했으나 당장은 울 안에 갇혀 있었다. 밤이 되자 창이 없는 방 안으로 산짐승 우는 소리가 들려왔다.

때로 어떤 다정한 말은 땅에 묻힌 씨앗처럼 사랑을 품게 만든다.

산골 객관에서 궁중 무희였던 리진은 불란서 공사 콜랭으로부터 나의 천사여, 라는 말을 들었다. 불어가 아닌 분명한 조선어였다. 그녀는 나의 천사, 라는 말보다 콜랭이 조선어를 어색하지 않게 발음한 것에 놀랐다. 콜랭은 틈틈이 조선어를 익혔지만 그가 발음하는 조선어는 늘 뭔가가 부족한 채 허공으로 흩어졌다.

바다 건너 그의 나라로 간다는 것은 전혀 다른 말씨를 쓰는 사람들과 함께한다는 뜻이었다. 그녀의 마음 한구석을 차지하고 있는 불안한 마음을 짐작했던 것일까. 콜랭은 그녀의 나라 조선의 산골 객관에서 나의 천사여, 라고 처음으로 완벽한 발음의 조선어를 썼다.

그의 입에서 조선어가 부드럽게 흘러나왔을 때 그녀는 언어가 감정을 변화시키는 순간을 경험했다. 리진, 이라는 발음도 아직 서툰 콜랭으로부터 조금도 어색하지 않은 조선어 발음을 듣게 된 순간, 그녀의 담담하던 마음이 일렁였던 것이다. 온종일 가마에 흔들린 피로가 물에 쓸리듯 밀려가고 따스한 물에 발을 담그고 있을 때처럼 그리운 감정이 그녀의 가슴속으로 밀려왔다. 콜랭을 처음 만난 날부터 여태 콜랭이 자신과 함께 있고 싶어할수록 한 걸음 물러서는 알 수 없는 마음이 되었던 거리감도 사라졌다.

그녀는 목덜미 위로 흑운처럼 쌓아올린 검은 머리를 풀어 내리고 콜랭 앞으로 브러시를 내밀며 말했다.

─페네 무아.

콜랭의 눈이 커졌다.

남자는 여자의 검은 머리를 빗어주는 걸 좋아했다. 남자가 여자에게 반지 다음으로 선물한 것도 그의 나라에서 가져온 브러시였다. 그러나 불행히도 여자는 아기나인 시절의 철인대비와 서씨 이외 다른 이가 그녀의 머리에 손을 대는 걸 좋아하지 않았다. 궁중의 동무들이 서로 머리를 빗어주고 두 가닥으로 땋은 뒤 다시 말아올려 자주색 댕기를 달아주며 웃음을 터뜨릴 때도 여자는 저만치 혼자 떨어져 실버들 머리를 만드느라 애를 쓰곤 했다. 때문에 사랑하는 여자의 머리를 빗어주고 싶을 때면 남자는 그녀에게 간절히 부탁하는 표정이 되곤 했다. 그런데 지금 여자가 스스로 머리를 풀고 남자 앞으로 브러시를 내주며 그의 나라 말로 머리를 빗겨달라고 한 것이다.

콜랭은 그녀가 내민 브러시를 받아들고 그녀 뒤로 가 앉았

16

다. 그녀가 머리를 빗겨달라고 할 줄은 상상하지 못했던 콜랭은 그녀의 윤기 흐르는 검은 머리에 잠깐 얼굴을 묻었다. 콜랭의 얼굴엔 웃음기가 어렸다. 콜랭이 리진, 이라고 어색하게 발음할 때면 웃음을 애써 참고 있을 때의 그녀의 표정과 같았다. 콜랭은 얼굴을 들고 그녀의 검은 머리를 빗어내리다가 페네무아? 그녀의 말투를 흉내내며 그녀 앞으로 얼굴을 내밀었다.

그녀가 그를 향해 돌아앉자 풍성한 검은 머리가 물결처럼 출렁였다. 그녀는 브러시를 든 채 웃고 있는 그의 얼굴을 두 손으로 감싸고 그의 입술에 자신의 입술을 포겠다. 그의 턱수염이 그녀의 뜨거워진 뺨에 닿았다. 그녀는 그의 손을 더듬었다. 그가 브러시를 방바닥에 내려놓았다. 푸우— 그들 사이로 콜랭이 종일 타고 왔던 말의 숨소리가 들려왔다. 도성에서 마부와 함께 대여한 말은 세 마리였다. 두 마리엔 짐을 실었다. 이십 리마다 백 냥씩을 지불했다. 세 마리 중의 한 마리는 배에 상처가 나 있었다. 객관에서 기르고 있던 조랑말들과 함께 여물을 먹고 깊은 잠에 빠져 있을 거였다. 말이 잠자는 중에 연거푸 내지르는 투레질 소리를 들으며 그녀는 콜랭이 입고 있는 상의 단추를 풀었다. 붉은빛이 감도는 콜랭의 가슴이 드러났다.

그녀는 콜랭을 돌아눕게 했다.

그녀의 손가락들이 콜랭의 갈색 뒷머리 속으로 들어가 머리카락을 다정히 헝클었다. 손에 힘을 주어 콜랭의 머리를 꾹 눌러주었다. 그녀의 손이 혈을 따라 뒷목으로, 등뼈로 내려왔다. 그녀의 손가락이 머무는 곳마다 그의 굳어 있던 몸은 긴장이 풀리고 유연해졌다. 리진의 손바닥은 머윗잎처럼 넓게 펼쳐졌다가 차돌처럼 꾹 쥐어졌다. 뒤집어졌다가 둥글게 뭉쳤다가 다시 활짝 펴졌다. 그때마다 달라지는 손바닥 힘이 콜랭의 몸에 기분좋은 열기를 퍼뜨렸다. 그 열기는 발바닥까지 전해지며 종일 말을 타고 와 피로로 꺼져 있던 콜랭의 욕망을 일깨웠다.

그녀의 손이 더 아래로 내려가기 전 콜랭은 바로 누웠다.

그녀의 얼굴을 끌어당겨 입맞추며 얇은 잠옷 위로 그녀의 가슴을 어루만졌다. 그녀의 혀가 부드럽게 휘감겨왔다. 그는 그녀의 몸을 가리고 있던 옷을 벗겨내렸다. 수줍은 듯 볼록하게 솟아 있는 그녀의 가슴이 맨손바닥에 닿았다. 콜랭의 아랫배에서 뜨거운 기운이 밀고 올라왔다. 그는 그녀를 바짝 끌어안았다. 서로 밀착된 두 사람의 몸이 곧 엉겨들었다. 두 사람의 손은 어둠 속에서 누가 먼저랄 것도 없이 서로의 몸을 찾아 헤맸다. 얼굴을 어루만지고 가슴을 파고들다가 등을 끌어안는 사이 그녀의 배가 슬며시 눌렸다. 콜랭의 입술은 그녀의 목덜미를 핥고 귓불을 깨물었다. 어느덧 그녀의 뺨에도 발그레한 열기가 피어올랐다. 깊은 눈에 서려 있던 우수가 사라지고 입술은 붉어졌다. 어느 순간 서로 위로 올라가려던 두 사람의 무륜이 허공에서 부딪쳤다. 그 순간엔 두 사람 사이에 어두운 상념이란 존재치 않았다.

달리는 말의 네 발굽은 땅에 닿을 틈이 없다.

두 사람의 격렬한 애무는 서로의 몸에 예민하게 반응해 전율을 불러일으켰다. 그녀와 그의 이마에 이슬 같은 땀방울이 송골송골 맺히고 미세한 떨림이 서로에게 전해졌다. 여자의 붉어진 몸이 남자 속으로 들어갔는지 남자의 단단한 몸이 여자 속으로 들어왔는지 분간이 되질 않았다. 어느 순간 두 사람의 머릿속에서 불꽃이 튀었다. 등이 휘어질 것 같은 정점의 순간, 그녀는 두 손으로 얼굴을 가렸다. 눈물방울을 그에게 보이고 싶지 않았다.

—진!

그녀는 대답하지 않았다.

—사랑하오!

그는 그녀의 눈물을 혀로 쓰다듬었다.

사슴일까? 매? 아니면 수달인지도. 가까운 곳에서 끼룩대는 울음소리가 들렸다.

그녀는 젖은 눈을 감은 채 바깥에서 들려오는 소리에 귀를 기울였다. 말의 숨소리가 아니었다. 땀에 젖은 채로 두 사람이 잠 속으로 빠져들던 조선 산골의 객관 마당으로 어미를 잃은 새끼 짐승이 토방 아래까지 기어들어 새벽이 다가올 때까지

칭얼거렸다.

　조선에서의 마지막 밤을 그녀는 항구에서 일본인이 경영하는 대불호텔에서 소아와 함께 잤다. 그녀들의 작별을 위한 콜랭의 배려였다. 소아는 여섯 살 때부터 궁에서 함께 살아온 그녀의 방 동무다. 두 여인은 함께 관례를 치르고 함께 춤을 추었다. 소아는 생과방에 있고 그녀는 수방에 있었으나 잠자리는 둘이 함께했다. 서로가 보이지 않으면 마음이 불안해 다른 일을 할 수 없던 시절을 두 사람은 공유하고 있었다. 어디서 무엇을 하고 있는지 서로 알고 있어야만 외연에 나가 태평무를 추어도 처용무와 무산향(舞山香)을 추어도 손 추임새와 발 디딤새가 안정이 되었다. 그녀는 소아의 행방을 알고 있어야 귀주머니나 타래버선에 목단이나 거북을 수놓을 때 손놀림이 틀리지 않았다. 소아 또한 그녀가 어디에서 무엇을 하고 있는지 알고 있어야 수라에 올리는 과일을 챙기는 손길이 안정되었다.

　그 밤, 소아는 그녀에게 흙과 꽃씨와 난 화분을 건네주었다. 소아와 함께 수방에서 키워왔던 것이다. 푸른 난을 보자 리진은 눈이 감겼다. 소아는 바다 건너 그의 나라에 가면 다른 화분에 분갈이를 하라고 했다. 분갈이 할 때 사용할 흙을 따로 싸오기까지 했다. 두 달 후에나 다다를 바다 건너의 낯선 땅에 뿌리라며 궁궐에 피었던 꽃들의 씨앗도 챙겨주었다. 싹이 트고 꽃이 피면 저 보듯 보라, 하였다. 그녀가 자수를 놓던 수방 앞의 흙을 썼으니 그 흙이 곧 궁의 흙이라 할 때, 소아의 눈이 흔들렸다. 차마 말할 수 없는 이별이 눈으로 전해졌다.

그녀는 배에 짐을 실을 때 소아가 준 난과 흙과 꽃씨를 따로 챙겨 선실에 실었다. 먼 바닷길에 소아의 기척이 함께 있으면 의지가 될 것 같았다.

새벽에 도성의 궁으로 돌아간다고 했던 소아는 그녀가 배에 오른 후에도 항구의 인파 속에서 장옷을 말아쥔 채 하염없이 손을 흔들었다. 자신은 배 위에 소아는 부두에 서 있게 되자, 그녀는 그제야 조선을 떠난다는 게 실감났다. 그녀의 눈 속에 담겨 있던 항구의 모든 풍경이 뒤로 사라졌다. 손을 흔들고 있는 소아의 모습만이 눈 속으로 가득 차올랐다. 문득 그녀의 시선이 항구로 들어서는 입구 흰 건물 앞에 꼼짝 않고 서 있는 남자에게 옮겨갔다. 모든 물체가 움직이는데, 소아마저 손을 흔드느라 움직이고 있는데, 남자만이 붙박인 듯 그 자리에 서 있었다. 배가 다시 한번 출항을 알리자 남자가 항구의 하얀 모래 앞으로 몇 걸음 나왔다. 그녀가 남자를 이제 발견했을 뿐, 그 남자는 이른 새벽부터 항구에 나와 있었다. 동이 트기 전부터 바닷가에 나와 개펄을 걸었다. 날이 밝고 그녀와 콜랭이 뭇사람들의 시선을 받으며 항구에 나타났을 때도, 그녀가 콜랭 곁에 서서 프랑스 선교사들과 작별을 나누며 목례를 할 때도,

인력거 옆의 수녀들이 그녀에게 다가와 성호를 그을 때도 그 남자는 거기에 서서 그녀를 지켜보고 있었다.

강연(姜淵)인가?

한순간 바다 밑을 숨기고 있는 듯 침착하던 그녀의 깊은 눈이 파도처럼 출렁거렸다. 그가 왔는가. 그녀가 몸을 돌리려 하는데 콜랭이 그녀의 목덜미에 손을 내려놓았다. 잠깐 균형을 잃고 허둥거리던 그녀의 흰 목덜미는 곧바로 세워지며 긴장과 탄력을 되찾았다.

그녀의 눈만은 강연을 찾아 항구를 헤매고 있었다.

—진.

콜랭이 그녀를 불렀으나 그녀는 듣지 못했다.

다섯 살 때 심은 매화나무가 아름드리로 굵어지는 것을 함께 보아온 강연이었다. 그녀의 시선은 항구를 오가는 사람들 사이를 부지런히 헤매고 다녔다. 끝없이 펼쳐진 개펄과 햇살이 쏟아지는 건물들 사이에서 허둥거렸다. 강연을 찾지 못한 그녀의 시선이 체념으로 허무하게 가라앉았다. 소아가 항구까지 배웅을 나올 수 있었던 것은 서상궁의 특별한 배려였다. 잘못 보았어, 그녀는 입술을 지그시 깨물었다. 자유로운 몸이 아닌 강연이 도성에서만 사흘이 걸리는 이곳까지 어떻게 올 수가 있겠는가. 게다가 강연은 그녀가 도성을 떠나기 며칠 전부터 볼 수조차 없었다. 그녀와 작별을 하지 않겠다는 듯 어디론가 숨어버렸다. 헛것을 본 게야, 그녀는 눈을 감았다.

다시 눈을 떴을 때 그녀의 눈은 고요해졌다.

—사랑하오……

그녀는 콜랭의 손등 위에 자신의 손을 갖다대었다.

그녀 곁에 서 있는 이 남자는 또 부두에서 마주치는 일본 남자와도, 청국 남자와도 얼마나 다른가.

조선 남자들과 같이 광대뼈가 나오지도 않았고 북방 남자들처럼 야성적으로 보이지도 않으며 눈이 째지지도 않았고 열이 많아 보이지도 성품이 활달하게 여겨지지도 않았다. 무엇보다 조선 남자들과 다른 점은 사랑한다, 는 말을 자연스럽게 한다는 것이었다. 이 모든 차이를 그가 입고 있는 서양 의복이 대변하고 있는 듯했다.

수많은 사람들과 같은 배에 올랐으면서도 그와 그녀는 다른 사람들과 따로인 듯 보였다. 긴 항해를 함께할 것인데도 그와 그녀는 둘만이 항해하는 사람처럼 보였다. 반짝거리며 숨어 있는 그녀의 동양의 눈과 눈썹이 짙고 쌍꺼풀이 크게 진 그의 서양의 눈이 어느 순간 허공에서 맞부딪쳤다. 그녀의 깊은 눈은 우수에 차 있고 그의 밝은 눈은 기쁨에 차 있었다.

—진.

바다를 향해 배가 힘차게 움직였다.

—당신은 당신이 얼마나 빛나는 영혼을 가졌는지 상상도

못할 거요. 여기서도 당신은 충분히 아름답지만 바다 건너 내 나라로 가면 당신은 자유인이 되는 것이오. 당신에게 내 나라 사람들도 깊이 반하고 말 것이오.

— ……

— 본국에 도착하면 난 당신과 정식으로 결혼식을 올릴 것이오. 많은 사람들을 초대하고 그들에게 내 사랑하는 신부가 얼마나 아름다운지 똑똑히 보여줄 것이오.

그녀는 가슴이 먹먹해졌다. 궁녀에게 관례는 혼례와 다름없다. 오래 전에 그녀는 궁에서 관례를 치른 몸이다. 서상궁이 마련해준 가슴과 등에 두 마리의 봉황이 수놓인 빛나는 녹원삼을 입던 날, 방 동무 소아가 초록 공단으로 만든 향낭이 담겨 있는, 딸기술이 달린 연봉매듭의 향갑노리개를 원삼에 달아주었다. 정성을 들인 어여머리 위에 화관을 쓰고 예를 올렸다. 잔칫날처럼 화전을 만들어 윗전에 올리고 생치전(生雉廛)에서 산꿩을 구해 방 동무들에게 음식 대접을 했다. 그렇게 관례를 치렀으니 그녀는 엄밀히 말해 왕의 여자여야 했다. 그러나 왕은 그에게 그녀를 보냈다.

— 약속하오.

그녀의 마음이 아득해졌다. 슬픔인지 기쁨인지 모를 감정이 밀려들었다. 남자가 본국, 이라고 부르는 남자의 나라를 떠올려보려 했으나 허사였다. 틈이 나는 대로 남자가 본국이라고 말하는 나라의 거리들을 외워두고 그곳에서 사는 사람들을 책을 통해 알고자 했으나, 지금 겨우 생각해낸 것은 그 나라 대통령의 이름이 사디 카르노라는 것뿐이었다. 왕이 아닌 대통령이 존재하는 그의 나라는 이 바다 끝 어디에 있는 걸까. 바닷길을 두 달이나 가야 도착한다는 남자의 나라, 그곳 거리에는 무엇이 있을 것이며 산하는 어떻게 생겼으며 어떤 신발을 신은 사람들이 걷고 있을까. 새삼스럽게 밀려드는 앞날에 대한 기대와 불안으로 인해 그녀의 눈이 흔들렸다.

그녀의 나라 조선에 전임공사로 부임해왔던 그가 본국의 부름을 받아 돌아간다고 하자 왕은 그의 귀국을 축원했다. 본국으로 돌아가도 조선을 잊지 말라, 고 당부했다. 공사 곁에 서 있는 그녀를 보던 왕은 눈을 지그시 감았다. 왕은 창백하고 피로해 보였다. 청나라와 일본 사이에서, 백성과 신하 사이에서, 아버지와 아내 사이에서 날로 나약해져가고 있는 왕은 외롭고도 서글퍼 보였다. 이윽고 눈을 가늘게 뜬 왕은 그녀에게 고개를 들라고 했다. 그녀는 고개를 들어 금빛 용이 꿈틀거리는 왕의 적색 곤룡포를 응시했다. 잠시 침묵이 흘렀다. 왕의 입에서 뜻밖의 말이 흘러나왔다.

—내 너에게 성을 내리느니, 오늘부터 이(李)씨다. 이름은 진(眞)으로 하라.

바다 건너로 자신을 데리고 가겠다는 남자 곁에 서 있던 그녀의 몸이 한 차례 진동하듯 떨렸다. 수만 가지 감정이 뒤섞여 머릿속을 흘러다니는데, 바싹 마른 입에서 왕을 향해 간신히 새어나온 말은 황공하옵니다, 였다.

왕은 외세로 어지러운 시절에 초대공사로 부임받아 조선에 왔다 가는 프랑스 공사 콜랭을 향해 말했다.

—이제 저 아이는 나와 같은 성이오. 오늘 나의 결정은 공사가 법국으로 돌아가 저 아이를 부인으로 맞이하는 데 도움이 되길 바라는 뜻이오.

이름을 통해야 우리는 비로소 그 존재를 들여다볼 수 있다. 왕이 그녀에게 내린 이름을 그는 거리낌없이 받아들이고 불렀다. 춤을 출 때는 서여령(女伶)으로, 자수를 놓을 때는 서나인으로, 소아에게는 진진으로, 강연에게는 은방울로 불리었던 그녀는 이제 리진이었다.

왕이 그녀에게 성과 이름을 하사한 밤에 왕비는 그녀를 중궁으로 불렀다. 그녀가 프랑스 공사관으로 나가 살기 시작한 지 삼 년 만의 일이었다. 왕비와 그녀 사이에 커피와 케이크가 놓였다. 왕비는 더 가까이 오라, 하였다. 왕비의 자당의에 녹빛이 감도는 국화매듭의 단작노리개가 매달려 있었다. 노리개의 부드러운 술이 눈앞에서 찰랑일 만큼 그녀가 왕비와 가까이 앉기도 너무 오랜만이었다.

왕비는 그녀에게 전하께서 왕가의 이씨 성을 하사하신 것은 너를 딸로 여기는 것과 같다, 하였다. 리진은 옥첩지를 단정히 꽂고 있는 왕비의 흰 얼굴을 마주 볼 수 없어 깊이 머리를 숙였다.

─그러니 너를 떠나보내는 내 마음 또한 여염집 같으면 여식을 시집보내는 마음과 같다.

리진은 더욱 깊이 머리를 숙였다.

─이름의 주인이 어떻게 사느냐에 그 이름의 느낌이 생기는 게다. 사람들이 네 이름을 부를 때면 은혜의 마음이 일어나도록 아름답게 살라.

왕비의 자상한 이름을 그녀는 반듯이 들었다.

─내게 이르고 싶은 말은 없느냐?

리진의 가슴속엔 삼 년 전 갑자기 궁을 떠난 이후 만날 수 없었던 왕비를 향해 하고 싶었던 말들이 켜켜이 쌓여 있었다. 원망과 사랑과 근심과 슬픔의 말들.

리진은 솟아오르는 말들을 누르고 고개를 들었다.

─춘앵무(春鶯舞)를 추어드리고 싶사옵니다.

왕비의 갸름한 얼굴이 생각에 잠겼다. 궁중에서 그녀의 춤을 가장 기쁘게 즐기는 사람은 어쩌면 왕비였다. 왕비는 궁중의 모든 무희들 중 춘앵무를 가장 으뜸으로 추는 이는 서여령이라며 그녀를 칭찬했다.

─그리 하라.

그녀는 공손히 물러났다. 사뿐히 화문석 위로 올라갔다. 춘앵무는 봄날 내연에서 가장 많이 추는 독무였다. 비리, 타탑고, 낙화유수, 화전태…… 궁중무의 모든 춤사위가 춘앵무 속에 녹아들어 있었다. 음악도 없이 화관도 쓰지 않고 앵삼을 입지도 못한 채 추는 춤이었으나 리진의 움직임은 절제되어 있고 정성스러웠다. 어쩌면 왕비 앞에서 마지막으로 추는 춤일지도 몰랐다.

─나는 개화된 세상에 나가보길 꿈꾸나 이 궁궐에서 한 발짝도 옮기지 못할 처지이니 네가 부럽구나.

왕비의 목소리가 땀에 젖어가는 그녀의 귀에 흰 구름처럼 일렁거렸다.

─너는 사랑을 얻어 개화된 세상에 먼저 나가는 것이니라. 서러워 마라.

리진은 춤으로 나무가 되려 하고 불이 되려 했다.

─다른 세상에 가서 여태의 족쇄를 풀어버리고 많은 것을 새로 배우고 익혀 새 삶을 가지거라.

리진은 춤으로 땅이 되려 하고 쇠가 되려 했다.

─조선의 여인으로 먼 길을 떠나는 건 네가 처음일 게야.

드디어는 물이 되려 했다.

─너를 보내는 이 가련한 나라를 잊지 말아라.

잊지 않을 것이다. 오래 전에 이미 죽은 사람으로 여겨져 국장까지 치른 고난을 겪은 왕비는 더욱이 잊지 않을 것이다. 리진은 봄날 나뭇가지에 앉아 노래하는 꾀꼬리처럼 왕비의 옥체가 고요하고 평화롭기를 발 디딤새 하나하나에도 빌었다.

땀에 흠씬 젖은 리진이 다시 왕비 앞에 고개를 숙였다.

―외통을 뚫어줄 테니 네가 먼 나라에서 보고 듣고 느끼는 것을 글로 적어 보내겠느냐?

왕비가 꽂고 있는 백옥비녀의 용문양이 리진의 눈앞에서 어른거렸다. 왕비가 조선이 아닌 다른 나라 사람들이 어떤 법을 따르며 아플 때는 어떤 치료를 받으며 무엇을 먹고 무엇을 입으며 무엇을 배우는지 늘 궁금해하는 것은 누구든 다 아는 일이었다.

―그리 하겠느냐?

리진은 그리 하겠노라 했다.

―서찰이 도착하려면 두어 달씩은 걸릴 것이나 나는 벌써부터 네가 보내올 서찰이 기다려지는구나.

왕비는 땀이 식지 않아 온 얼굴이 살굿빛인 리진에게 모란도를 하사하였다. 내연이 있을 때 그날을 빛낸 무희에게 종종 하사품을 내리던 왕비였다.

―그 나라에 가면 벽에 걸어놓고 보거라.

왕비는 손수 모란도를 접어 리진의 손에 쥐여주었다.

―잘 가거라.

왕비는 손가락에 끼고 있던 백통가락지를 빼어 리진의 손가락에 끼워주었다.

여기가 어디일까?

몸이 출렁거리는 것 같아 리진은 눈을 번쩍 떴다. 혼곤한 꿈에 짓눌려 그녀의 이마와 풀어내린 검은 머리에 땀이 촉촉이 배어 있다. 리진은 손바닥으로 얼굴을 쓸었다. 손가락에 끼고 있던 백통가락지가 얼굴에 쓸렸다. 손등을 펴고 지환을 내려다보는 그녀의 앳된 얼굴에 우수가 어렸다.

리진은 침상에서 몸을 반쯤 일으켜 사방을 둘러보았다. 오랫동안 굳게 닫혀 있었던 조선해협의 거친 물살을 떠나 대양을 향해 앞으로 나아가고 있는 배의 선창으로 스며들어온 달빛이 주변을 어슴푸레 밝히고 있다. 침상 맞은편 벽에는 로만 칼라 아래로 둥근 금색 단추들이 달린 그의 외교관복이 옷걸이에 바르게 걸려 있었다. 가슴과 소매부분에 짧은 금색 술이 반짝이는 견장들과 함께 붙어 있다. 콜랭은 배 안에서는 입지도 않을 관복을 따로 챙기더니 벽에 걸어두었다. 공사관에서도 그는 관복을 입지 않을 때에는 잘 보이는 곳에 바르게 걸어놓곤 했다. 부두 사람들의 시선을 단박에 끌었던 그녀의 아르누보 스타일의 연푸른 드레스가 외교관복 곁에 나란히 걸려 있는 걸 리진은 가만히 바라보았다. 엉덩이 근처까지 내려오는 검은색 울 질감의 양복 상의, 작은 깃이 달린 줄무늬 조끼, 폭이 약간 좁은 바지, 무릎까지 내려오는 여행용 외투가 옷걸이에 겹쳐서 걸려 있고, 그 곁엔 챙 좁은 그의 검은 모자와 장미 자수를 놓은 그녀의 모자가 나란히 걸려 있다.

리진은 손을 뻗었다.

그녀에게 셀 수도 없이 많은 일들을 맹세하고 싶어하는 그의 이마를 가만히 쓸어보았다. 낮에 눈을 뜨고 있을 때의 그는 신중하고 때로 단호해 보이는데, 밤에 잠들어 있는 그는 아무 경계심 없는 순한 짐승 같다.

상해에서 증기선 빌라 호로 갈아탄 첫 밤, 그는 잠이 들기 전에 그녀에게 또 무엇인가를 약속하려고 했다.

―리진.

어둠이 내리면서부터 바다는 푸른빛 대신 검은 빛깔이 되어갔다. 그녀는 깜박 터져나오려는 웃음을 참느라 입술을 깨물어야 했다. 그가 그녀를 리진이라 부를 때마다, 익숙지 않은 발음 때문에 그의 목은 뻣뻣해졌다. 그녀는 밀려나오는 웃음을 참았다. 웃어버리고 나면 그가 다시는 자신을 향해 리진, 이라고 부르지 못할 것 같았으므로.

―콜랭……

조선의 여인으로는 처음으로 불란서로 가는 배에 타고 있는 그녀는 바다 위에 떠 있다는 두려움을 물리치려고 잠들어 있는 남자의 이름을 가만히 불러보았다.

콜랭 빅토르 오귀스트 드 플랑시(Collin Victor Auguste de Plancy).

이 낯선 이름이 지금 그녀가 이마를 쓸어내리며 나지막이 불러보고 있는 남자의 이름이다. 모든 이름 속에는 그 이름을 지닌 존재의 성품이 숨어 살고 있다. 이제는 떠나온 땅 조선에서 콜랭은 그녀에게 그의 긴 이름을 수도 없이 가르쳐주고 그녀가 불러주기를 원했다. 하지만 그녀는 남자의 이름을 단 한 번도 불러주지 않았다. 콜랭이 원하면 원할수록 오히려 더 그의 이름을 부르지 못한 이유는, 그의 이름을 부르고 나면 그녀가 모르는 그의 모습이 튀어나와 모든 것을 돌이킬 수 없이 바꿔놓고 말 것 같아서였다. 조선을 떠난 후부터 그녀, 리진은 이따금 바로 옆에 서 있는 콜랭도 눈치채지 못하게 리진······ 이라고 스스로 나직이 웅얼거려보기도 했다. 리진, 이라는 이름은 그 이름의 주인인 그녀에게조차 아직 실감이 없었다.

그녀는 고개를 돌려 선실 침상 머리맡에 걸어놓은 모란도를 바라보았다. 헤어진 사람들이 남긴 흔적들은 불안으로 인해 산만해진 마음을 달래준다. 어슴푸레한 빛 속에서도 모란은 근심 없이 화사하다. 그 아래엔 백자 항아리, 그 옆엔 푸른 난이 심어진 화분이 놓여 있다. 흙과 꽃씨들이 들어 있는 상자는 감색 베보자기로 튼튼히 여며져 있고, 그 곁에 그보다 더 단단히 매듭지어진 무명베 보자기 안에는 선종한 블랑 주교가 필사한 불한사전이 들어 있다. 조선을 떠나게 되었을 때 맨 먼저 챙긴 것이다. 닳고 닳도록 보아온 사전을 잃어버리지 않게 무명베 보자기에 싸면서 리진은 지금까지 보아온 것보다 훨씬 더 많이 이 사전을 들여다보게 될 것임을 예감했다.

그녀는 그의 잠이 깰까봐 조심스럽게 몸을 일으켰다. 드레스 위에 덧입던 원통형의 얇은 외투를 잠옷 위에 덧입고 살그머니 선실 문을 열었다. 그녀는 망망대해를 향해 나아가고 있는 빌라 호의 타원형 갑판으로 걸어나왔다. 세상의 물이 모두 바다로 밀려들어도 바다는 넘치지 않는다. 빌라 호는 칠백 톤이 넘는 무게를 거친 바다에 띄우고 나아가고 있다. 선체가 넓고 흘수가 깊어 화물을 충분히 실을 수 있었다. 처음 보는 증기선을 신기해하자, 콜랭은 배의 선장 자리에는 대통령도 앉지 못한다고 말했다. 왕도 앉지 못할까? 선원들은 배 안에서 절대로 휘파람을 불지 않는다고도 했다. 휘파람이 거친 바람을 불러들인다 믿는다면서.

기관실에서 들려오는 둔중한 기계음이 뱃전에 부딪는 파도소리에 섞였다. 배 앞머리와 대형 돛을 휘감아온 바닷바람이 그녀의 옷자락을 휘감았다. 바람에 밀리지 않겠다는 듯 그녀는 외투를 두 손으로 부여잡았다. 다리가 휘청거렸다. 파도가 거칠게 밀려들었다. 배에 부딪혀 다시 밀려갔다.

밀려와라, 검푸른 바다여.

그녀는 갑판에 서서 몸을 바다 쪽으로 내밀어보았다. 끝도 없이 펼쳐지는 망망대해의 검은 물결 위 하늘엔 둥글게 차오른 달이 떠 있다. 바닷물과 둥근 달뿐이다. 그녀는 흰 얼음조각이 산산이 부서지는 것 같은 파도의 포말을 바라보았다. 수백 마리의 흰 말들이 좌우에서 채찍을 맞으며 달려왔다가 홀연 사라지는 형상이다. 거친 바람이 밤바다를 깊이 응시하고 있는 그녀의 외투를 벗겨버렸다. 그녀는 반사적으로 검푸른 바다 위로 펄럭이며 날아가는 외투를 붙잡으려고 두 팔을 휘저었다. 허사였다. 그녀를 배 위에 남겨두고 외투는 밤바다 위를 자유롭게 펄럭이며 떠다녔다. 바람을 따라 위로 치솟았다가 바닷물에 닿을 듯하다가 조금 멀어지더니 곧 실루엣조차 보이지 않았다.

그녀는 바람을 밀쳐내며 몸을 바로 세웠다. 두 팔을 어깨 위로 올리고 발을 살짝 들어올렸다. 쌍쌍의 나비가 수놓아진 무복을 입은 듯 그녀의 몸놀림이 가벼워졌다. 파도가 밀려들었다. 바람이 밀려들었다. 밤바다 위에 쏟아지는 달빛이 밀려들었다. 그녀의 몸이 부드럽게 풀렸다. 밀려드는 것들을 밀어내며 그녀는 스스로의 리듬에 몸을 맡겼다. 그녀의 얼굴에 미소가 번졌다.

새벽녘에 잠에서 깬 콜랭은 그녀를 찾아 갑판으로 나오다가 바다에 홀린 듯 춤을 추고 있는 리진을 발견했다. 오래 같이 지내고 싶은 사람일수록 그를 변화시키려 해선 안 된다. 콜랭이라 해도, 아니 콜랭이어서, 달빛이 쏟아지는 파도 옆에서 춤사위에 몰입해 있는 그녀를 부를 수가 없었다. 바닷바람 속에서도 그녀의 전신엔 이슬 같은 땀방울이 맺혔다. 밤바람이 차갑게 몰아치는데도 뜨거운 열기가 그녀의 얼굴 목 가슴 허리 다리로 휘돌았다. 그녀는 이제 바다가 무섭지도 마음이 무겁지도 않았다. 파도같이 바람같이 달빛같이 가벼워진 그녀는 한 마리 나비와 같았다.

상해를 떠난 증기선 빌라 호는 이제 사이공을 지나 싱가포르 콜롬보 수에즈 운하를 가로질러 남자의 나라 프랑스로 조선의 무희를 데려갈 것이다. 춤사위를 멈춘 그녀가 바다를 향해 몸을 쑥 내밀었다. 숨을 내쉬었다. 숨죽이며 그녀의 춤을 지켜보고 있던 콜랭이 그녀에게 다가가 목덜미에 손을 얹었다. 숨이 안정된 그녀는 갑판의 난간에 몸을 기대고 눈앞에 끝도 없이 펼쳐진 광막한 바다를 바라보았다.

때는 1891년.
리진의 나이 스물둘이었다.

2. 배꽃아이

　북쪽에서 태어난 말은 북쪽 바람을 향해 달린다. 남쪽에서 날아온 새는 남으로 향한 나뭇가지에 골라 앉는다.

　리진의 태생지는 반촌이다.

　창경궁 오른편 경모궁 곁엔 궁지가 파여 있다. 그 물을 건너려면 응란교를 건너야 했다. 응란교 북쪽이 반촌이었다. 벽옹(辟雍)은, 주나라 때 천자의 나라의 학교를 칭하던 이름이다. 제후의 나라의 학교는 반궁이라 했다. 벽옹은 큰 연못 안에 지어졌다. 연못 안이었으니 벽옹을 둘러싼 사방으로 사시사철 물이 흘렀다. 당연히 벽옹으로 들어가기 위해 동서남북으로 다리가 놓였다. 벽옹과 달리 반궁은 동쪽과 서쪽으로만 반달 모양의 물이 흘렀다. 벽옹과 견주어 물이 반밖에 되지 않는 셈이다. 성균관이 반궁으로도 불리게 된 연유이다. 반궁의 물을 반수라 불렸고 그 주위의 마을은 반촌이 되었다. 반촌에 사는 사람들은 반인으로 불리었다.

리진 일가가 어떻게 반촌에 살게 되었는지 아는 이는 없다.

다만 진이는 봄이 되면 눈부시게 흰 꽃이 피어나던 배나무를 기억했다. 배를 처음 먹었던 때를 선명하게 기억하듯이.

세상 끝에 존재한 듯이 폐쇄되어 있던 조선에도 해마다 봄이 찾아왔다. 부드러운 봄바람은 반촌의 동쪽 물가에 있던 허름한 그 초가로도 불어왔다. 반촌 동쪽 물가의 그 집은 봄이 되면 이른 아침부터 햇살이 집 안으로 들어왔다. 물가 건너로는 배밭이 드넓게 펼쳐졌다. 겨우내 비워둔 사람들의 위장이 기름기를 찾는 탓이었을까. 봄이 오면 유난히 현방에는 소머리가 여럿 진열되었다. 하루에 오백 마리의 소가 도살되는 계절에도 산수유와 매화가 진달래와 동백이 함께 피어났다. 흰 배꽃이 뒤따라 피었다. 푸른 하늘 아래의 배나무엔 눈송이 같은 배꽃이 가득 매달렸다. 가벼운 바람에도 허공을 떠도는 배꽃은 비가 오면 땅 위로 수북이 떨어져 쌓여 빗물에 쓸려갔다.

리진의 어머니는 배꽃이 피길 기다렸던 것일까.

꽃을 보고 가야겠다고 마음먹은 사람처럼 겨우내 피 섞인 가래를 뱉어내던 진이의 어머니는 바람이 바뀌고 햇살이 은성해지고 배꽃이 숨을 토해내며 만발하자 숨을 놓았다. 어린 진이가 눈에 밟혀 손을 꼭 붙든 채로.

진이의 어머니는 임종할 때 입었던 옷을 그대로 입은 채 땅에 묻혔다. 외로운 죽음은 유언 한마디 남기지 않았다. 같이 바느질을 하며 살던 반촌의 서씨가 망연히 진이의 어머니 곁에 있었다. 서씨는 역관의 딸로 양반가에 시집을 갔으나 사 년이 지나도 아이를 낳지 못하자 그 집에서 스스로 나온 여인이었다. 서씨의 아버지 서역관은 한때 고관 집에서나 타는 가마를 서씨에게 타게 했을 정도로 부귀를 누렸다. 서씨가 시집에서 나왔을 때 서역관은 반촌의 물가에 집을 얻어 서씨의 거처를 마련해주었다. 그것으로 집안과의 인연은 끝이라 했다. 누구도 따를 수 없는 바느질 솜씨를 지녔던 서씨는 그곳에서 온종일 바느질을 하며 보냈다. 아우 서상궁이 뒤를 봐주어 궁에서 미처 다 소화하지 못한 침방거리를 맡아 했다. 서씨가 지방에서 성균관 근처로 올라온 선비들에게 방을 내주고 밥을 대주기도 하던 무렵, 미국 상선 제너럴셔먼 호가 대동강을 건너 평양 부근까지 들어왔다. 평안감사 박규수를 중심으로 모여든 조선의 민병과 관병들은 제너럴셔먼 호를 불태웠다. 미국의 그란트 대통령은 새로운 철갑선을 조선에 보냈다. 불타버린 제너럴셔먼 호에 대해 사과를 받고 통상조약을 체결하려는 게 목적이었다. 반촌에서 이름을 숨긴 채 짐꾼으로 살던 진이의 아버지는 민병을 자원해 강화도로 떠났다. 이때 진이는 어머니 뱃속에 있었다.

때로 죽음은 무엇으로도 막을 수 없는 무기가 된다.

총이라는 신식 무기를 가진 미국에 대항하는 조선인의 무기는 돌과 창이 대부분이었다. 재래식 무기도 못 가진 민간인들은 맨주먹으로 나섰다. 수십 명이 한꺼번에 총탄에 맞아 바닷물 속으로 처박혔다. 어떤 이들은 외국인에게 죽느니…… 절망한 채 스스로를 척살했다. 물 속으로 투신하는 사람 또한 숱했다. 다만 물러서지는 않았다. 죽음으로 맞서는 이 끈질긴 저항으로 인해 미국은 통상교섭을 성공시킬 수가 없었다. 그랜트 대통령이 보낸 철갑선은 전리품들을 싣고 사십여 일 만에 중국으로 철수했다.

미국 함대가 강화도를 떠난 후에도 진이의 아버지는 반촌으로 돌아오지 않았다.

진이의 어머니는 혼자서 유복녀를 낳았다.

조선이 나라의 문을 걸어잠그고 척화비를 세우던 때 청국은 중체서용론으로 영국과 프랑스에 유학생을 내보냈다. 나침반이나 인쇄술 같은 선진기술을 서양에 전하던 중국이 역으로 배움의 사절을 내보낸 이례적인 일이었다. 일본 또한 미국 시찰단에 오십여 명의 유학생을 포함시켰다. 그 유학생 대열에 끼어 있던 요코하마의 여덟 살 일본 소녀는 환송 나온 사람들을 향해 미국의 여성계를 시찰할 수 있게 되어 꿈에 부풀어 있으며, 언젠가는 자국의 여성들을 개화의 주체로 이끌기 위해 여성을 위한 고등교육기관을 만드는 게 희망이라며 당찬 포부를 밝혔다. 프랑스는 세잔, 모네, 르누아르, 드가를 비롯한 젊은 화가들이 기존의 살롱전을 깡그리 무시하고 새로운 방식의 독창적인 전람회를 열어 전통 화단에 파란을 일으키고 있었다.

리진의 어머니는 낮에는 갓난아이 진이를 업고 서씨 집으로 건너가 서씨와 함께 바느질을 했다. 서씨는 진이의 어머니와 그렇게 동무처럼 오래 같이 지낼 수 있으리라 생각했다. 갑작스럽게 어미를 잃은 어린것을 품에 안게 된 서씨는 아이를 이윽히 들여다보았다.

─어여쁘기도 하지.

천지간에 혼자 남은 줄을 모르는 어린것의 눈은 맑겠다. 다섯 살이 되도록 그저 애기야, 로 불렸던 어린것은 눈을 깜박거리기만 했다.

─네 어미는 참으로 야속하고 무심하구나. 이렇게 너만 남기고 갈 거면 너에 대해서 몇 마디는 남기고 가야 될 것 아니냐. 네가 누구인지, 성은 무엇인지…… 이름이라도 지어줘야 할 것 아니냐.

─무엇이 그리 두려워 성도 밝히지 않고 간단 말이냐.

반촌에는 간혹 나랏법을 어겨가며 생솔을 베거나 밀주를 빚어 시전에 내다팔다 포졸에 쫓겨다니던 사람들이 숨어들기도 했다. 포졸들은 양반들이 모여 사는 반촌으로 함부로 들어올

수가 없었다. 벌목꾼이 죽을힘을 다해 반촌으로 숨어들어도 특령이 없으면 잡아들일 수가 없었다. 그렇게 반촌으로 숨어든 사람들은 반촌 바깥으로 나가질 않았다. 성균관 유생들의 식량을 위해 소와 돼지를 도살하는 사람이 되기도 하고 땅을 얻어 농사를 짓기도 했으며, 여자아이는 성균관 소속의 여종이 되고 남자아이는 저육전의 상인이 되기도 했다.

늘 닭 울음소리와 개 짖는 소리가 뒤섞여 들리던 반촌.

여름밤엔 개구리 우는 소리가 방 안까지 파고들었다. 어느 집 사립문이나 경계심 없이 열려 있던 반촌에서 진이는 겨우 다섯 살에 어미를 잃고 천지간에 혼자 남았다.

후사도 없이 젊은 나이에 왕실의 윗자리인 대비로 봉해진 철인대비전의 수방상궁이었던 서상궁이 대궐의 급작스런 변화로 인해 중궁전으로 자리를 옮겼을 때였다.

반촌의 서씨 집 뒤란에는 대나무가 울창했다. 사람이든 새든 나무를 향해서든 사랑을 품은 자는 기도를 하게 된다. 진이와 둘이 살게 된 후 서씨는 푸른 대나무숲 앞에 물을 떠놓고 기도를 하는 일로 하루를 시작했다. 댓잎이 사그락거리는 소리를 들으며 잠이 든 진이의 꿈속으로는 늘 배꽃이 아른거렸다. 짙푸른 댓잎 사이로 후드득거리는 빗소리를 듣고 있는데도 눈앞으론 배꽃이 밀려와 쌓이는 환영이 펼쳐졌다. 진이는 배꽃이 어우러진 나무 사이를 걸어가다, 수련이 떠 있는 깊이를 알 수 없는 연못을 만나 망설임도 없이 그 물 속으로 뛰어드는 꿈을 반복해서 꾸었다.

서상궁이 바느질감을 챙겨 반촌의 서씨 집을 찾던 날도 진이는 낮꿈을 꾸는 중이었다. 궁에서도 귀하게 쓰이는 후추를 언니 서씨에게 보여주고 싶은 마음에 서상궁의 발걸음은 빨랐다. 아우 서상궁과의 오랜만의 해후는 서씨로 하여금 버선발로 댓돌을 딛게 만들었다. 아우인데도 서씨는 서상궁을 마마님, 이라 칭했다. 여덟 살에 입궁해 상궁의 반열에 오른 서상궁에게서는 기품이 풍겨나왔다. 얼굴을 가리고 있던 장옷을 걸어내리던 서상궁은 방 안에 눕혀져 있는 아이를 먼저 보았다.

─이 아이는 누구요?

진이를 어떻게 설명해야 할지 몰라 서씨는 잠시 망설였다.

─웬 아이요, 성!

─우리 집에 자주 와서 일감을 얻어가던 이 기억납니까? 저기 물가에 살던…… 그이가 저 아이를 남겨놓고 저세상으로 갔소. 그래 갈 곳이 없어……

─몇살인데?

─이제 다섯 살 되었지요.

─이름이?

─아직 이름이 없소.

─이름이 없다니요? 그럼 이 아이를 뭐라 불렀어요?

—그냥 애기야…… 그리 불렀지요. 가끔 이화라고도 하고.

—이화?

—배꽃 말이오. 집 앞이 배나무 천지여서……

서상궁은 잠든 아이를 물끄러미 바라보았다.

—이름이야 지어준다 해도 아이의 성을 모르니……

—어찌 아이의 성을 모르오?

—가까이 살았어도 무슨 사연이 있는지 집안 이야기를 통하질 않아서.

—죄를 지어 이곳에 왔나보지요?

—글쎄…… 천주신앙인이었을까? 병인년에 집안이 풍비박산 났다는 얘기는 얼핏 들은 적이 있는데…… 병인년이면 천주신앙인들이 살아남질 못했던 때이니, 그 이후에 이곳에 들어왔다면 그럴 수도 있겠구만. 강화도에 난리가 났을 때 아이 아비가 일부러 그곳에 민병으로 자원해간 것도 그래서였나보오. 공을 세우면 살길이 생길지도 모른다며 갔다 하니…… 떠나서는 다시 돌아오지 않았지요.

—그래 이 아이는 성이 거둘 거요?

—다른 방도가 없소.

서상궁은 잠들어 있는 아이의 이마에 살며시 손을 얹었다.

—참으로 어여쁘다. 이리 어여뻐 부모를 일찍 여의었나……

잠든 채로 배꽃 사이를 헤매는 꿈을 꾸고 있는 어린 진이는 물 없는 곳의 기러기 같았다.

―내가 이 아이…… 궁으로 데려갈까, 성?

초여름 비에 댓잎소리가 유난하던 날 진이는 서상궁이 보낸 이나인 등에 업혀 궁으로 들어갔다. 연민이 없이는 생겨나지 않는 것이 사랑이다. 서씨는 아이를 궁으로 보내는 일이 잘하는 일인지 알 수 없어 번민했다. 아이를 곁에 두고 싶은 마음이 물방울처럼 솟았다. 서상궁은 지금 아이를 궁으로 들인다고 해서 꼭 궁녀로 만들겠다는 뜻은 아니라 했다.

대궐에는 후사를 두지 못한 대비가 세 사람이나 쓸쓸한 날들을 보내고 있는 중이었다. 서상궁의 상전이었던 철인대비도 그 세 사람 중의 하나였다. 외로운 옛 상전 곁에 아이가 있으면 온기가 돌지 않을까 싶은 게 서상궁의 마음이었다. 아이의 재롱과 어여쁨이 옛 상전의 고독을 덜어줄 것이라고 여겼다. 몇 년만 그리 한 뒤 아이의 앞날은 장차 생각해보자고 하였다.

어린 진이가 아침마다 반촌에서 서씨의 배웅을 받으며 이나인의 등에 업혀 궁으로 들어갔고, 해가 저물면 서상궁의 배웅을 받으며 다시 이나인의 등에 업혀 반촌의 서씨에게로 돌아왔다.

배꽃일세, 배꽃일세, 우리 큰애기 얼굴이 배꽃일세……

바느질을 하는 서씨가 어르는 노랫가락을 들으며 진이는 반짙고리 옆에서 놀다가 잠들곤 했다. 진이가 이나인의 등에 업혀 궁에 들어가는 새벽마다 서씨는 오늘도 잘 놀다가 오너라, 애기야, 방긋이 웃어야 한다, 애기야, 하며 진이를 배웅했다.

밤이 되어 진이가 다시 반촌의 서씨에게 돌아가는 이유는 진이가 어려서이기도 했으나 인시에서 묘시 사이에 잠에서 깨어나 발을 뻗어대며 숨넘어갈 듯이 울어대서이기도 했다. 진이의 어머니가 세상을 뜬 시각이었다.

진이는 적적한 대비의 수라상 머리에서 춤을 추며 노래를 부르는 재롱을 부렸을 것이다. 장식머리의 무게 때문에 등을 반듯하게 세우고 앉지 못하는 대비의 등을 조그만 손을 꼭 쥐고 두들겨주기도 했을 것이다. 말수가 많지 않아 늘 침묵이 내려앉곤 했던 대비의 슬하에서 혼곤히 낮잠에 빠지기도 했을 것이다. 젊은 나이에 대비가 된 여인의 큰머리에 매달린, 물방울이 터지듯 찰랑거리는 떨잠을 만지고 싶어 버릇없이 손을 올리기도 했을 것이다. 시간을 정해놓고 후원으로 산보를 나가는 대비를 따라 금화교 위를 아장아장 걷기도 했을 것이다.

모든 기억은 숨어버렸다. 어느 하루의 영상만이 또렷하다.

어느 날 진이는 무슨 일인지 혼자서 그 넓은 궁을 돌아다니고 있었다. 대비가 오수에 들어 까치걸음으로 대비전을 홀로 걸어나왔던 것일까. 진이는 궁의 어두운 빛깔에 겁을 먹었다. 난간 기둥의 돌짐승이 눈을 부라리는 것 같았다. 흙은 질척하고 검었다. 나무둥치도 어두운 푸른색을 띠고 있었다. 화강암에 낀 이끼들은 음습했다. 나뭇가지 사이로 햇살이 쏟아지고 있는데도 푸른색 노란색 주황색들이 제 색을 잃고 짙었다. 궁의 광활한 후원은 다섯 살 어린아이가 차지하고 놀기에는 너무 넓었다. 초록의 융단조차도 짙고 어두워 보였다. 거대한 나무들과 이름도 들어보지 못한 꽃들이 아이를 따라다녔다. 진은 까치가 내려앉은 금송을 올려다보았다. 뜰의 한쪽에 졸졸 소리를 내며 흐르는 맑은 물을 따라갔다. 마른 개울을 껑충 건너뛰기도 했다. 물가에 서서 두 개의 홍예가 틀어져 있는 걸 들여다보기도 했다. 돋을새김의 도깨비 얼굴에 흠칫 놀라기도 했다. 이름을 알 수 없는 네 마리의 돌짐승이 각기 다른 표정을 짓고 있는데, 그중의 한 마리가 놀아달라고 아양을 떨고 있는 듯해 진이가 그 짐승 앞에 앉아보았을 때다.

— 이 아이가 누구냐?

낭랑한 목소리에 얼굴을 든 진이의 새끼 사슴 같은 두 눈이 스르르 감겼다.

좀 전만 해도 궁 안이 어둡다고 생각했는데 진이의 눈 속으로 세상의 모든 밝은 빛이 어우러지며 쏟아졌다. 꽃에서 나는 듯 은은한 향내가 건너왔다. 낭랑한 목소리의 주인이 움직일 때면 날아갈 듯 아름다운 녹당의에서 사각거리는 소리가 났다.

— 중궁 마마시다.

꿈속일까.

자신에게 최초로 넌 누구냐고 묻는 존재를 진이는 올려다보았다. 왕비는 눈만 있는 사람 같았다. 윤기가 흐르는 흰 얼굴은 조용한데 눈동자에서 유난히 광채가 흘렀다. 기쁨이나 슬픔 같은 뚜렷한 감정이 아닌 마음 안의 미묘한 말을 가득 담고 있는 눈이었다. 빛이 나는 눈 아래로 갸름한 입술이 미소짓고 있었다.

— 너는 누구냐?

진이는 그저 왕비를 올려다보았다.

— 왜 홀로 있느냐 ?

— ……

— 무엇을 보고 있었느냐?

자신이 누구인지, 왜 홀로 그곳에 있는지, 무엇을 보고 있었는지를 밝히기에 진이는 어렸다. 왕비 뒤에서 고개를 떨구고 있던 나인 중의 한 사람이 철인대비전의 애기씨, 라고 진이의 존재를 알렸다. 왕비의 녹당의 소매 끝에 둘러진 백색 단속에서 가늘고 흰 손이 뻗어나와 진이의 손을 잡았다.

— 총명하게 생겼구나.

— ……

— 나와 함께 가겠느냐?

진이의 고사리같이 꼬물꼬물한 손이 왕비의 부드러운 손에 잡혔다. 왕비의 손바닥 감촉이 따뜻하고 포근해 진이는 손가락들을 꼼지락거렸다. 왕비에게 손이 꼭 쥐인 채 넓고 얇게 깔린 자갈들을 밟고 걸었다. 바닥에 그늘을 만드는 소나무 사이를 걸었다. 소식을 듣고 달려온 서상궁이 얼굴이 하얗게 되어 빠른 걸음으로 왕비에게 다가와 송구하옵니다, 머리를 깊이 조아렸다. 서상궁이 왔는데도 왕비는 아이의 손을 놓지 않았다.

손을 잡고 있으면 두 사람 사이에 내밀한 마음이 솟아나기 마련이다. 여인과 아이는 손을 잡은 채로 해 저물 때면 노을이 떨어지는 먼 산자락을 바라보고 밤이 되면 달을 받아들이는 연못을 지났다. 경회루를 파느라 생긴 흙을 쌓아올려 만든 아미산을 지나고 꽃과 풀과 기암이 어우러진 화계(花界)를 지났다.

궁궐 깊숙이 용마루가 없는 교태전에 이르렀을 때에야 왕비는 걸음을 멈추고 고개를 조아린 채 뒤따르는 나인에게 말했다.

— 생과방에 배가 있겠느냐?

왕비의 목소리는 크지 않았으나 밝고 명료했다.

— 과도와 숟가락을 가져오너라.

진이는 왕비의 뒤로 보이는 아름다운 꽃담에 마음을 빼앗겼다. 붉은 벽돌을 육각형으로 쌓아올리고 그 위에 다시 기와를 얹고 그 위에 다시 연가(煙家)를 올려놓은 굴뚝이 신기했다. 여기저기 면면에 귀면 봉황 벽사 십장생 사군자 만자문이 박혀 있었다.

양의문으로 들어서자 중궁의 여닫이문이 열렸다.

진이는 물을 본 기러기처럼, 배꽃에 어려 있는 빗물처럼, 왕비 옆에 앉아 있었다.

나인이 윤기 나는 둥근 배와 과도와 작은 수저가 얹어진 소반을 들고 들어와 왕비와 진이 사이에 내려놓았다. 왕비는 진이의 손을 펼치더니 작은 손바닥 위에 둥근 배를 얹어놓았다.

─너도 나처럼 외로우냐?

까슬함과 촉촉함이 동시에 진이의 손바닥에 뚜렷이 전해졌다. 배의 시원한 껍질이 손바닥에 닿는 순간 진이는 어머니의 얼굴을 떠올렸다.

배꽃이 만발해 흩날리던 그날 이후로 다시 보지 못했던 얼굴.

─먹여주랴?

왕비의 눈은 여전히 광채가 났지만 후원에서와는 달리 목소리는 우수에 젖어 있었다. 왕비는 과도를 들어 배 윗부분을 둥글게 잘라내었다. 하얀 배 속이 촉촉하게 드러났다. 왕비는 숟가락을 들어 하얀 배 속을 살살 긁었다. 오목한 숟가락 안이 하얀 배 속으로 채워지자 진이의 입에 넣어주었다.

─맛이 있느냐?

아이는 위아래로 고개를 끄덕였다.

왕비는 빙긋이 웃으며 다시 흰 배 속을 숟가락으로 긁었다. 당의 소매에 뱃물이 묻었다. 왕비는 아랑곳하지 않았다. 그저 숟가락에 배 속이 가득 고이면 아이를 향해 아, 해보아라 일렀다. 입속에 넣어주며 미소지었다. 저만큼 떨어져 서 있는 생과방 나인이 당황하여 뺨이 꽃잎처럼 붉어졌다.

— 맛이 있느냐?

아이는 또 위아래로 고개를 끄덕거렸다.

배밭 근처에서 어머니와 함께 살 적에 어머니가 아이에게 하던 노릇이었다. 바느질을 해주고 얻은 배를 긁어주며 어머니가 맛있느냐? 물으면 진이는 입이 미어져 대답을 못 하고 고개만 끄덕거렸다. 어머니는 아이가 입 안의 배를 다 삼키기를 기다렸다가 다시 숟가락에 한 가득 긁어 입속에 넣어주며,

맛있느냐?

또 물었다.

어머니는 배즙이 입 안 가득 들어 있어 볼록해진 진이의 발그레한 뺨을 내려다보며 너는 배나무다, 하였다.

이상도 하지, 웬 낯선 바닷가에 배나무 한 그루가 홀로 심어져 있지 않겠니. 웬 바닷가에 배나무람? 아무리 봐도 배나무가 있을 자리가 아니었어. 해풍에 꽃이나 피려나, 열매는 열리려나, 걱정이 되어 그 바닷가의 배나무를 집으로 가져오지 않았니. 그리고 너를 가졌으니 너는 배나무인 게야.

눈앞에 왕비뿐인데 어디선가 어머니의 목소리가 들리는 것 같아 내전을 두리번거리던 어린 진이의 눈동자에 설핏 물기가

어렸다.

　─맛난 것을 먹으며 왜 우는 것이냐!

　왕비는 손을 뻗어 어린 진이의 눈가를 닦아주었다.

　진이는 아련히 밀려드는 그리움 속에서 왕비가 닦어주는 물 많은 과육을 기러기 새끼처럼 입을 벌려가며 받아먹었다. 입 안은 단물이 고이고 눈으로는 물방울이 맺혔다. 천지에 배꽃이 바람에 가벼이 흩날렸던 곳으로, 어머니와 함께 있던 그 시간 속으로는 돌아갈 수 없게 되었다는 것을 어린 진이는 어렴풋이 깨달았다.

3. 연못에서 온 소년

외로운 이에게 어린애의 체취는 따뜻한 곳에서 불어오는 바람과 같다.

이제 막 심어놓은 아그배나무 잎새 같은 어린 진이를 언제부턴가 철인대비는 날이 밝자마자 기다리게 되었다. 어린 진이의 숨소리와 말씨, 체취와 재롱을 곁에 두고부터 철인대비가 나인들의 허물을 지적하는 일이 드물어졌다. 미간의 주름이 펴지고 말수가 늘고 나인들의 인사에 상냥하게 대꾸하고 수라상도 즐거이 받았다.

천(千) 귀(貴) 만(滿) 수(壽) 낙(樂)…… 철인대비는 적적할 때마다 자경전 꽃담에 새겨진 글자들을 어린 진이에게 일러주었다. 강(疆) 만(萬) 년(年) 장(張) 춘(春)…… 한번 일러주면 진이는 신통하게도 축원의 글자들을 틀리지 않고 읽어냈다. 진이의 조그만 입술에서 글자들이 한 자씩 뜻을 가지고 호명될 때마다 철인대비는 환하게 미소지었다. 수라상 머리에 앉아 대비가 손도 대지 않은 음식을 어린 진이 먼저 먹어도 꽃담에 낙서를 해도 철인대비는 나무라지 않았다.

낮에는 철인대비의 사랑을 받으며 밤에는 반촌 서씨의 보살핌을 받으며, 진이의 뺨은 나날이 살이 지고 분홍색으로 물들어갔다. 어미를 잃었을 때의 처연한 모습은 사라지고 없었다. 검은 머리엔 윤기가 흐르고 목덜미와 팔도 통통해졌다. 이미 궁으로 가기 전에 서씨가 진이의 머리를 매만져주는데도 궁에서 철인대비는 다시 아이를 돌려앉혀놓고 손수 머리를 빗겼다. 진이가 낮잠이 들면 철인대비는 아이의 반짝이는 이마를 손으로 짚어보았다. 깊은숨을 내쉬며 아이의 얼굴을 오래 들여다보기도 했다.

밤이 되어도 철인대비가 진이를 반촌으로 보내고 싶어하지 않아 진이의 귀가가 점차 늦어졌다.

십여 년간 섭정을 하던 대원군이 물러나고 개화파 정부가 들어섰다. 일본은 무력으로 조선의 개항을 이루어냈다. 유라시아 대륙 동쪽 끝에 자리잡은 은둔의 나라 조선이 쇄국을 풀자, 조선인의 무력 저항으로 통상교섭을 이루지 못했던 프랑스와 미국을 비롯한 구미 열강은 환호했다. 일본이 독식을 하게 될까봐 이들 열강이 조선으로의 진출을 서두르던 때 철인대비전의 애기씨로 궁에 들어간 지 두 해를 넘긴 리진은 일곱 살이 되었다. 수신사 일흔여섯 명이 일본으로 건너가 스무 날을 머물며 일본의 문물을 시찰하던 무렵이었다.

어느 날 궁에서 진이가 반촌의 서씨네 집으로 돌아왔을 때다.

이나인의 등에 업혀 있던 진이가 먼저 마당의 매화나무 옆에 서 있는 낯선 사람을 발견했다. 진이의 눈이 놀라움으로 휘둥그레졌다. 여태 본 적이 없는 사람의 얼굴과 차림새였다. 낯선 사람은 무릎까지 내려오는 검은 옷을 입고 있었다. 키가 컸고 곱슬곱슬한 갈색 수염이 턱밑을 지나 목까지 내려와 있었으며 얼굴빛은 희고 코는 높고 눈동자는 파랬다.

놀라기는 궁에서부터 진이를 업고 나온 이나인도 마찬가지였다. 이나인이 진이를 업은 채로 갑자기 뒤로 주춤하는 통에 진이는 아랫입술 안쪽을 깨물고 말았다. 입술이 부풀고 피가 났다. 이나인은 서씨 앞에 진이를 내려놓고 낯선 사람을 살폈다.

—오, 몽듀!

진이의 입술에서 피가 흐르자 낯선 사람의 입에서 낯선 말이 튀어나왔다.

서씨가 얼른 안으로 들어가 수건을 가지고 나와 진이의 입술에 흐르는 피를 닦아냈다. 자신 때문에 진이의 입술에서 피가 흐르는데도 이나인은 아랑곳없이 황급한 걸음걸이로 대문을 빠져나갔다.

파란 눈의 낯선 사람 옆에 때가 묻어 회색이 된 무명 저고리를 입은 소년이 길들이기 어려운 갈매기처럼 서 있었다.

  햇빛에 그을린 얼굴엔 가난과 고독이 묻어 있으나 낡은 것들을 헤치고 앞으로 내달릴 것 같은 생명력이 동시에 일렁이고 있었다. 때에 전 무명 저고리 안에는 아무것도 입지 않아 어깨와 팔이 반쯤 드러나 있다. 얼마나 걸어다녔는지 형태를 알아볼 수 없이 해진 짚신 사이로 발가락들이 쑥쑥 삐져나와 있기도 했다.

  어깨뼈가 앙상한 소년은 진이와 눈이 마주치자 괜히 매화나무를 짚신발로 툭툭 건드렸다.

  ―블랑 선교사님이란다.

  ―블랑……

  진은 철인대비가 천, 귀, 만, 수, 낙……이라고 자상하게 일러줄 때면 입을 달싹이며 따라 했듯이 서씨의 입 모양을 따라 블랑……이라고 웅얼거렸다. 피는 멎었으나 연한 살갗이라 눈에 띄게 부어오른 입술로 블랑……이라고 따라 하는 진이를 바라보던 블랑의 얼굴에 웃음이 피어올랐다. 블랑은 어린 진이를 향해 손을 내밀었다.

  ―그래, 난 블랑이라고 한다. 장 블랑!

  파란 눈 아래 선교사의 입술에서 이번엔 조선어가 흘러나왔다.

진이가 손을 뒤로 빼자 블랑 선교사는 미소지으며 진이의 머리를 쓰다듬었다. 진이는 선교사가 입고 있는 검은 옷 위에서 흔들리고 있는 십자가 목걸이를 올려다보았다.

—잠시 내 집에서 묵으시지요.

—다른 방도도 없습니다.

진이는 서씨 치마를 꼭 붙들고 서서 블랑 선교사를 바라보기만 했다. 서씨가 블랑 선교사에게 인사를 시키려 할수록 진이는 서씨의 치마 뒤로 숨었다.

—수줍은 모양입니다.

서씨의 말에 블랑 선교사는 인자하게 웃으며 진이를 바라보았다.

—수줍기만 할까요. 놀라기도 했겠지요. 좀 전에 말한 아이가 이 아인가요?

—예.

—궁에서 지금 돌아오는 모양이지요?

—예.

블랑 선교사의 입에서 흘러나오는 부자연스런 조선말을 들으며 어린 진이는 서씨의 치마를 더욱 끌어당겼다. 곧 울 듯한 표정이었다.

—두려워할 분이 아니다.

서씨가 진이의 손을 꼭 잡아주었다.

─저 아이는 나이가?

서씨가 매화나무 옆에 서 있는 소년의 나이를 물었다.

─일곱 살이라 들었습니다. 여섯 살이라고도 하고요. 정확히는 모릅니다.

─아직 둘 다 낯을 가려서 이럽니다. 곧 친해질 겁니다.

─그럴까요?

─아이들이니까요.

진이는 자꾸만 서씨의 치마 뒤로 숨으며, 소년은 블랑 선교사 곁에 선 채로 서로를 바라보았다.

사람들은 때로 오로지 몸을 숨기기 위해 첩첩산중으로 들어간다. 수백 년을 하루같이 견디고 있는 기암과 노송과 잡목이 우거진 심산유곡으로, 자연의 시초 속으로.

소백산맥과 노령산맥이 갈라지는 고갯마루에 화전을 일굴 만한 완만한 비탈이 있다. 남원에서 장수로 넘어가는 길이다. 산등성이로 둘러싸인데다 오목하게 파이기조차 해 사람들이 넘나드는 고갯길에서 그 비탈은 보이지 않았다. 신유박해 때 포졸들에 쫓겨 산속을 헤매던 사람들에겐 그 숨겨진 완만한 비탈은 낙원 같았다. 쫓겨다니던 사람들은 굶주리다 죽을 것 같았으므로 그곳에 밭을 일구었다. 슬픔과 좌절 속에서도 땅을 일구는 게 가능했던 것은 일 년 내내 물이 마르지 않는 샘이 있어서였다. 수분리(水分里)의 시작이었다. 금강과 섬진강이 수분리에서 갈라졌다.

블랑 선교사는 조선에 발을 딛자 곧 수분리를 찾았다.

그곳에서 멀지 않은 토굴을 거처로 삼아 선교를 벌이고 있는 리델 주교를 만나기 위해서였다. 수분리로 가는 도중에 블랑 선교사 일행은 길가의 마을에서 소년을 만났다고 했다. 마을의 아무 집 아궁이나 굴뚝 옆에서 자고 남은 음식을 얻어먹으며 살고 있는 고아 소년이었다.

— 어디 사느냐 물으면 어김없이 연못을 가리켰어요.

서씨에게 소년에 대한 이야기를 하며 블랑은 소년의 머리를 쓰다듬었다. 수분리에서 하룻밤을 묵고 블랑 일행이 마을을 떠날 때 소년이 한사코 따라왔다고 했다. 소년이 입고 있는 옷이 형편없는 누더기라 앞가슴이 다 내보여서 블랑이 선교사 복 안감을 떼어내 어깨를 덮어주었는데 그것을 잊지 않은 듯했다고 했다.

— 이름은 무엇이랍니까?

— 연(淵)이라 지어줬어요. 성은 강(姜)씨라고 합니다. 어디에 사느냐 물으면 연못을 가리키니 연못하고 인연이 있는 모양이지요. 예전에 살던 집에 연못이 있었거나요. 동네 사람들은 소백이라고 부르고 있더군요. 소백산맥 근처 마을이라 그리 부르는 것 같았습니다.

— 강연……

어린 진이는 좀 전에 블랑이라고 따라 해봤듯이 이번엔 강연……이라 웅얼거렸다. 서씨와 블랑 선교사가 동시에 어린 진이를 바라보며 미소지었다. 자신의 이야기를 하는데도 강연은 매화나무를 발로 툭툭 찰 뿐이었다. 굶주림에 시달린 듯 더 이상 야윌 수 없게 야위었는데도 소년의 배는 볼록하게 튀어나왔다. 소년이 발로 차도 매화나무는 끄덕도 하지 않았다.

서씨는 이따금 초시를 위하여 거접(居接)을 나온 성균관 유생이 묵던 방으로 블랑과 소년을 데려갔다. 닫혀 있는 방문을 열어주며 안을 보여주었다. 한쪽 구석의 반닫이 위에 단정하게 접혀진 이부자리가 올려져 있을 뿐 텅 비어 있는 방이었다. 블랑은 바깥에서 방 안을 들여다만 보는데, 소년은 얼른 방 안으로 들어갔다.

―많이 피곤할 겁니다. 오늘 아주 많이 걸었거든요.

방바닥에 다리를 뻗는 소년을 두고 방문을 닫으며 블랑은 만나야 할 사람과 들러볼 데가 있다며 집을 나섰다. 서씨는 잠시 방문 앞 댓돌 위에 놓인 소년의 해진 신발을 바라보았다. 뭐라 말하지 않아도 소년의 유랑걸식의 나날이 그대로 전해지는 신발이었다.

서씨가 우물에서 물을 길어다 아궁돌에 걸린 큰솥에 붓기 시작했다.

물은 생긴 대로 퍼담을 수도 있고 따를 수도 있다. 어디에나

고일 수도 있고 어디로든 흘러갈 수도 있다. 어떻게도 그 본성을 변화시켜놓을 수 없으니 그것이 물의 힘이다.

물동이에 물을 가득 퍼담아 나르는 서씨 뒤를 어린 진이는 종종 따라다녔다. 큰솥에 물을 다 채운 서씨는 아궁문을 열고 땔감을 아궁이에 밀어넣고 불을 붙였다.

— 십자가를 목에 걸고 저리 걸어다닐 수도 있는 세상이구나…… 한때는 묵주만 지니고 있어도 다 죽어나갔더란다.

혼자만 죽어나가는 것도 아니었다. 천주신앙인이 있는 그 집안을 멸문시켰다.

— 산속으로 쫓기다가 마흔 명이나 되는 사람들이 눈보라 속에서 다 함께 굶어 죽기도 했다지 않어. 어린것들은 너무도 오래 굶주려 눈을 뜰 기운이 없었는지 죄다 한곳을 보고 숨이 끊어져 있었더란다. 집안에 천주신앙인이 한 사람만 있어도 그 집의 짐승들까지도 다 죽어나갔던…… 그런 때가 있지 않았니.

그러나 그 속에서도 살아남은 이들은 더 깊이 뿌리내렸다. 박해를 당할수록 천주신앙은 오히려 조선인들의 일상생활 속으로 퍼져들었다.

서씨는 무슨 말을 더 하려다가 멈추었다. 진이의 어머니가 떠올라서였다. 보아서는 안 될 무엇을 보았는지 늘 눈동자에 두려움이 서려 있던 사람. 지나치게 말과 행동을 조심해서 옆에서 보고 있으면 안타까울 지경이었다. 어느 한순간도 긴장을 풀지 않아서 사람이 긴 세월을 어찌 저러고 살까? 걱정이 들던 사람. 병도 그래서 얻었을 것이라고 서씨는 생각했다.

이 어린것을 두고 어찌 눈을 감았을까. 서씨는 진이의 등을 토닥였다.

―……믿는 분이 가혹하단 생각 안 들었을 거냐?

―……

―나 좀 봐라…… 니가 무얼 알겠니.

아궁이에 불쏘시개를 밀어넣던 서씨가 진이의 얼굴을 가만 들여다보았다.

―방 안의 저 아이 말이다. 갈 곳이 없는 것 같은데 함께 살 거냐?

진이는 고개를 저었다.

―싫으냐?

―……더러워요.

진이는 아궁이 안에서 활활 타고 있는 붉은 불길을 바라보았다. 진이의 뺨이 불길처럼 붉어졌다. 소년이 싫지 않았다. 그런데도 고개를 젓게 되었다. 진이는 불을 바라보며 제 속을 알 수 없어 고개를 갸웃했다.

―더러운 건 씻으면 되는 것이지.

―……

—씻어서 깨끗해지는 건 더러운 게 아니다. 그냥 뭐가 묻은 것이야. 누더기를 입은 사람을 더럽다고 생각해서는 안 된다. 더러운 게 아니라 가난한 것이지. 가난한 것은 그 사람 허물이 아니다.

—……

—하지만 마음이 더러워지면 씻을 수가 없는 법이다. 그것은 죄가 되지.

서씨가 어린아이를 앞에 두고 말이 길어졌다고 생각했는지 골똘히 듣고 있는 진이의 등을 토닥일 때 어디선가 희미하게 죽피리 소리가 들렸다. 서씨와 진이는 동시에 소리가 들리는 쪽을 쳐다보았다. 죽피리 소리가 들려오는 곳은 소년이 있는 방 쪽에서였다. 누더기가 다 된 소년의 무명옷 어디에 죽피리가 숨겨져 있었던 것일까?

마음을 흔드는 소리는 소란 속에서도 한껏 귀를 기울이게 한다. 눈을 감게 한다.

어린 진이는 불쏘시개를 툭툭 부러뜨리며, 서씨는 불쏘시개를 아궁이로 밀어넣으며, 소년이 부는 죽피리 소리를 들었다. 아궁잇불 앞의 진이가 두 팔 사이에 얼굴을 묻고 눈을 감았다.

—밤에 피리를 불면 뱀이 찾아온다는데……

—아이가 내는 소리가 구슬프기도 하구나.

서씨는 연이어 혼잣말을 중얼거렸다. 솥 안의 물이 뜨거워지자 서씨는 진이를 뒤로 물러서게 했다. 뒤란의 커다란 항아리에 물을 퍼다 부었다. 서씨가 이따금 진이를 목욕시킬 때 하던 일이었다. 항아리에 물을 나르는 서씨의 이마에 땀이 뱄다. 댓잎이 수수거렸다. 항아리 속의 뜨거운 물에 찬물을 섞고 팔꿈치를 담가 물의 온도를 재보는 서씨의 얼굴에 만족한 미소가 번졌다.

　─소백이를 좀 불러올 테냐?

　소백이가 누구냐는 의혹에 찬 눈으로 진이가 서씨를 쳐다보기만 하자 서씨는 강연이 말이다, 하며 함빡 웃었다.

　─니가 누나일지도 모르는데?

　─……

　─누나 되는 거 싫으냐?

　누나라는 말에 어린 진이의 눈이 새촘해졌다.

　─소백이 같은 동생이 있으면 좋지 않으니? 하긴 오빠일지도 모르겠구나.

　소년을 부르러 가기는커녕 진이는 고개를 저으며 아궁문 앞에 쪼그리고 앉아버렸다.

　서씨가 웃으며 소년을 데리러 갔다. 소백아! 서씨가 소년을 부르는 소리를 진이는 아궁이 앞에서 들었다. 아궁이 앞에 혼자 남은 진이는 방금 서씨가 그랬던 것처럼 소백아! 하고 작게 불러보았다. 그러는 사이 죽피리 소리가 끊겼다.

서씨를 뒤따라오던 소년이 아궁이 앞에 쪼그리고 앉아 있는
진이를 보더니 한 걸음 뒤로 물러섰다. 서씨가 뒤란으로 통하
는 문을 열고 나가며 소년을 향해 옷을 벗으라고 하자 소년은
오히려 웃옷을 더 움켜쥐고는 진이를 쳐다보았다. 서씨가 진
이를 향해 너는 방에 들어가 있거라, 일렀다. 진이는 시무룩해
진 얼굴로 방 안으로 뛰어들어갔다.

　—소백이는 이리 오너라.

　소년은 쭈빗거리며 뒤란의 서씨에게로 갔다. 한사코 옷을
벗지 않으려고 하는 소년을 서씨는 가만히 바라보았다.

　—씻기 싫으냐?

　소년은 옷을 움켜쥐고 서 있다.

　—이렇게 더럽게 하고 다니는 게 좋으냐?

　—……

　—몸도 씻고 머리도 감자꾸나. 다 씻고 깨끗한 옷으로 갈아
입고 난 후에 너를 보면 블랑 선교사님도 깜짝 놀라실 게야.
니가 이렇게 잘생긴 아이였나…… 몰라볼지도 모른다.

　블랑 선교사라는 말에 소년은 비로소 옷자락을 움켜쥐었던
손을 풀었다.

　—선교사님이 좋으냐?

　소년은 고개를 끄덕였다.

　—그래…… 다행이구나. 좋아하는 사람이 생기면 살아가

64

는 일이 덜 힘든 법이다. 좋아하는 일로 힘이 들게 된다 해도 그 힘듦이 살아가는 의미가 되는 게야. 너는 부자다. 마음속에 선교사님이 있지 않니. 아무도 좋아하는 사람이 없는 사람이 진짜 가난한 사람이거든.

서씨는 누더기를 벗은 알몸의 소년이 더운물이 채워진 항아리 속으로 들어가자 어깨를 지그시 눌러주었다.

소년이 눈을 어디다 둘지를 모르겠는지 어둠이 내려앉은 뒤란의 대나무만 바라보자 서씨는 〈오우가〉를 흥얼거렸다. 나무도 아닌 것이 풀도 아닌 것이 곧기는 누가 시켰으며 속은 어이 저리 비었는가. 사시에 저리 푸르니 그를 좋아하노라. 넘실거리는 항아리 속의 더운물을 바가지로 퍼서 소년의 어깨에 부어주던 서씨의 입이 다물어졌다. 소년의 몸을 이루고 있는 앙상한 뼈가 손바닥에 툭툭 닿았다. 이래서야 어디 키가 크기를 하겠나. 서씨는 어쩌면 소년이 여덟 살 혹은 아홉 살일지도 모른다는 생각을 했다. 살이 붙지 않아 앙상했으나 뼈마디는 어린아이의 것이 아니라 소년의 것이었다.

— 죽피리를 잘 불더구나.

소년이 처음으로 서씨의 눈을 마주 보았다. 물방울이 잔뜩 묻은 소년의 얼굴에 따뜻한 물의 열기가 퍼져 상기되었다.

— 누구한테 배운 적이 있니?

— ……

소년은 가만있기만 했다.

―혼자 배웠느냐?

다시 묻다가 서씨는 어떤 깨달음에 가슴이 쩡, 갈라지는 것
같았다. 여태 소년의 목소리를 들어보지 못했다.

―소백아!

항아리 속의 머루알처럼 검은 소년의 눈동자가 서씨를 올려
다보았다. 눈 밑으로 물방울이 송골송골 맺혀 있다.

―……말을 할 줄 모르니?

소년이 서씨를 바라보던 눈길을 거두더니 물 속에 담긴 제
두 손바닥을 마주 잡고 놓지 않았다. 살 한 점 붙어 있지 않은
소년의 뒷목이 고집스럽게 숙여졌다. 두 사람 사이에 침묵이
흘렀다. 블랑 선교사는 소년이 말을 할 줄 모른다는 언질을 주
지 않았다. 일부러 할 이야기는 아니라고 생각했던 것일까. 서
씨는 항아리 속 소년의 땟국물이 흐르는 등에 손바닥으로 물
을 떠서 부으며 헛기침을 했다. 어쩌누. 서씨의 마음속으로 소
년에 대한 연민이 웅덩이의 물처럼 고여들었다.

―눈을 꼭 감아라.

소년의 몸에 붙어 있는 때가 불기를 기다리는 동안 서씨는
소년의 헝클어진 머리를 손가락으로 빗질해 가지런히 모았다.
녹두가루를 등에 묻혀 싹싹 비벼주었다. 두피 속으로 손가락
을 넣어 가만가만 긁어주었다. 물 속의 소년은 아무런 저항 없

이 서씨가 하는 대로 몸을 맡겼다. 소년이 긴장을 풀지 않자 머리를 비벼주던 서씨가 슬쩍 소년의 겨드랑이 밑으로 손을 집어넣어 간지럼을 태웠다. 웃을 법한데도 소년의 입가에 웃음기가 없었다. 몸만 뒤틀었을 뿐이다.

서씨는 다 감긴 머리의 물기를 빼고 풀리지 않도록 매듭을 지어 머리끝에 붙여놓고는 소년의 목이며 팔이며 등의 때를 차례로 밀어주었다. 등이고 엉덩이고 다리고 살집이 없어 손바닥에 툭툭 뼈들이 와 닿았다. 대지에서 한번 올라온 죽순은 성장속도가 아주 빨랐다. 비가 내리고 난 뒤면 어제 그 죽순이 오늘 이것인가 싶을 정도로 쑥 자라나 보는 이를 놀라게 했다. 다시 솥 안의 더운물과 동이 안의 찬물을 섞은 맑은 물로 때가 벗겨진 소년의 몸을 헹구어주는 서씨의 마음에 소년이 죽순처럼 쑥 자라나 어서 청정한 대나무가 되기를 바라는 소망이 움텄다. 웃음기가 없던 소년의 입가에 어느 틈엔가 미소가 번져 있었다. 소년의 미소를 보게 된 서씨가 반가움에 붉은빛이 도는 소년의 등을 손바닥으로 철썩 때려주었다.

그 순간이었다. 소년이 서씨의 손을 제 가슴 앞으로 바싹 끌어당기더니 서씨의 손바닥을 넓게 펼쳤다. 서씨의 손은 움켜쥐기보단 내밀기를 많이 한 열린 손이다. 무료함 같은 건 아예 모른 채 항상 무언가를 일궈내고 있는 찾는 자의 손이다. 소년은 서씨의 거칠고 투박한 손바닥이 사원이나 되는 듯 잠시 들여다보더니 다른 손가락은 접고 물 묻은 검지손가락을 움직여 글씨를 썼다.

〈아버지가 피리를 불면 사람들이 모여들었어요.〉

앞서 쓴 글자 위에 겹쳐 쓰고 있는데도 서씨는 앞글자를 잊지 않고 맞춰 읽었다.

─피리를 잘 부셨던 모양이구나!

〈우는 사람도 있었어요.〉

소년의 손가락이 글씨를 만들어낼 때마다 서씨의 손바닥은 소년의 가슴께로 당겨졌다. 놓치지 않겠다는 듯 소년의 왼손이 서씨의 손바닥을 꽉 잡고 자꾸만 앞으로 끌어서였다.

─아버지한테서 피리를 배웠니?

소년은 고개를 끄덕였다. 그 아비를 어찌 잃었을꼬? 깊은 숨을 내쉬며 서씨는, 어디 사느냐 물으면 연못을 가리켰다는 소년의 얼굴에 맺혀 있는 물방울들을 마른 수건으로 닦아주었다. 콧잔등에 엄지와 중지를 대주어 막혀 있는 코를 풀게 했다. 목욕 항아리 속에서 소년을 나오게 해 어깨며 가슴이며 허벅지며 종아리의 물기도 샅샅이 닦아주었다. 겨드랑이 밑까지, 손가락 사이 발가락 사이까지.

뜰의 대나무 사이로 바람이 시원하게 불어왔다. 댓잎들이 수런수런 흔들렸다. 서씨는 깨끗해진 소년에게 무명 저고리를 입혔다. 성균관 유생들의 강학장소인 명륜당 직동(直童)의 어미가 부탁해 지어놓은 것인데, 아직 찾아가지 않은 것이었다. 왕이 명륜당에 행차해 유생들과 실력을 견주기라도 하는 날이면 반촌은 와자해지곤 했다. 직동의 키가 강연보다 컸는지 형의 옷을 입고 있는 품새이다. 서씨는 저고리의 소매를 두 번 접어주고 헐거운 바지 말미를 두 겹 감아주었다.

─에고, 의복은 남의 눈이 즐겁도록 입어야 되는 것인데, 크구나.

소년이 배시시 웃었다.

─나중에 네 옷을 지어주마. 그때는 죽피리를 넣어가지고 다닐 수 있게 안주머니도 만들어주마.

타인의 무관심 속에서 지내온 강연은 서씨의 상냥한 말이 낯선지 눈을 내리깔았다. 서씨는 젖어 있는 강연의 머리를 마저 닦아주었다. 서씨가 강연을 목욕시키는 동안 방 안에 혼자 있던 진이가 방문을 열고 두 사람을 내다보았다.

─소백이 좀 봐라. 어떠냐, 잘생겼지?

진이의 시선이 목욕을 마치고 새옷으로 갈아입은 강연에게 머물렀다. 놀라움으로 인한 웃음이 함빡 담겨 있다.

─나 좀 도와주련? 채마밭에 가서 상추랑 갓잎이랑 좀 따오거라. 부추도 좀 뜯어오고…… 밥을 지어 선교사님이 오시면 함께 먹자.

서씨가 챙겨준 바구니를 들고 채마밭으로 가는 진이를 강연이 뒤따라갔다. 두 아이를 바라보는 서씨의 얼굴에 미소가 퍼졌다. 반촌의 집집마다 굴뚝에서 하얀 연기가 솟아오르고 있었다. 초롱이 켜진 집에서 이따금 개가 짖기도 했다. 채마밭에서 내다보이는 길로 갓을 쓴 사람이 지나갔다. 짐을 가득 실은 조랑말과 마부가 터벅터벅 지나가기도 했다. 해가 저물면 여자들의 시간이다. 비단치마를 두르고 장옷을 두른 대감집 마님이 젊은 여종을 앞세우고 물가를 걸어가는 것이 보였다. 밤이 깊어지면 여종들은 낮에 쓴 연서를 사모하는 이의 문지방에 끼워놓을 것이다. 하루 종일 규방에 갇혀 있던 양반집 규수는 유모에게 초롱으로 길을 밝게 한 후 도성을 산보할 것이다.

두 아이는 측백나무로 울이 쳐진 채마밭에 엎드려 상춧잎을 솎아냈다. 부추를 뜯다가 서로의 손이 부딪쳤다. 열을 지어 기러기가 날아가는 하늘을 동시에 올려다보았다. 서씨가 강된장을 끓이는지 된장 냄새가 채마밭까지 건너왔다.

흘러나오는 강된장 냄새에 자극된 강연의 배에서 꼬르륵 소리가 났다. 부끄러워진 소년이 슬몃 배에 손을 가져다댔다. 다른 때 같았으면 웃음을 터뜨렸을 진이는 어인 일로 모르는 척해주며 채마밭에 엎드린 채 갓잎을 따내고 있다.

서반촌에서 닭전을 차리고 있는 교인을 만나고 돌아오던 블랑 선교사가 채마밭의 두 아이를 발견하고는 걸음을 멈추었다. 강연이 블랑 선교사와 눈이 마주치자 채마밭에서 뛰어나왔다. 강연의 몸에 배어 있던 녹두 냄새가 바람결에 섞였다. 목욕을 마치고 새옷으로 갈아입은 강연을 보고 블랑 선교사가 놀란 표정으로 두 팔을 벌리자 강연의 입가에 웃음이 돌았다.

거의 매일 어린 진이와 단둘이 마주 앉아 저녁밥을 먹던 서씨는 오랜만에 밥상에 수저 네 벌을 놓았다. 반찬은 생채와 어린 깻잎을 살짝 데쳐 파 마늘 간장에 양념해 볶은 것과 묵채와 부추절임과 강된장뿐이지만 화목하고 단란한 분위기 속에서는 맛없는 음식이란 없다. 무를 채썰어 넣어 지은 무밥이 큰 밥사발에 가득 담겨 있다.

블랑 선교사는 밥상에 올려진 큰 밥사발을 보고는 하하— 웃었다. 처음 조선에 왔을 때 블랑은 크게 세 번 놀랐다. 첫번째는 이 작고 외딴 나라에 자기들만 쓰는 말과 글이 따로 있다는 것이었다. 양반들이 주로 쓰는 청나라 문자 말고도 그들 고유의 문자가 있다는 것은 적잖은 놀라움을 주었다. 두번째는 서책 때문이었다. 초가지붕 안에도 서책이 있고 글을 모를 것 같은 여종들도 이야기책을 필사해가며 나눠 읽고 있었다. 세번째로 블랑이 놀란 것은 조선인들이 죄다 대식가라는 점이었다. 큰 밥사발에 가득 담긴 밥을 어린아이조차 단숨에 비워내는 걸 보고 그만 놀라서 입이 벌어졌다. 때로 어떤 이들은 아무 반찬이 없이도 그저 큰 밥사발의 수북한 밥을 물에 말아서 먹었다. 감자밥, 강낭콩밥, 골동반, 보리밥, 찰밥, 콩탕밥 등

밥의 종류가 수십 가지 종류가 된다는 것도 알게 된 후 블랑은 조선인의 강인한 체구가 밥에서 온 것이라고 여기게 되었다. 물론 그들이 늘 배불리 먹을 수 있는 것은 아니었다. 가난한 사람들의 경우 배를 곯는 일은 다반사였다. 그래서인지 그들은 먹을 기회가 찾아오면 한껏 엄청난 양을 먹어대곤 했다.

초롱불 아래 밥상을 둘러싸고 앉아 있는 네 사람은 한 식구 같았다.

오늘날 우리에게 일용할 양식을 주옵시고…… 수저를 들기 전에 블랑 선교사가 올리는 기도를 진이는 처음 들었다. 우리가 우리에게 죄지은 자를 사하여준 것같이 우리 죄를 사하여주옵시고…… 진이는 눈을 동그랗게 뜨고는 장난스럽게 블랑 선교사를 따라 했다.

젓가락질에 서툰 블랑이 묵채를 집으려다 떨어뜨릴 때마다 진이는 눈이 감겨 안 보일 지경으로 눈웃음을 지었다. 네 사람 중 낮밥을 제대로 먹지 못한 강연의 수저질이 제일 빨랐다. 서씨가 밥을 덜어내 강연의 밥그릇에 올려주었다. 야윈 몸의 소년의 배에 저 밥이 어찌 다 들어가는지 의문이네, 싶은 표정으로 어린 대식가를 바라보던 블랑 선교사가 입을 열었다.

─조선과 프랑스가 통상조약을 체결하게 되면 조선에 고아원을 설립하고 싶습니다. 조선에 고아원이 없다는 게 놀라워요.

서씨는 상머리로 자꾸 밀려나고 있는 진이의 밥그릇을 당겨주며 블랑 선교사를 바라보았다.

—조선 땅을 돌다가 부모를 잃은 아이들이 보호자도 없이 떠도는 모습을 많이 봤습니다. 길에서 사는 아이들을 돌봐주는 기관이 조선 땅에 필요해요. 인정이 많은 조선인들이 왜 부모와 집을 잃은 고아들에 대해서는 무심할까요? 입양을 할 생각들은 전혀 안 하더군요.

역관의 딸이었으나 잘나가는 아버지 덕분으로 고관댁 규수들이나 타는 가마를 타고 시집을 갔던 서씨였다. 아버지의 영향으로 청국어와 언문에 통달하고 글을 짓고 청국 책 읽기를 즐겼으나 아이를 낳지 못하는 흠을 극복하지 못했다. 반촌으로 들어온 후 책을 덮고 바느질을 하며 사는 서씨의 얼굴이 한순간 어두워졌다. 핏줄에 대한 조선인들의 집착을 외국인인 블랑 선교사가 알 리가 없었다. 하루 이틀에 생긴 습속이 아니라 몇백 년을 뿌리깊이 뻗어온 의식이었다. 서씨는 열심히 밥을 먹고 있는 강연을 쳐다보았다. 소년의 입가에 밥풀이 묻어 있었다.

조선인이 차려준 소박한 밥상머리 앞에서 블랑은 조선으로 들어오기 전 잠시 머물렀던 일본에 대한 생각에 잠겼다.

삼 년 전의 일본과는 천양지차였다. 거리의 풍경이 너무 달라져 과연 삼 년 전에 내가 왔던 곳인가? 의심스러웠다. 블랑은 사는 모습이 달라져도 각 나라 사람들의 의복은 그대로였으면 했다. 특히 동양 사람들의 전통복장에 매혹을 느꼈다. 양복하고는 판이하게 다른 동양의 의복을 보고 있으면 그 나라 사람들의 품성을 알 것 같았다. 모양새와 색감도 다양하고 아름다웠다. 다시 가본 일본 거리에서 만난 일본인들은 머리를 짧게 자르고 기름을 바르고 있었다. 모든 일상이 살기 편한 쪽으로 바뀌어 있었다. 전통의복을 차려입은 사람을 보기가 힘들었다. 양복에 가죽구두를 신은 사람들이 거리를 활보했으며 전신전화국이 개통되어 전보로 소식을 알리는가 싶었는데 곧 전화로 이쪽저쪽 소식이 재빠르게 오가고 있었다. 요코하마엔 증기기관차가 내달리고 있었다.

조선이 이웃 일본의 이런 변화를 어떻게 받아들일지 블랑은 궁금했다.

─프랑스엔 사르트르 성 바오로 수녀회가 있어요. 그 수녀회는 세계로 뻗어 있어요. 선교만이 아니라 아이들의 교육과 아픈 사람들을 치료해주는 의료활동도 같이 하고 있지요. 조선에 수녀님들이 들어오면 좋을 텐데…… 강연이와 같은 아이들이 의지할 수도 있을 테고요. 이웃나라 일본은 이미 성 바오로 수녀회가 파견 나가 활발한 활동을 벌이고 있어요.

서씨는 그저 예, 하며 블랑 선교사의 말을 듣기만 했다. 서씨는 천주신앙을 품고 있는 이가 아니었다. 그저 반촌에 숨어

들듯 들어와 사는 이들 중에서 어렴풋이 천주신앙인이 있다는 정도만 짐작했다. 천주신앙인 중에는 태학생도 있었다. 기생도 있었고, 별감이 있는가 하면 수표교 다립방의 심부름꾼도 있었다. 구중궁궐의 궁인 중에도 은밀히 천주신앙인이 끼어 있다는 얘길 듣고는 천주신앙엔 귀천이 없는가보다 생각했다. 그들이 이따금 한 장소에 모여 미사를 볼 때는 신분의 구분 없이 한자리에 앉는다는 얘기를 전해듣기도 했다.

서씨는 천주신앙과 상관없이 역병이나 군란으로 부모를 잃은 조선의 아이들이 거처 없이 떠돌며 얻어먹고 사는 것을 푸른 눈의 외국인이 걱정하고 있는 것이 부끄러워졌다.

—선교사님.

블랑이 서씨를 바라보았다.

—저 아이, 소백이…… 강연이 말입니다. 이 집에 두고 가시지요. 미력하나마 먹이고 입히는 일은 제가 해보겠습니다.

서씨와 블랑 선교사 사이에 잠시 침묵이 흘렀다.

—알고 계신가요? 저 아이는 말을 안 합니다.

블랑 선교사는 강연의 침묵을 두고 말을 못 한다고 하는 게 아니라 안 한다고 했다.

—압니다.

—그래요? 놀랍군요. 나는 저 아이와 사흘을 함께 지낸 뒤에 알았습니다. 처음엔 내가 외국인이라 말을 안 하는 줄로만

알았지요. 어쩌면 모르고 지나갈 수도 있겠기에 말을 안 했는데……

강연을 쳐다보는 진이의 눈에 측은함이 실렸다.

─글을 쓸 줄은 압니다. 말을 안 하는 아이라 일찍부터 누군가 애써 글을 가르친 모양입니다.

죽피리를 가르친 아이의 아비가 그리 했을 것이다.

─두고 가시지요.

─저 아이 뜻도 있을 테지요.

블랑 선교사가 강연을 쳐다보았다. 밥상 가까이에 앉아 있던 소년이 뒤로 물러앉았다. 초롱에서 흘러나오는 불빛이 소년의 얼굴에 그림자를 만들었다.

─저 아이는 선교사님을 은혜합니다. 헤어지기 싫을 겁니다.

서씨는 강연을 바라봤다.

─선교사님이 조선에 자리를 잡을 때까지…… 그때까지만 여기 있거라. 지금은 마땅한 거처도 없으신 분이니……

그때였다. 가만 앉아 있기만 하던 진이가 강연에게로 가까이 다가갔다.

길 잃은 풀숲에서 함께 울어주는 노루처럼 진이가 강연을 바라봤다.

─함께 숲에 가…… 다리 건너 숲속에 노루가 있어.

진이가 고개를 숙이고 있는 강연의 얼굴 밑으로 제 고개를 들이밀었다. 꼭 대답을 받아내고야 말겠다는 기세였다. 어린 것이 혼자 적적했던 모양이구나. 목욕물을 데우며 함께 살면 어떻겠느냐 물었을 때는 고개를 젓던 진이의 돌연한 행동을 서씨는 물끄러미 바라보았다. 강연이 대답이 없자 진이가 강연의 손을 제 가슴께로 끌어와 강연의 손바닥을 펼치고 글씨를 썼다.

〈여기 살아.〉

두 아이를 바라보고 있던 서씨가 거들었다.

—홀로 지내면 병이 나는 게 사람이란다. 함께 있으면 좋지 않으니?

강연이 블랑 선교사에게로 다가가더니 블랑 선교사의 손바닥을 넓게 펼쳤다. 진이는 털이 무성한 블랑 선교사의 팔에 매달린 작고 앙상한 소년의 손가락을 번갈아 바라보았다.

〈선교사님은 어디로 가요?〉

—어디에 있어도 나는 천주님과 함께 네 곁에 있어.

〈나를 보러 와요?〉

—비앙 쉬르.

비앙 쉬르! 진이가 블랑의 불어를 따라 했다. 침울한 분위기 속에 있던 세 사람이 진이를 바라보며 웃음을 터뜨렸다. 그제야 안심이 되었을까. 소년이 고개를 끄덕였다.

—그래, 잘 생각했다. 여기 있다가 선교사님의 거처가 안정

이 되면 그때 가도 되지 않느냐. 이런, 밥이 다 식었네. 자, 마저 먹자.

네 사람은 다시 밥상 앞에 모여들었다. 그사이 처음 밥상을 마주한 사람들 같지 않게 네 사람은 스스럼없어졌다. 블랑이 숟가락을 강된장이 담긴 뚝배기 속에 밀어넣었다. 상추쌈에 강된장을 떠 올리려던 진이의 숟가락과 블랑의 숟가락이 뚝배기 속에서 부딪쳤다. 큰 밥사발 안에 수북이 담긴 밥의 양에만 놀란 게 아니라, 뚝배기 안의 국물을 밥상 앞에 모여든 사람들이 스스럼없이 같이 떠먹는 것에도 블랑은 놀랐다. 그런데 어느새 동화되었다. 같이 떠먹으니 더 맛이 나는 것도 같았다.

— 이 아이 이름은요?

— 그냥 애기야, 라고 부릅니다.

— 이름이 없습니까?

— 어찌 그리 되었습니다. 궁에서 대비전 애기씨라고 하다 보니…… 이름을 지어야지요.

강연이 제 앞의 밥그릇을 치우고 공간이 생긴 밥상에 커다랗게 '은방울'이라고 썼다.

— 은방울!

서씨와 블랑이 동시에 은방울! 이라고 쓴 글씨를 읽었다.

— 꽃같이 예뻐 보이는 모양이구나. 그래, 너는 앞으로 은방울이라 불러라.

말을 그렇게 했지만 너는 이름을 부를 수도 없지 않으냐, 강연을 바라보는 서씨의 마음이 애잔해졌다.

—프랑스 말을 잘 따라 하는군요.

—무엇이든 금방 배우는 아이지요. 한번은 궁에서 춤추는 무희를 보고 와서는 똑같이 추었어요. 저 마당에서 어찌나 사랑스럽게 춤을 추던지, 지나가는 사람들이 빙 둘러서 구경했답니다. 무엇이든 한번 일러주면 잊는 법이 없어요. 대비전에서 글을 가르쳐 웬만한 건 다 읽어내고 쓴답니다. 눈썰미가 다른 아입니다. 바느질하는 나를 넘겨다보더니 벌써 자수를 얼마나 아름다이 놓는데요⋯⋯ 어려서 역관인 아버지께 청국어를 조금 배웠지요. 저 아이에게 틈틈이 일러줬더니 것도 잘합니다. 연전엔 청국어를 꽤 하는 성균관 유생이 여기 묵은 적이 있는데, 저 아이와 곧잘 청국말로 대화를 했다니까요. 총명하기 이를 데 없어요. 이 아이를 이젠 어째야 할지 근심입니다.

서씨가 밥사발에 따라주는 뜨거운 숭늉을 마시려다 말고 블랑이 말했다.

—프랑스 말을 가르쳐볼까요?

—프랑스 말을요?

서씨는 진이와 블랑 선교사를 번갈아 쳐다보았다. 조선의 여자아이가 프랑스 말을 배워 어데다 쓸까? 싶었다. 서씨의 마음을 짐작했는지 블랑 선교사가 말을 이었다.

―조선은 앞으로 몰라보게 변화할 겁니다. 무엇이든 다른 사람이 못 하는 걸 익혀놓으면 제대로 쓰일 때가 있겠지요. 내가 조선인보다 잘할 수 있는 것이 프랑스 말뿐이니 그거라도 나눠줄까 해서요.

사랑하는 마음이 생기면 무엇이든 가르쳐주고 싶은 마음이 더불어 생긴다. 사랑하는 이가 어떤 상황과 마주쳐도 곤란에 빠지지 않기를 바라는 마음에서다.

―총명한 아이 같아 보입니다. 제가 프랑스 말을 가르친다고 하나, 그사이 저는 저 아이에게 부족한 조선어를 배우는 셈이 되겠지요.

블랑의 겸손한 말이 계속 이어졌다. 다행히 프랑스의 페롱 신부에 의해 완성된 불한사전의 필사본을 가지고 있으니 충분히 가르칠 수 있다고 하였다.

―사전을 필사하셨습니까?

―예, 페롱 신부님 육필본을 필사했습니다. 그게 있어 조선어를 배울 수 있었습니다.

다른 사람이 못 하는 것을 할 수 있게 되는 일이 살아가는 일에 힘이 되어줄지 고난을 가져다줄지는 나중의 일이다. 살아보지 않고는 모를 일이다.

남자아이였으면 좋을 텐데.

서씨는 자신에게 프랑스 말을 가르쳐주겠다는 블랑 선교사를 눈을 반짝이며 쳐다보고 있는 진이의 머리를 쓰다듬으며 등을 토닥여주었다. 말과 글을 흡수하는 진이의 능력이 다른 아이들보다 빠르다는 것을 서씨는 진작에 알고 있었다. 남자 아이였다면 글을 즐겨 읽거나 글을 잘 쓰거나 말을 잘하는 것 은 무조건 칭찬할 일이었다.

서씨는 깊은숨을 내쉬었다.

그림을 곧잘 그리고 춤을 잘 추는 재능이 조선의 여자아이 에게 과연 어떤 인생을 살게 할 것인지. 양반가의 규수도 아닌 서씨가 글을 읽고 서책을 가까이 했던 일은 고난이었다. 여자 가 책을 저리 가까이 한들 어데다 쓰냐는 말을 입에 달고 지냈 으나, 역관이었던 아버지는 서씨에게 새 책을 가져다주는 일 을 낙으로 여겼다. 혼례 전에는 서책을 읽는 일이 서씨에게 낙 이었다. 혼례 후 아이가 생기지 않는 세월 동안 서씨가 의지했 던 것 또한 밤늦도록 글을 읽는 일이었다. 그러나 서씨의 글 읽는 즐거움은 시댁 식구들의 눈엔 시답잖은 일이었다. 집안 일 뒤에 야음을 틈타 읽는 것이었는데도, 밉게 보자 한 눈에는 아이를 낳는 일에 정성을 쏟지 않고 늘 서책이나 끼고 있는 얄 미운 짓이었다. 남편은 그것에조차 무관심했다.

세월이 지날수록 글의 세계는 아이를 낳지 못하는 결핍을 참고 견디며 묵묵히 살아갈 수 있는 인내를 빼앗아갔다. 따가 운 눈총과 노골적인 멸시를 받으면 사람이 이렇게 사는 게 아니다, 싶은 폭발할 듯한 감정에 휩싸였다. 그 농도가 시간이 지날수록 짙어졌다. 결국 서씨는 스스로 그 집에서 나왔다. 서씨에게 기존의 것에 저항하게 했던 것은 서책의 세계였다.

배우는 일이 진이의 앞날에도 그런 힘겨운 영향을 끼치게 될까봐 서씨의 얼굴이 어두워졌다.

저녁밥상을 물린 후 블랑은 객방으로 옮겨갔다. 초롱불을 사이에 두고 진이에게 나, 너, 그, 그녀 같은 프랑스 말을 따라 하게 했다. 강연은 진이 옆에서 서씨는 설거지를 하며, 진이가 프랑스 말을 따라 하는 소리를 들었다. 블랑 선교사가 하는 대로 꼬박꼬박 따라만 하던 진이가 꽃은 프랑스 말로 무어냐고 물었다.

—라 플뢰르.

진이는 세상에 태어나 단 한 번도 써보지 않은 혀와 입천장 코 목 안쪽 기관을 움직이며 라 플뢰르……라고 따라 했다.

밥 먹은 그릇들을 씻어 살강에 엎어놓은 뒤 서씨가 객방의 문을 슬몃 열고 안을 들여다보았다.

세상의 큰 즐거움은 아이를 가르치는 일만이 아니다. 배우는 아이를 바라보는 일 또한 작년에 심었던 백합에서 새순이 가득 올라온 걸 처음 발견할 때와 같이 즐거운 일이다.

초롱불 아래 눈을 반짝이며 블랑 선교사가 일러주는 낯선 발음을 따라 하고 있는 진이를 보고 있는 서씨의 마음이 그랬다. 가슴이 뭉클하기까지 했다. 외우는 것에 그쳐서는 안 될 텐데. 배우는 일이 아이의 인생에 상처를 가져다주면 어쩌나 싶은 근심은 여전한 채로 어느덧 새로운 욕구가 서씨의 마음에 움텄다. 배우는 일에 저리 몰두하는 아이이니 저 아이의 타고난 재능이 무엇인지 어서 알아내 그 길로 들어서게 해주는 것도 좋으련만 싶었다. 블랑이 문고리를 잡은 채 리진을 바라보고 있는 서씨를 향해 이보세요, 아주 잘하잖아요! 만면에 웃음을 띠었다. 블랑이 우리라는 뜻을 품은 프랑스 말 '누'를 일러줄 때 진이는 방문 밖에 서 있는 서씨와 바로 옆의 강연을 번갈아 보며 누우…… 감정을 끌어당기는 듯한 소리를 냈다. 음악을 느끼는 사람은 여럿이 한자리에 있으면서도 혼자 있는 듯한 얼굴이 된다. 육체의 것이 아니라 영혼의 것이기 때문이다. 혀를 굴려 소리를 이끌어내는 일에 열중해 있는 리진의 뺨은 홍조가 가득한데, 강연은 리진의 입속에서 둥글게 모아졌다가 흘러나오는 소리들을 귀를 갸웃이 기울인 채 듣고 있었다. 혼자 있는 듯한 표정이었다.

서씨는 소리나지 않게 문을 가만히 닫았다. 안으로 가둬놓지 말고 자꾸 큰 소리를 내며 연습을 해야 한다고 이르는 블랑 선교사의 말이 서씨의 귓결에 담겼다.

밤늦도록 낯선 말을 배우던 진이는 다음날 늦잠을 잤다.

궁에서 항아님이 오기 전에 어서 일어나라고 서씨가 채근해도 이불 속에서 나오지 않으며 늑장을 부리던 진이의 눈앞에 강연과 블랑 선교사의 얼굴이 스쳐 지나갔다. 진이의 얼굴이 한순간 붉어졌다. 이불 속에서 빠져나와 슬며시 방문을 밀고 마당을 내다보았다. 강연이 빗자루를 들고 마당을 쓸고 있었다. 약간 큰 무명옷을 연신 끌어올리면서. 측백나무 잔가지로 이루어진 낡은 울타리를 손질하고 있는 블랑 선교사의 모습도 눈에 잡혔다. 마당을 다 쓴 강연이 빗자루를 탁탁 털더니 울타리에 기대 세워놓았다. 눈이 마주칠 것 같아 진이는 얼굴을 얼른 안으로 들여놓았다. 다시 내다보니 강연은 우물 쪽으로 걸어가고 있었다. 손을 씻거나 세수를 하려는가보았다. 가만히 방문을 닫는 진이의 얼굴에 미소가 일렁였다. 이른 새벽에 방문을 열어보면 텅 비어 있던 마당이었는데 이 아침에 한 사람은 마당을 쓸고 있고 또 한 사람은 울타리를 고치고 있었다. 부모 밑에 아이들이 크고 있는 다른 집과 같이 여겨졌다. 기분이 좋아져 미소를 가득 머금은 채 이불을 개키고 있는 진이의 머릿속에 어젯밤에 배웠던 프랑스 말들이 나비처럼 날아다녔다.

조반도 들기 전인데 궁에서 이나인이 도착했다.

어제 리진을 데려다주러 왔을 때 블랑 선교사를 발견하고는 위험물을 피하듯 달아났던 이나인은 하룻밤 사이에 한결 온화해진 얼굴이었다. 다른 날 같으면 궁으로 떠날 시간에 아직 조반도 들고 있지 않은 진이를 나무라지도 서두르라 채근도 하

지 않았다. 오히려 이나인은 무슨 할말이 있는 듯 블랑 선교사
와 강연을 번갈아 쳐다보더니 이윽고 물었다.

─거처를 여기로 삼으셨습니까?

예기치 않았던 이나인의 물음에 블랑 선교사는 손질하고 있
던 측백나무 울에서 손을 놓았다.

─당분간 여기 계실 것입니다. 그건 왜 물으시는지요, 항아
님?

이나인의 질문을 서씨가 대신 받았다. 서씨의 얼굴에 긴장
이 어렸다.

─여기에서 미사도 봅니까?

서씨가 난처한 얼굴로 울타리 곁의 블랑 선교사를 바라보
았다.

─무슨 일로?

서씨가 되묻자 나인은 멈칫거리다가 결심을 한 듯 소매품
속에서 바가지통을 꺼냈다. 뚜껑을 열고 닫을 수 있도록 만든
것이었다. 나인은 바가지통을 블랑 선교사에게 내밀었다. 블
랑 선교사가 바가지통을 받아 열자 그 안에서는 십자가와 묵
주 그리고 종이에 필사된 주기도문이 나왔다.

비밀은 지켜지지 않는다. 두 사람 중의 한 사람이 죽는다면
모를까. 마음에 가득 비밀을 품고 있는 표정으로 이나인이 입
을 열었다.

—어머니 것입니다. 어떤 사연인지는 묻지 마십시오. 남기신 것이 이것뿐이라 여태 간직하고 있었으나 이걸 품고 있는 것이 항상 두려웠고 지금도 두렵습니다. 유품이라 소홀히 다룰 수도 없었습니다.

—……

—선교사님이 간직해주십시오. 그러면 내 손에 없어도 어머니께서 서운해하지 않으실 것 같습니다.

얼결에 성물이 들어 있는 바가지통을 받게 된 블랑 선교사는 이나인의 간절한 바람 때문에 도로 내주지도 못한 채 바가지통을 바라보았다. 블랑 선교사에겐 눈에 익은 것이기도 했다. 조선에 도착해 리델 주교가 머물고 있는 수분리를 찾았을 때 마을 집집마다 처마에 매달려 있던 성물단지와 같았다. 박해로 인해 식구와 터전을 잃고 쫓기는 신세가 된 그들의 상처는 박해가 지나간 뒤에도 신도로서의 증거물을 떳떳이 내놓지 못하고 그렇게들 은폐시켜놓고 있었다.

—간직해주십시오.

어머니가 어떻게 죽었기에 어머니가 남긴 성물들을 간직하는 것조차 저리 두려워하고 있는 것인지. 앞으로 있을 조선에서의 선교활동의 고난을 이나인이 말해주는 것 같았다.

—그리 하겠습니다.

이나인의 얼굴은 비로소 평상의 표정으로 돌아갔지만 그리

하겠다고 대답하는 블랑의 얼굴엔 그늘이 어렸다.

  그날부터 아침에 궁으로 나서는 진이를 배웅하는 사람이 두 사람 늘었다.

  강연과 블랑 선교사는 서씨 옆에 서서 이나인의 손을 잡고 반촌을 벗어나는 진이가 보이지 않을 때까지 쳐다보았다. 진이가 저만큼 가다가 뒤를 돌아다보면 강연이 손을 흔들었다. 진이가 궁에 가 있는 낮 동안 블랑 선교사는 강연을 데리고 오리나무나 밤나무가 심어진 반촌의 토담집들을 방문했다. 강연은 현방에 매달려 있는 고기에 한눈을 팔기도 하고 진이가 노루가 있다고 했던 숲을 건너다보기도 하며 블랑의 뒤를 따라다녔다. 채소와 땔감을 등에 가득 싣고 지나가는 황소가 블랑 선교사를 쳐다보기도 했다. 블랑 선교사는 온화한 얼굴로 사람들 곁으로 다가가려 했으나, 사람들은 블랑 선교사가 다가오면 우선 피하고 봤다. 우물가의 여자들은 물이 덜 채워진 동이를 머리에 이고 종종걸음을 쳤고 짚신장수나 봇짐장수들도 다른 길로 돌아섰다. 어쩌다 우연히 정면으로 마주치면 사람들은 바쁜 일이 있는 듯이 사립문을 열고 나가거나 닫아걸었다. 블랑은 실망하는 법 없이 그 다음날이면 쑥과 엉겅퀴와 억새풀이 자라고 있는 또다른 집의 사립문 앞에 서 있곤 했다.

  해가 저물면 강연은 물 위로 놓인 다리 난간에 걸터앉아 진이를 기다렸다.

저만치 이나인과 진이가 나타나면 강연의 눈엔 함빡 반가움이 일렁였다. 움직임이 굼뜬 강연은 진이에게로 달려갈 때만은 쏜살처럼 빨랐다. 처음엔 달려가서 뒤에 섰고 다음은 옆에 섰다. 강연이 달려와 진이 옆에 서면 이나인은 서씨네 마당까지 들어오지 않고 그쯤에서 돌아가기도 했다. 블랑 선교사를 처음 봤을 때 이나인의 얼굴에 드리워졌던 두려움은 점차 사라졌다. 나 비록 음산한 죽음의 골짜기를 지날지라도 내 곁에 주님이 계시오니 무서울 것 없어라. 원수들 보라는 듯 상을 차려주시고 기름 부어 내 머리에 발라주시니 내 잔이 넘치옵니다…… 이따금 블랑 선교사가 소리내어 읽는 시편을 마루 끝에 서서 물끄러미 듣고 서 있기도 했다.

리진이 먼저인지 강연이 먼저인지 누가 먼저인지 다리 위에서 만나면 어느 날부터 둘은 손을 잡고 걸었다. 그렇게 여름이 갔다. 잡은 손을 허공으로 흔들며 사립문으로 들어서면 저녁을 짓고 있던 서씨가 두 아이를 내다보며 입가에 함빡 웃음을 띠었다. 그렇게 가을이 다가왔다. 어느 날부턴가 밤에 블랑 선교사에게 프랑스 말을 배우는 진이 곁에서 강연은 나직이 죽피리를 불었다. 글 배우는 시간이 늦어지면 강연은 블랑 선교사의 다리를 베고 누워서 잠이 들기도 했다. 그렇게 가을이 깊어갔다.

십일월의 어느 날 한밤중이다. 왕가의 권위를 되찾고자 대원군이 칠 년이나 공들여 복원했던 경복궁에 큰불이 나 검은 연기가 궁궐을 에워쌌다. 철인대비가 진이를 집에 보내는 걸 유난히 아쉬워해 진이가 처음으로 철인대비 옆에서 자던 날이었다.

적요하던 한밤중의 궁궐은 큰 소란에 휩싸였다. 위아래가 뒤섞이고 발길이 후닥닥거렸으며 문이 함부로 열렸다가 닫혔다. 불길을 피해 대비전 나인들을 뒤따라 종종걸음을 치던 진이는 어느 틈에 대비의 행렬에서 벗어나 어둠과 불길 속에 혼자 서 있었다. 불꽃이 튀면서 불길이 점점 자경전 쪽으로 옮겨왔다. 잠시 어둠 속에 서 있던 진이는 교태전으로 달려갔다. 위험을 느끼며 홀로 서 있자니 배즙을 먹여주던 왕비 생각이 간절했다. 불길은 왕비의 침전인 교태전에서 시작되었다고 했다.

교태전은 이미 형체를 알아볼 수 없을 만큼 불길에 휩싸여 있었다. 수많은 사람들이 동원되어 불길을 잡으려 애쓰고 있었으나 붉은 불은 하늘로 치솟을 듯 기세를 더해갔다. 사람들을 휘둘러보던 진이의 시선이 한곳에 붙박였다. 양의문 앞에 서 있는 왕비가 눈에 띄었다. 아귀의 혓바닥처럼 널름거리는 붉은 불길이 왕비를 비추고 있었다. 상궁이 연신 왕비를 향해 불길을 피할 것을 아뢰었으나 왕비는 꿈쩍도 하지 않았다. 진이는 사람들 사이를 뚫고 왕비에게 다가갔다. 상궁 뒤에 넋을 잃고 있는 나인들은 진이가 왕비 곁으로 다가가고 있다는 것조차 모르는 듯했다. 진이는 사람들 속을 헤집고 들어가 왕비의 소매 끝을 잡아당겼다. 상궁이 제지하기 전에 불타고 있는 자신의 침전을 바라보고 있던 왕비가 진이를 내려다보았다.

— 보아라. 나를 죽이려는 것이다.

왕비는 어린 진이의 손을 꽉 붙들었다. 힘이 얼마나 세게 들어가 있는지 손이 부서질 것 같았다.

— 나는 죽지 않는다.

왕비는 불길에 휩싸인 교태전이 무너지는 마지막 순간까지 진이의 손을 붙든 채로 그 자리에 서 있었다. 왕비의 손아귀에서 진이의 손은 왕비의 마음에 일렁이는 감정대로 억세게 쥐여지기도 하고 맥없이 풀리기도 했다. 왕비는 누구의 손을 붙들고 있는지 알지 못하는 듯했다. 그러는 사이에도 상궁이 여러 차례 위험을 알리며 몸을 피신할 것을 알렸으나 왕비는 움직이지 않았다. 선 채로 자신의 침전이 잿더미로 변해가는 것을 보고 있었다.

왕이 왔을 때조차 왕비는 왕의 얼굴을 보지 않고 불길을 노려보았다.

— 창경궁으로 건너갑시다.

왕의 말도 허사였다. 무엇으로도 왕비를 움직일 수 없다는 걸 깨달은 왕은 왕비가 손을 꼭 붙잡고 있는 진이를 바라보았다. 진이도 붉은 불길의 그림자가 일렁거리고 있는 왕의 얼굴을 보았다. 곤룡포의 용이 불길에 꿈틀거렸다.

—이 아이는 누구요?

그제야 왕비는 진이를 다시 내려다보았다. 왕비의 눈 속에
도 불이 일렁거렸다.

—나를 지켜줄 아입니다.

왕에게 건네는 왕비의 첫마디였다.

—누구인데 그러오?

—누구인들 운현궁 아버님 같겠습니까?

싸늘한 목소리였다.

—운현궁에서 불을 냈다고 생각하시오?

—아니라고 여기십니까?

—……

—아니라고 여기십니까? 이 깊은 내전에 저런 불을 낼 수
있는 사람이 이 조선에 또 누가 있단 말입니까?

—……

—나를 죽이고자 함입니다.

—중전이 여기서 이러고 있다 혹 다치기라도 하면 병약한
왕세자는 누가 돌보겠소. 세자를 생각하시오.

—이미 죽었을 수도 있었습니다!

왕의 얼굴이 딱딱하게 굳어졌다. 왕이 고뇌에 찬 얼굴로 물
러갔다. 불길은 교태전을 불태운 후에도 자경전으로 옮겨붙어
새벽녘까지 내전 팔십여 칸을 소실시키고 나서야 잠잠해졌다.

리진이 자주 바라보던 흙을 구워 박아넣은 꽃담의 국화 석류 모란들, 보름달이 걸린 매화 가지에 새 한 마리가 자고 있는 무늬도 검게 그을리고 무너졌다. 날이 밝아올 무렵까지도 꼿꼿이 서 있던 왕비는 어느 순간 현실을 깨달은 듯 자신의 손이 무얼 붙들고 있는지를 보았다.

실핏줄이 터졌는가. 왕비의 눈은 붉게 충혈되어 있었다. 온몸에서 힘이 빠져나가는지 왕비의 손이 스르륵 아래로 미끄러지는 통에 진이의 손도 떨구어졌다.

─함께 있어주어 고맙구나.

핏발 선 눈으로 왕비는 뒤돌아섰다. 왕비는 반듯하게 등을 세우고 걸었다. 선 채로 밤을 새운 왕비였다. 누구에겐가 자신이 의연하다는 것을 보여줄 의도가 아니라면 그렇게 꼿꼿이 걸을 수는 없었다.

왕비를 뒤따르려는 진이를 나인들이 가로막았다.

잔불길이 죽지 않고 일렁거리는 새벽녘의 궁에서 진이는 홀로 빠져나왔다. 강녕전과 사정전을 지나 영추문으로 나왔을 때다. 궁궐 담벼락을 따라 웅성거리며 모여 있던 사람들 속에서 누군가 은방울! 소리치며 뛰어왔다. 불냄새가 잔뜩 묻어 있는 진이는 사람들 속에서 은방울! 이라고 소리치며 달려오는 강연을 멀거니 바라보았다. 처음 듣는 강연의 목소리였다. 궁궐 담벼락을 따라 달려오던 강연이 진이의 코앞에서 멈추었다. 강연은 밤새 궁 밖에서 진이를 기다렸던 모양이었다. 이슬이 묻어 무명옷이 축축했다.

　—나를 불렀어?

　—……

　—말을 할 줄 알아?

　강연이 눈을 둥그렇게 뜨고 진이를 바라보았다.

　—은방울이라고 불렀지 않아?

　오히려 강연이 놀란 눈이었다. 하늘을 향해 거침없이 치솟는 불길을 보고 궁 밖에서 밤을 새운 강연이었다. 진이가 불에 탔을지도 모른다고 생각하면 무릎이 푹 꺾였다. 두려움이 가슴을 가득 메워 숨이 가빴다. 새벽빛을 받으며 영추문으로 걸어나오는 진이를 보았을 때 강연은 가슴이 벅차올라 그대로 숨이 멎는 듯했다. 강연은 그것만 알았다.

　언제 은방울이라고 소리쳐 불렀냐는 듯 다시 침묵 속으로 들어가는 강연을 물끄러미 바라보다가 진이 먼저 걸음을 뗐다. 이나인 없이 궁에서 반촌의 서씨네로 가는 것은 처음이었다. 모든 걸 이나인에게 맡기고 사방을 구경하며 걷던 때와는 달리 진이의 눈길이 조심스러워졌다.

　—넌 말을 할 줄 알아.

　—……

　—난 분명히 들었어.

진이가 궁에서 돌아오지 않을 수도 있다는 것을 몰랐던 강연은 밤이 깊도록 다리 위에서 진이를 기다렸다. 서씨가 오늘은 궁에서 자고 오려나보다, 했어도 한밤중에 다시 다리로 나가 진이를 기다렸다. 그러다가 궁 쪽에서 치솟아오르는 붉은 불길을 보게 되었다. 궁에서 불이 났다는 생각을 미처 못한 강연은 어둠 속에서 불구경을 했다. 불길이 꺼지지 않자 그때야 궁궐에서 불이 났을지도 모른다는 생각을 했다. 그 불길 속에 진이가 있다는 생각으로 옮겨가자 강연은 화급히 궁을 향해 뛰었다. 궁 쪽으로 빨리 가겠다 싶으면 길이 아닌 풀숲으로 소나무 길로 냇가로 뛰고 또 뛰었다. 그러나 궁을 눈앞에 두고도 들어갈 수가 없었다. 궁 밖에서 궁 안의 불길을 바라보며 그렇게 날을 새우는 동안 강연의 눈에도 핏발이 섰다.

저만큼 서씨네 집이 보였다.

지치고 허탈한 마음에 진이는 걸음을 빨리했다. 마당으로 들어섰으나 내다보는 이가 없었다. 기다리는 사람이 없는 텅 빈 집은 아무리 작은 집도 허공보다 넓어 보인다. 서씨는 어디서 무엇을 하고 있거나 간에 궁에서 진이가 돌아올 시각이면 집으로 돌아와 있곤 했다. 아무도 없는 집이 낯설고 적막해 진이는 방문을 세차게 열어보았다. 바느질을 하고 있던 서씨의 흔적이 어지럽게 널려 있을 뿐이다. 밤마다 블랑 선교사에게 프랑스 말을 배우던 객방도 텅 비어 있었다. 아궁이의 아궁문

도 굳게 닫혀 있었다. 뒤란 쪽으로 난 문을 밀어봤다. 대나무
숲에도 그 앞의 장항아리 옆에도 서씨는 없었다. 서씨와 블랑
선교사를 찾아 헤매느라 집 안을 왔다갔다하는 진이를 강연이
마루에 걸터앉아 바라보았다. 진이 강연 곁에 나란히 앉았다.

─어디 갔지?

강연이 진이의 손바닥을 끌어당겨 글씨를 쓰려 했다. 리진
이 손바닥을 팽개쳤다.

─말로 해봐.

강연이 고개를 숙였다. 침묵이 흘렀다. 진이 강연을 향해 손
바닥을 내밀었다.

〈선교사님…… 떠났어.〉

진이의 머릿속이 멍해졌다.

─어디로?

대답 대신 강연이 마루에서 일어나 객방에 들어갔다 나왔
다. 진이 강연에게서 건네받은 것은 블랑 선교사의 손때가 묻
은 낡은 겉표지의 불한사전이었다. 오래되고 손때가 묻어 나
달나달해진 불한사전 속엔 조선어와 프랑스어로 된 짧은 편지
가 한 장 들어 있었다.

〈조선에 와 너를 알게 되어서 기쁘다. 항상 생각하고 배워
라.〉

밤마다 진이의 얼굴 밑에 사전을 들이밀며 새로운 말들을

일러주던 블랑 선교사의 목소리에 더 열심히 귀를 기울인 건 강연이었다.

— 왜 따라가지 않았어?

—……

— 괜찮아?

강연은 손깍지를 깊이 끼며 고개를 숙였다. 블랑 선교사가 떠났다고 생각하자 진이는 마음이 텅 비는 것 같았다. 밥상을 사이에 두고 넷이 앉아서 숟가락을 부딪쳐가며 밥을 먹을 때면 자신도 모르게 입가에 웃음이 번지던 행복감이 아득한 옛 일같이 느껴졌다.

뒤늦게야 궁궐이 불타고 있다는 소식을 듣고 궁으로 달려갔다가 돌아오던 서씨가 마루에 앉아 있는 강연과 진이를 저 멀리에서 발견하고는 화급히 뛰어왔다. 서씨를 보는 순간 진이의 얼굴이 일그러졌다. 불을 보고서도 왕비를 보고서도 강연을 보고서도 울지 않던 진이가 울음을 터뜨렸다. 서씨를 보자마자 간밤에 겪었던 두려움들이 한꺼번에 몰려왔다. 진이는 블랑 선교사가 두고 간 불한사전을 끌어안았다.

〈네가 죽으면 나도 죽을 거야.〉

강연은 진이의 손바닥을 끌어당겨 네가 죽으면 나도 죽을 거야, 라고 자꾸만 썼다.

— 난 죽지 않아!

진이는 강연을 향해 고함치듯 말하다가 입을 굳게 다물었다. 교태전을 불태우던 붉은 불길을 쳐다보며 나는 죽지 않는다, 싸늘하게 말하던 왕비의 얼굴이 스쳐갔다. 고립감과 분노에 가득 찬 왕비의 차가운 얼굴은 하얀 배 속을 긁어내 입 안에 넣어주던 그 모습이 아니었다. 진이가 강연을 향해 다시 말했다.

— 난 죽지 않아.

프랑스가 대혁명의 성과물인 미터법을 국제적으로 통용시키고, 독일이 가스를 폭발시켜 에너지를 동력장치로 전달하는 내연기관이 등장하던 무렵, 세계를 향해 이제 문을 연 조선에선 간밤에 궁궐이 불타는 모습을 보고 온 어린 소녀가 불한사전을 껴안고 울고 있었다.

2장

어 떤 눈 속 엔 운명이 담겨 있다

1. 만남

각하,

이달 3일 제물포에 도착해서 곧 서울로 들어가기 위해 준비했으며 6월 6일 도착했음을 알려드리게 된 것을 영광으로 생각합니다. 바로 다음날 통리교섭통상사무아문의 독판에게 프랑스 공화국 위원 자격으로 저를 받아들여달라는 신임장을 제출했습니다.

장관 각하, 각하의 겸손하고 순종하는 관리가 된 것을 영광스럽게 생각하며 깊은 존경을 받아주십시오.

서울, 1888년 6월 10일

콜랭 드 플랑시

수목에 맺힌 투명한 이슬방울이 아침빛에 사라지는 순간처럼, 짧지만 영원으로 각인되는 만남이 있다.

1888년 6월의 어느 아침.

콜랭 빅토르 오귀스트 드 플랑시는 서소문에 있는 프랑스 공사관의 거울 앞에서 예복을 차려입고 있었다. 기와로 된 집에 유리창을 달아놓은 공사관 마당엔 꽃과 나무가 가득하다.

수국이며 모란이며 봉선화 들 사이로 모과나무와 감나무가 서 있고 조롱싸리와 찔레가 바짝 붙어 있는 뒤에는 배롱나무가 우거져 있는데, 그 가지를 타고 능소화 줄기가 기세 좋게 뻗어 있다.

거울을 들여다보며 단장을 하다 긴장이 느껴지면 콜랭은 초여름 바람에 흔들리는 마당 벽오동나무의 큼직한 푸른 잎사귀에 시선을 주었다. 하얀색 돛단배 모양의 작은 꽃들이 푸른 잎새 사이로 가득 매달려 있었다.

공사관을 처음 찾던 날, 담장 바깥으로 시원하게 뻗어 있는 벽오동의 커다란 푸른 잎들을 발견했을 때 콜랭은 저절로 미소가 지어졌다. 동양 사람들은 벽오동을 아낀다는 생각이 들었다. 청국에서 머물렀던 프랑스 공사관 마당에도 벽오동나무가 있었다. 가을이 되면 커다란 잎새가 뚝뚝 떨어졌다. 콜랭이 벽오동나무를 알아보자 조선인 통역관은 봉황이란 새는 벽오동에만 둥지를 틀며 벽오동나무 위에서만 울고 대나무의 열매만 먹는다고 말했다. 청국 관리가 일러준 이야기와 같았다. 콜랭이 봉황을 보았느냐 물으니, 통역관은 봉황을 보게 되면 영원히 죽지 않으니 조선에 머무는 동안 보게 되기를 바란다고 축원했다. 그것도 청국에서 듣던 대로였다. 벽오동을 심는 이유는 봉황을 보기 위해서라는데 그 봉황을 보았다는 이가 청국엔 없더니 조선에도 없는 모양이다, 하니 통역관은 볼 수 없으니 이미 본 거나 다름없다고 말을 받았다. 콜랭은 동양인들이 자연스레 지니고 있는 그런 것도 같고 아닌 것도 같은 어법을 들을 때면 신기한 마음이 들었다. 모난 것을 둥글게 만드는 힘이 그 어법 속에 들어 있었다.

벽오동나무에 잠시 눈길을 주던 콜랭은 다시 거울을 들여다 봤다.

조선에서의 긴 체류를 마친 영국 총영사 워터스가 예복이 아닌 야회복 차림으로 작별인사차 왕을 알현하러 갔다가 대기실에서 두 시간을 기다린 후, 그 옷차림으로는 왕을 알현할 수 없다는 통보를 받았다는 얘기를 조선에 도착하자마자 전해 들었다.

워터스는 조선 정부에 자신의 귀국을 알리며 여러 차례 왕의 알현을 청했으나 떠나기 이틀 전까지 알현을 통보받지 못했다. 더이상 궁에서 자신을 부르지 않을 것으로 여긴 그는 다른 짐들과 함께 의복들이 담긴 가방도 먼저 발송했다. 마지막 알현을 희망한다는 워터스의 문서에 회답이 왔을 때 워터스에게는 야회복밖에 남아 있지 않았다. 왕을 만나면 자신의 복장에 대해서 설명할 기회가 있을 거라 여기고 왕을 알현하러 간 워터스는 복장 때문에 조선의 왕에게 후임자를 소개할 기회를 갖지 못한 채 떠났다고 했다.

실수가 없어야 할 뿐 아니라 최대한 좋은 인상을 남기는 것이 오늘 자신이 할 일이라고 생각하고 있는 콜랭은 이미 닦아 놓은 은성 금성 견장들을 다시 한번 닦았다. 가슴에 달린 황색 수술들을 가지런히 손빗질하고 어깨를 가로지르고 있는 예장용 띠가 흐트러지지 않도록 당겨맸다. 손바닥에 살짝 기름을 발라 턱수염과 머리를 눌러주었다. 거울 속 자신의 모습을 위아래로 찬찬히 살펴본 뒤 잠시 생각에 잠겨 있던 콜랭은 용기를 낸 듯 탁자 위에 놓여 있던 최근에 구입한 컨실드 베스트 카메라를 조끼 안에 숨겼다. 컨실드 베스트 카메라는 사십 밀리 렌즈를 단춧구멍 속에 끼워 만든 것이었다. 주머니 속에 손을 넣고 있다가 끈을 당기면 피사체 모르게 감쪽같이 사진이 찍혔다. 필요에 따라 삼각대 사용도 가능한 점이 콜랭의 마음을 끌었다. 사오 년 전부터 사진 찍는 걸 좋아하게 된 콜랭은 컨실드 베스트 카메라로 사진을 찍을 때마다 이건 아예 처음부터 피사체 몰래 찍기 위해 만들어진 것 같다는 생각이 들곤 했다.

알현시각은 오전 열한시였지만 콜랭은 그보다 한 시간 먼저 궁에 도착할 수 있도록 여유를 가지고 출발했다.

어젯밤에 내린 비로 땅이 질퍽거렸다.

그래도 빗방울이 맺힌 공사관 앞의 채소밭은 싱그럽기 그지없다. 콜랭은 프랑스 공사관 뒤쪽으로 희미하게 보이는 러시아 공사관 건물을 슬쩍 바라보았다. 러시아 공사관을 보고 있으면 조선에 너무 늦게 왔다는 생각이 들곤 했다. 조선이 프랑스 정부에 공사를 파견해주기를 원한 것은 벌써 이 년 전의 일이다. 프랑스 외무부의 신임장을 소지하고 조선에 입국한 첫 대리공사가 콜랭이었다. 콜랭이 청국을 통해 제물포에 도착했을 때 통리교섭통상사무아문 협판(協辦) 중의 한 사람이 콜랭을 서울까지 수행하기 위해 나와 있었다. 그는 대리공사의 직함인 콜랭이 공사의 권한을 갖추었는지를 여러 차례 확인하더니 바로 왕에게 콜랭의 조선 도착을 알리겠다며 기뻐했다.

제물포에서 서울에 이르는 동안 콜랭의 눈에 가장 인상적이었던 풍경은 낮은 언덕이나 산의 소나무 사이 어디에나 있는 묘지였다. 그것이 묘지라는 것을 몰랐을 때 콜랭은 산속뿐 아니라 밭두둑이나 마을 가까이의 언덕 등 햇볕이 잘 드는 곳이면 어디에나 풀이 무성하게 돋은 둥글게 솟아 있는 것의 정체가 궁금했다. 누군가 묘지라고 했다. 묘지라…… 콜랭은 아지랑이를 바라볼 때처럼 아련한 기분에 휩싸였다. 죽은 사람의 집을 저렇게 둥글고 아담하고 푸르게 만들어놓다니. 죽은 자와 산 자가 산야에 함께 섞여 살고 있는 이 나라에서의 앞으로의 생활이 어떠할지 기대와 긴장이 생겼다.

콜랭은 인왕산의 품에 안겨 있는 궁궐 문 앞의 넓은 주작대로와 육조거리를 걸어보고 싶었으나 통역관은 대궐의 오문(午

門) 앞은 걸을 수 없게 되어 있다고 했다. 할 수 없이 콜랭은 가마에 올라탔다. 가마꾼들이 물이 고여 있는 곳을 피하느라 큰 걸음을 뗄 때면 콜랭의 몸이 이리저리 함부로 흔들렸다. 공들여 매만진 예복이 흐트러질까봐 신경이 쓰였다. 가마꾼들이 해태가 우직하게 버티고 있는 오문 앞에 콜랭을 내려놓자, 대기하고 있던 청국어를 할 줄 아는 관리가 다가왔다. 콜랭을 궁궐 안으로 안내할 관리였다. 콜랭은 오문에 버티고 서 있는 돌 짐승을 향해 조끼 주머니 속 끈을 잡아당겼다. 세 개의 홍예문 이맛돌에 새겨진 용의 모습도 관리 몰래 찍었다. 대궐 안으로 들어가서도 왕을 알현할 수 있는 접견실로 가기 위해서는 개울을 건너고 다리를 지나야 했다.

화강암으로 둘러싸인 연못을 지날 때였다.

저만큼 노랑 저고리에 다홍치마를 입은 어린 궁녀 서넛이 웃고 장난치며 걸어오다가 콜랭을 보고는 눈이 휘둥그레졌다. 검은 머리가 아닌 갈색 머리, 누런 얼굴이 아닌 흰 얼굴의 외국인을 보아 깜짝 놀란 표정이었다. 휘황한 예복 차림도 어린 궁녀들에겐 구경거리였을 것이다. 콜랭이 걸음을 멈추자 어린 궁녀들은 누가 먼저랄 것 없이 냅다 뛰면서 저희들끼리 웃음을 터뜨렸다. 그중의 한 어린 궁녀는 무서운 것을 만났을 때와 같은 표정을 지었다. 콜랭은 발랄하게 도망치는 어린 궁녀들을 향해 다시 카메라의 끈을 잡아당겼다. 콜랭이 사라져

가는 어린 궁녀들의 뒷모습에서 눈길을 떼지 못하자, 관리가 견습나인들 중에서도 가장 나이가 어린 생각시들이라고 일러 주었다.

—어려서부터 궁에서 사는 모양이지요?

—궁에서 궁녀의 자질을 익힙니다.

—무엇을 배웁니까?

—궁중 법도와 예절, 노래와 춤, 의술, 소학과 훈민정음도 배웁니다.

근정문 쪽으로 가는 다리 아래로 맑은 물이 흐르고 있었다. 콜랭이 잠시 물을 바라보고 있을 때 곡선으로 휘어진 다리 위로 상궁과 나인 한 사람이 걸어오는 모습이 보였다. 앞서 걷고 있는 청옥당혜를 신은 상궁의 걸음걸이는 사뭇 활기차고 당당해 보였다. 궁녀로서의 자부심이 한껏 느껴지는 걸음걸이였다. 콜랭은 상궁의 뒤를 따르고 있는 홍옥당혜를 신은 궁녀를 향해 카메라 끈을 잡아당겼다.

어떤 눈 속엔 운명이 담겨 있다.

관리의 재촉으로 걸음을 빨리 옮기다가 뒤가 당기는 것 같아 콜랭이 뒤돌아보았을 때다. 콜랭과 마찬가지로 동시에 뒤를 돌아다보고 있던 궁녀의 눈과 콜랭의 눈이 한순간 마주쳤다. 궁녀와 눈이 마주친 순간 콜랭은 서 있는 그 자리에 붙박이는 듯했다. 궁녀의 깊고 검은 눈에 한껏 다정함이 묻어 있어

서였다. 장난기 없이, 놀라움 없이, 구경하는 마음 없이, 이미
자신을 알고 있는 듯이 다정하게 바라보는 조선인의 눈을 콜
랭은 처음 보았다. 그러나 콜랭이 오로지 그 다정함 때문에 그
자리에 붙박이는 듯했던 건 아니다. 궁녀의 검은 눈과 마주치
는 순간 콜랭은 예상치 않았던 옛 추억의 한 단락과 마주쳤다.
이미 잊혀졌다고 여겼던 얼굴 하나가, 궁녀의 반짝이는 검은
눈과 마주치는 순간 되살아났다. 급물살에 떠밀리는 듯한 느
낌이었다.

　―봉주르.

　콜랭은 손을 가지런히 모으고 있는 검은 눈의 궁녀를 향해
자신도 모르게 프랑스어로 인사를 했다.

　―봉주르.

　콜랭은 자신의 귀를 의심했다. 조선 왕궁의 궁녀 복장을 한
검은 눈의 여인에게서 프랑스어가 흘러나왔다. 어리둥절해 잠
시 혼란스러워하면서도 콜랭은 자신도 모르게 궁녀의 검은 눈
을 향해 주머니 속의 카메라 끈을 슬쩍 잡아당겼다. 궁녀는 짧
은 순간 입가에 머금었던 미소를 거두고 검은 눈을 아래로 내
리더니 몸을 가볍게 돌렸다. 능소화 곁의 나비 한 마리가 날개
를 접는 듯했다. 앞서 걸어가고 있는 상궁을 향해 몸을 돌리는
궁녀의 옆얼굴을 향해, 콜랭은 다시 한번 얼른 카메라의 끈을
잡아당겼다. 궁녀의 옥색 저고리와 네 폭의 남색 치마, 그 위

에 덧입은 견막이가 초여름의 바람결에 살랑이며 멀어졌다.

다시 관리의 뒤를 따라 알현실을 향해 걸어가고 있던 콜랭의 마음이 적요해졌다. 봉주르. 분명 궁녀는 자신의 인사를 프랑스어로 받았다. 당신도 들었느냐고 관리에게 물어보고 싶은 것을 콜랭은 참았다.

무엇이든 호기심을 가지고 사진을 찍어두려던 욕구가 사라진 콜랭의 마음자리에 조금 전에 마주친 궁녀의 검은 눈이 가득 차올랐다. 그 검은 눈은 콜랭이 아주 오랫동안 잊고 지냈던 태생지를 생각나게 했다. 프랑스 북동부에 있는 플랑시 마을. 아일랜드 출신의 이주자였던 소설가 아버지. 시를 지어 읽어주기를 좋아했던 어머니. 그리고…… 콜랭은 깊은숨을 내쉬었다. 플랑시 마을에서 홀로 검은 머리칼과 검은 눈을 가졌던 마리. 플랑시 마을은 콜랭의 가족에게 상처와 굴욕과 동시에 야망과 슬픔을 안겨주었다. 쫓겨나듯 그 마을을 떠나 파리로 온 후 콜랭의 가족은 플랑시 마을을 잊고 지냈다. 단 한 번도 그 마을에 다시 가본 적이 없었다. 생각해본들 아픔만 밀려올 뿐이었으니까. 그런데 뜻밖에 머나먼 극동의 땅 조선의 궁궐에서 그 마을을 생각하게 될 줄이야.

— 이름이 무엇이었을까요?

콜랭의 독백에 가까운 질문에 앞서가던 관리가 누구 이름 말이냐는 듯 뒤돌아보았다.

─좀 전에 마주친 궁녀 말입니다.

─김나인이거나 최나인이거나 박나인 아니겠습니까.

─예?

─궁에서는 그렇게 부릅니다.

콜랭은 오전인데도 그늘을 이루고 있는 깊은 품의 소나무를 올려다보았다.

─궁녀에게 마음을 두어서는 아니 됩니다.

관리는 마치 콜랭의 마음 안에 일렁이는 파문을 들여다보고 있는 듯 말했다.

─궁궐 안의 여인들은 전하의 여인들입니다. 전하의 여인들에게 마음을 두는 것은 씻을 수 없는 죄가 되며 멸문을 당하지요.

나무라는 듯한 관리의 말에 콜랭은 쓸쓸하게 홀로 웃었다.

근정문으로 들어가는 입구 서북쪽에서 남으로 물이 흐르고 있다. 물은 막지 않으면 흐르고 막으면 저항 없이 고인다. 막았던 것을 터주면 다시 흘러간다. 흐르는 물을 따라 금천교 위에 이르렀을 때 관리가 정중히 말했다.

─명당수입니다. 궁궐을 드나드는 사람에게 맑고 바른 마음으로 나랏일을 살피라는 뜻을 가지고 흐르는 물이지요.

─물에서 배우려는 사람의 마음은 동양이나 서양이나 비슷한가봅니다.

폭포에서 떨어진 물줄기에서 성급히 솟아오르는 물방울처럼 엄습해오던 옛 기억들을 수습하며 콜랭도 정중히 대꾸했다.

─이제 다 왔습니다.

관리가 걸음을 멈춘 곳은 근정전을 앞두고서였다. 둥그런 기둥들이 길게 줄지어 서 있는 회랑이 눈앞에 펼쳐졌다. 회랑으로 둘러싸이고 평평한 돌이 깔린 곳을 가리키며 관리가 조선의 조정이라고 일러주었다. 오랜 세월을 견딘 것 같은 아름드리 나무들보가 색색의 용머리로 마감된 기와지붕을 떠받치고 있다. 청나라의 궁궐은 바닥이 흙으로 구운 전돌로 되어 있었는데 조선은 화강암으로 이루어져 있다. 콜랭은 눈을 들어 멀리 백악을 올려다보았다. 흰 바위들이 우뚝우뚝 솟아 근정전을 자애롭게 내려다보고 있다.

콜랭은 대기실의 의자에 앉아 왕의 사자가 부르러 올 때까지 기다렸다.

대기실은 조그만 방이었으나 울창한 소나무 사이로 난 오솔길이 내다보였다. 의자 사용이 일반화된 청국과는 달리 조선에서는 의자 사용을 거부한다고 들었는데, 대기실엔 서양에서 온 것으로 보이는 탁자와 의자가 놓여 있었다. 어쩌면 청나라에서 온 것인지도 몰랐다. 탁자 위의 꽃병에는 일찍 핀 수국이 꽂혀 있었다. 콜랭이 누각 너머로 내다보이는 오솔길과 수국을 감상하고 있는 사이 다과가 나왔다. 영국산 비스킷과 함께 따라 나온 건 놀랍게도 프랑스산 포도주였다. 그 곁에 마닐라산 담배도 놓여 있었다. 알현시간이 지체되자 관리가 나와 요 며칠 연례행사인 왕의 거둥이 있었다고 했다. 콜랭이 무슨 말인지 알아듣지 못하자 관리가 왕가의 사당에 제사를 드리러 가는 행렬이 거둥이라고 일러주었다. 거둥을 마치고 어젯밤 왕이 다시 궁궐에 돌아온 시각이 너무 늦어 알현시간이 지체되고 있다는 것이었다.

얼마나 기다렸을까.

왕으로부터 전갈이 왔는지 관리가 다시 콜랭을 안내했다. 대기실에서 나와 두 개의 문을 통과하고 나니 사방이 넓게 트인 누각이었다. 왕과의 수월한 알현을 위해 통역사가 배치되었다. 탁자를 앞에 둔 채 가운데에 왕이 앉아 있고, 그 뒤와 양옆으로 궁중복을 입은 관리들이 예를 갖추고 등을 구부리고 있었다.

콜랭은 고개를 들어 왕이 앉아 있는 가운뎃자리를 바라보았다. 옥좌의 팔걸이에 조각되어 있는 용의 형상이 살아 있는 듯했고, 여덟 폭짜리 병풍이 옥좌를 에워싸고 있어 마치 왕을 보호하고 있는 듯했다. 거기에 가는 콧수염을 기른 천성이 온화해 보이는 조선의 왕이 너그러운 미소를 지으며 앉아 있었다.

—어서 오시오.

왕을 향해 안내하던 관리가 바닥에 엎드려 부복했다. 콜랭도 따라 부복하려 했으나 왕이 나서서 말렸다.

─ 괜찮소. 귀국의 예법대로 하시오.

콜랭은 정중히 고개를 숙였다.

─ 귀관이 조선에 유월 삼일에 도착했다고 들었소. 오늘이 벌써 유월 열이틀인데 바로 부르지 못한 것을 서운해 마시오.

─ 거둥이 계셨다는 얘기를 전해들었습니다.

─ 그래요. 어제야 돌아왔습니다.

몸가짐과 태도가 절제된 왕의 목소리는 나지막했다.

─ 그래 신임장은 가지고 왔소?

─ 예.

섬약해 보이는 왕의 눈이 시종 웃고 있었다. 콜랭은 왕이 자신에게 호의를 가지고 있음을 감지했다. 분위기를 흐리지 않으려고 왕의 물음에 대답을 할 때면 더욱 예를 갖추어 정중히 몸을 숙였다.

오랫동안 은둔의 나라였다가 이제야 세계를 향해 문을 연 조선이었다. 자국의 이익을 위해 최대한 조선을 이용하려는 열강의 틈바구니에 놓이는 건 당연했다. 새로운 문물과 함께 찾아온 일상의 극단적인 변화로 새것과 옛것이 마구 뒤섞이고 있었다.

─ 뱃길은 어떠했소?

―풍랑이 있었으나 대체로 순조로웠습니다.

―귀국의 대통령께서는 안녕하시오?

콜랭은 자신의 대통령 당선을 알리는 카르노 대통령의 서신을 왕에게 전달했다. 통역관의 대독을 듣고 있는 왕은 흡족한 표정이었다.

―조선에 법국 공사를 두게 되어 흐뭇하오. 귀관이 우리 조선의 상황을 잘 알아주어 귀국과 화해로운 시대를 열었으면 하오.

―최선을 다하겠습니다.

조선은 외세와 어떻게 균형을 이루어나가야 할 것인지 복잡한 갈등에 놓여 있었다. 러시아는 블라디보스토크보다 남쪽에 위치한 항구를 얻기 위해 남진정책을 펴며 조선으로의 진출을 꾀하고 있었고, 영국은 그러한 러시아의 남진정책을 저지한다는 명분으로 조선의 작은 섬 거문도를 무력 강탈하고는 포트해밀턴이라 명명해놓았으며, 이미 기득권을 가지고 있던 청국은 임오군란을 빌미로 조선에 주재관을 파견해놓은 상태였다. 조선에서의 일본의 팽창을 견제한다는 명분이었으나 기실은 조선의 내정문제에 직접적으로 개입하기 위해서였다.

―그래 이 나라에서 생활하는 데 어려운 점은 없소?

왕의 호의에 콜랭은 몸을 숙였다.

―불편한 게 있으면 무엇이든 말해보시오.

—한 가지 부탁을 드려도 되겠습니까?

—무엇이오?

—궁궐 안에서 사진을 찍을 수 있도록 해주십시오. 조선 궁궐의 아름다운 모습을 찍어두어 기념하고 싶습니다.

—그것뿐이오?

—예.

첫 만남부터 조선의 왕을 피로하게 할 필요는 없었다.

—사실은 제 조끼 속에 사진기가 있는데, 몰래 찍으려니 나쁜 짓을 하고 있는 것 같아 드리는 말씀입니다.

—조끼 속에 사진기가 있단 말이오?

—예.

—얼마나 작기에 조끼 속에 있단 말이오?

—이 년 전에 미국에서 만들어진 카메라입니다. 조끼 속에 가지고 다니며 찍는 것이지요. 카메라 렌즈가 마치 단추처럼 밖으로 나와 있습니다. 남모르게 사진을 찍기 위해 만들어진 게 아닌가 싶습니다. 발명이 되자마자 일만오천 대가 팔렸습니다. 몰래 사진을 찍고 싶어하는 사람들이 많은 모양입니다. 그중의 한 사람이 바로 저이기도 합니다.

왕이 소리를 내어 유쾌하게 웃었다.

—그렇다면 지금 나를 찍어보겠소?

—실내에서는 촬영이 불가능합니다. 빛이 모자랍니다.

— 애석하구려.

진심이었는지 왕은 아쉬운 표정을 지었다.

— 원하신다면 바깥에 나가서 찍으시겠습니까? 다음번에 알현할 때 사진을 가지고 오겠습니다.

콜랭으로서는 예의로 해본 말이었으나 그리 해볼까요? 하며 왕이 옥좌에서 일어났다. 왕의 갑작스런 거동에 당황한 건 내관들이었다. 그들이 왕을 만류했다. 사진을 찍으면 혼이 빠져나간다고 하는 이도 있었다.

— 왜들 이러시오. 이미 지우영이 내 어진을 찍어 보인 적이 있지 않소? 그런데 아직도 그런 말을 믿는단 말이오?

왕은 만류를 물리치고 근정전의 들보 앞에 서서 포즈를 취했다.

사진을 찍는 것은 몸의 감각을 일깨우는 일이다. 사물을 향해 거리를 재보는 것만으로도 그 사물에 대한 새로운 기억이 저장된다.

콜랭은 궁 안에 들어와 처음으로 피사체를 향해 렌즈를 제대로 조준하고 끈을 잡아당겼다. 당황한 내관들은 계속 어찌할 바를 모르고 전하! 전하! 를 복창했다.

다시 옥좌에 돌아와 앉은 왕의 입가엔 유쾌한 놀이를 하고 난 사람의 만족한 미소가 머물러 있었다. 콜랭은 긴장했다. 소박한 성품에 내성적으로 보이는 모습인데도 새로운 문화에 적

116

극적인 왕의 면모를 본 것이다. 자신의 조선 부임과 더불어 파리 외무부에서 왕에게 전하라고 한 세브르 도자기를 지금 왕에게 선물할 수 있었다면 왕이 매우 기뻐했으리란 생각이 들어 아쉽기도 했다. 세브르 도자기는 계획대로라면 이미 조선에 와 있어야 했으나, 일본과 조선 사이의 운송을 맡고 있는 일본 회사에서 발송이 늦어져 아직 도착 전이었다.

— 오늘 귀관 덕분에 유쾌했소. 근일에 내 귀관이 내 나라에 부임한 기념으로 연회를 열겠으니 그때 참석해주시오.

— 감사할 따름입니다.

왕에게는 뒷모습을 보이는 게 아니라고 했다. 예법에 따라 콜랭은 뒷걸음질과 옆걸음으로 왕 앞에서 물러나왔다. 이마에 땀방울이 송골송골 맺혔다. 어젯밤에 내린 비로 인해 질퍽한 궁궐의 진흙땅을 밟으며 왔던 길을 고스란히 되나왔다. 나비같이 가볍고 꽃같이 화사했으나 깊은 우수가 담겨 있던 검은 눈의 궁녀를 다시 보게 될까 싶어 콜랭의 눈은 궁궐 사방을 헤매다녔으나 허사였다.

공사관으로 돌아온 콜랭은 사무동에서 일을 보고 있는 서기관 게랭에게 조선에서 가장 빨리 사진을 인화할 수 있는 길이 무엇인지 물었다. 금천교 위에서 마주친 궁녀의 모습을 어서 보고 싶었다. 속마음은 내비치지 않았다. 다만 왕을 촬영하였는데 어찌 나왔는지 궁금하다고 말했다.

─용안을 찍었단 말씀입니까?

─그렇다니까요.

─궁궐에서는 사진 찍는 일 자체가 금지되어 있습니다. 그런데 용안을 찍었다니 믿기지가 않네요. 복잡한 절차를 거쳐야 가능한 일인데요.

콜랭이 용안을 찍는 일은 왕의 의사이기도 해서 어려운 일이 아니었고, 앞으로 궁궐에서 자유롭게 사진을 찍어도 좋다고 왕께서 직접 허락하셨다고 하자 게랭의 눈이 빛났다.

─축하드립니다.

느닷없는 말에 콜랭은 어리둥절했다.

─조선의 왕께서 공사님을 얼마나 환영하고 있는지 알 수 있는 대목입니다. 부임해왔으나 몇 달간 왕을 알현할 기회를 갖지 못한 외교관도 있고, 알현이 성사되어 궁에 가서도 헛걸음을 하고 돌아온 외교관도 있었습니다. 대기실에서 몇 시간씩 기다리는 건 일도 아니지요. 그런데 공사님이 부임한 지 며칠 만에 알현을 허락하셨고 조선의 궁중 법도를 따지지 않고 용안을 찍는 걸 허락하셨다는 것은 놀랄 만한 호의입니다.

서기관 게랭의 설명에 콜랭도 안도가 되었다. 왕의 호의는 콜랭 자신에게가 아니라 프랑스 정부에 대한 것이리라. 그날 밤에 콜랭은 프랑스의 외무부 장관에게 낮에 있었던 조선 왕과의 알현을 알리는 편지를 썼다. 조선으로 부임한 콜랭의 임무이기도 했다.

〈각하, 오늘 조선의 왕을 알현하였습니다. 왕은 새로운 문물을 수용하는 데 적극적인 모습을 보였습니다.〉

콜랭은 편지를 쓰다 말고 공사관 뜰로 걸어나왔다. 금천교를 지나다 마주친 깊고 검은 눈의 궁녀의 얼굴이 편지지를 가득 메워 그 얼굴에 글씨를 쓰는 듯해서다.

콜랭이 마당으로 나오는 기척에 잠을 자지 않고 있던 새끼 진돗개가 몸을 일으키더니 콜랭에게 다가왔다. 독판 조병식이 선물로 데려온 개였다. 조선의 남쪽 진도에서 태어나 진돗개라 불린다고 했다. 태어난 지 한 달도 되지 않은 새끼를 데려온 이유를, 진돗개는 한번 섬긴 주인을 평생 잊지 않는 성질이라 어려서부터 기르지 않으면 주인이 되지 못하기 때문이라고 했다. 주인을 잃으면 열흘이고 한 달이고 기어이 그 주인을 찾아가고야 마는 개라고도 하였다. 흰 털이 소복하게 자라 있는 새끼 진돗개는 사랑스러웠다. 콜랭이 등을 한번 쓸어주고 난 뒤 벽오동나무 밑으로 걸어가자 개도 한 발짝 뒤에 따라왔다. 플랑시 마을의 드 플랑시 귀족의 저택에도 털이 복슬한 하얀 개들이 여러 마리 있었다. 마리를 만나러 갈 때면 개들이 먼저 뛰쳐나왔다.

콜랭은 어둠 속에서 담배를 꺼내 입에 물었다. 허공에 담배 연기를 길게 내뿜었다. 어젯밤은 비가 내리더니 오늘 밤은 하늘에 별이 총총하다. 벽오동 나뭇잎이 살랑이고 어디선가 밤 뻐꾸기 우는 소리가 들려왔다.

때로 개는 집을 지키는 게 아니라 인간의 고독을 지킨다.

— 이름이라도 물어볼걸 그랬구나.

발 아래를 따라다니는 개를 향해 콜랭이 혼잣말을 하였다.

— 이름도 모르는데 다시 만날 수가 있을까?

콜랭이 몸을 숙여 개의 등을 쓸어내렸다. 짧게 마주쳤을 뿐인데 궁녀의 검은 눈은 이미 콜랭의 마음 안에 똬리를 틀었다. 오래 전에 잃어버린 시계를 되찾아 들여다보고 있는 기분이었다.

분명히 봉주르, 라고 내 인사를 받았어. 자연스럽게 흘러나오는 말이었어. 그 발음에 그 억양이라니…… 우리 말을 할 줄 안다는 얘기다!

콜랭은 두서없이 떠오르는 사념들을 떨쳐내려는 듯 벌떡 일어났다. 뜰을 서성이고 있는 자기 자신에 대한 모멸감이 들었다. 콜랭은 들고 있던 담배를 땅바닥에 버렸다. 발로 거칠게 문질렀다. 무엇에도 휘둘리고 싶지 않았다. 뚜벅뚜벅 걸어 공사관 내실로 들어와 다시 책상 앞에 앉은 콜랭은 부임장과 함께 받은 훈령을 꺼내 읽었다.

〈1886년 6월 4일에 조선과 프랑스 양국이 맺은 조약이 잘 시행되고 있는지 신중하게 관찰하는 일이 당신의 할 일입니다. 당신이 조선과 정치문제 못지않게 신중하게 상의해야 되는 것은 조선에 나가 있는 프랑스 선교사들에 관한 조항일 것입니다. 조선은 유럽 문화를 저의 없이 받아들이기로 한 것처럼 보이지만 기독교에 대한 오랜 편견을 가지고 있습니다.〉

콜랭은 훈령을 다시 접어 서랍에 넣었다.

조선의 왕이 프랑스에 대해 호의적인 것은 곧 조선에 대한 프랑스의 영향력이 위협적이지 않아서였다. 왕은 청국이나 일본 영국 미국 러시아 공사나 영사에게는 속마음을 그대로 표시할 수 없는 처지였다. 왕의 말 한마디 행동 하나는 곧 열강들의 갈등관계를 재편성하는 빌미가 되곤 했다.

프랑스가 조선과 정식 조약을 체결한 건 겨우 이 년 전이었다.

프랑스는 그 동안 조선보다는 베트남에 관심이 많았다. 때문에 베트남에 진출하려는 청나라와는 사사건건 마찰을 빚었다. 그러면서 서로 어떤 나라인지 알게 되었으나, 조선과는 아직도 적극적인 교류가 시작되지 않고 있었다. 조선에 대한 프랑스의 주요 관심사는 지금으로서는 경제적 이권보다는 가톨릭 전도라는 종교문제였다. 조선이 쇄국정책을 펴고 있던 때에 파리의 외방전교회에서는 복음을 위해 조선에 세 명의 신부를 비밀리에 파견했지만 그들은 모두 처형당하고 말았다. 뒤이어 팔천 명의 조선인 신도와 아홉 명의 프랑스 선교사가 순교했다.

초여름 밤, 집을 떠나 잠 못 이루는 어린 진돗개가 끙끙거리는 소리를 들으며 콜랭은 담배에 불을 붙여 손가락에 끼고 다시 편지를 쓰기 시작했다.

2. 춤추는 여인

각하,

조선 군대를 재조직할 미국 장교의 파견을 미국 정부에 요청했다고 합니다. 파리, 런던, 베를린, 로마, 페테르부르크 그리고 워싱턴에도 조선 대표를 임명했습니다.

조약을 체결했음에도 불구하고 아직도 우리 선교사들이 이곳에 안전하게 정착하지 못하게 하는 어려운 상황들이 발생합니다.

외무부에서 특별히 관심을 기울여야 할 부분입니다.

이미 각하께 알려드린 바와 같이 아스픽 호의 수비대는 6월 23일 제물포로 돌아갔습니다. 미국 수비대는 이달 말까지 남아 있었고, 러시아 군대는 공사관을 떠나면서 여섯 명의 수비대를 남겨놓았습니다. 그러나 이러한 조치는 더이상 필요하지 않을 것 같습니다. 지금은 평온합니다.

조선에서 청나라의 영향력이 쇠약해지자 원세개는 유언비어로 인해 소요가 일어나기를 바랐고 조선 정부가 질서유지에 무력하다는 것을 인정하도록 하여 청군을 계속 주둔시킬 생각이었던 것 같습니다.

1888년 6월 23일

콜랭 드 플랑시

검은 눈동자 때문일까. 붉은 입술 때문일까. 눈과 같이 밝은 피부 때문일까. 리진의 얼굴은 꽃과 같았다. 윗눈썹은 가지런했고 숱 많은 속눈썹에 둘러싸인 눈동자는 검고 맑고 깊었다. 뺨은 붉고 손가락은 희고 길었으며 가슴과 엉덩이는 풍만하고 이마는 매끄럽고 미간은 넓고 손목과 발목은 가늘었다. 검을 곳은 검고 붉을 곳은 붉었다. 가늘 곳은 가늘고 밝을 곳은 밝았다. 풍부할 곳은 풍부했다.

오색으로 장식된 부용관을 머리에 얹는 것으로 리진은 무희들 중 맨 먼저 연회 준비를 마쳤다. 무희들의 분주한 움직임으로 대기실 안에는 미세한 먼지가 일었다. 꾀꼬리를 상징하는 노란 앵삼이 그녀의 흰 피부를 비춰주어 제 빛보다 한층 더 화사했다. 거기에 바짝 둘러맨 붉은 띠가 가는 허리를 돋보이게 했다. 칠색 한삼을 손목에 끼고 펄럭여보다가 리진은 전각 바깥을 내다보았다.

아침부터 내리기 시작한 보슬비가 아직 그치지 않고 있다.

비가 내리는 날이면 궁궐 안의 초목들은 싱그러운데 박석이

124

깔리지 않은 진흙땅은 질퍽거렸다. 가는 비지만 아침부터 줄 곧 내리고 있어 연회장을 찾아오는 사람들의 신발엔 진흙이 들러붙어 성가실 것이다.

강연도 볼 수 있겠지.

강연을 생각하자 리진의 시선이 다시 보슬비 쪽으로 옮겨갔다. 반촌에도 비가 내리고 있을 것이다. 서씨는 잘 지내고 있을까.

오늘 연회는 프랑스 공사를 환영하기 위한 것이라고 했다.

그 동안 여러 차례 외국 공사들을 위한 연회에 불려나가 춤을 추었지만 프랑스에서 온 공사를 위한 연회는 처음이었다. 프랑스. 한 번도 가보지 않은 나라인데도 리진의 마음속에서는 조선 다음으로 가까이 느껴지는 나라였다. 이제는 주교가 된 블랑 선교사로부터 어린 시절에 프랑스 말을 배운 탓일 것이다. 이제 블랑 선교사는 조선 교구의 교구장이다.

어젯밤 수방에서 자수를 놓고 있는 리진을 왕비가 중궁으로 불렀다. 궁궐 안에서 중요한 연회가 벌어질 때면 왕비는 늘 친히 리진을 불러 독무를 맡기곤 했다.

─내일 연회에 초대될 법국 공사는 꼼꼼하고 매우 성실한 사람이라고 한다.

─예.

─청국에 오래 머물러 그쪽 말을 능숙하게 하고 예인을 귀

히 여기며 서책을 가까이하는 사람이라니 우리 조선에 맞는
귀인 같기도 하다.

―예.

―법국은 청국이나 일본하고는 우리 조선을 대하는 입장이
다르다. 그리 가깝지 않기 때문에 중립을 지킬 것이며 오히려
이 나라 조선에 보탬이 되어줄 게야.

리진은 깊이 머리를 숙이고 왕비의 말을 경청했다.

―조선에 대해 좋은 인상을 갖도록 네 솜씨를 충분히 발휘
하거라.

―예.

물러나려는 리진을 왕비가 서나인! 하며 불러세웠다. 리진
이 뒷걸음질로 물러나다가 멈추었다.

―나는 너를 믿는다!

왕비의 믿는다, 라는 말의 무게가 중궁 뜰을 걸어나오는 리
진의 어깨에 무겁게 내려앉았다. 다정했던 왕비는 생사의 갈
림길에 섰던 군란과 정변을 차례로 겪으면서 가차없는 성격으
로 변해갔다. 그 동안 호칭 없이 가까이 오라, 친밀히 대하던
왕비가 어느 날부터인가 서나인, 이라고 분명히 부르기 시작
했다. 낯선 사람을 믿지 못해 주변에 모두 인척만을 등용했다.
왕비 자신에게 이롭지 않다는 의심이 들면 잘못한 증거가 없
는데도 망설임 없이 그를 내쳤다.

―무슨 생각을 그리 깊이 해?

연회장에 나갈 준비를 마치고 누각 밖의 보슬비를 바라보며 생각에 잠겨 있던 리진의 눈앞에 목단이 흔들렸다.

아침부터 내리는 보슬비에 젖은 듯 함초롬한 모습의 소아가 리진의 눈앞에 서 있다.

방금 리진의 눈앞에 소아가 흔들어 보인 건 오늘 열 명의 무희가 함께 출 가인전목단(佳人剪牧丹)에 쓰일 소품인 목단이다. 소아 또한 연회 준비를 다 마쳤는지 화관을 쓰고 초록단의에 황초단삼을 입고 그 속에 남색 치마를 입고 있다. 치마 밑으로 초록혜가 엿보였다.

―연회를 앞둔 무희가 그리 어두운 표정이면 돼?

소아는 밝게 웃으며 리진의 얼굴 앞에서 다시 한번 목단을 흔들었다. 목단을 피하느라 고개를 젖힐 때 리진의 머리에 쓰고 있던, 모란을 꽂아놓은 일곱 가지 색으로 채색된 부용관이 빛을 내며 흔들렸다.

―실수가 없어야 할 텐데.

―딴소리!

―무슨 생각 한 거 아니야…… 어젯밤 중전 마마께서 특별히 부탁을 하신 말씀이 생각났을 뿐이야.

―무슨?

―프랑스 공사가 이 땅에 대해 좋은 인상을 갖도록 해달라

는 말씀.

―늘 하시는 말씀 아니야?

―어제는 좀더 특별했어. 최고 솜씨를 보여서 오늘 중전 마마께 하사품을 받도록 해봐.

―네가 있는데 내 차지가 되겠어. 더구나 오늘 난 협무인데.

새촘한 표정을 지으며 소아가 눈을 흘겼다.

―너에게 춘앵무를 추라 하시는 거 보면 오늘 연회가 중요하긴 한가보네.

운현궁에 살고 있는 왕의 아버지 흥선대원군에 대한 왕비의 적의는 달리는 말도 한순간에 멈추게 할 정도였다. 반면 병약한 왕세자에 대한 왕비의 지나친 근심은 풀잎도 놀라게 할 정도로 예민했다. 신변의 위험을 느껴 서온돌로 동온돌로 잠자리를 수시로 바꿨다. 왕비가 한밤중에 겪는 불안은 날로 심해져 근래엔 사경이 지난 시간에 잠자리를 옮긴 적도 있었다. 운현궁 쪽에 조금이라도 호의를 가지고 있는 자에겐 서릿발처럼 차가운 불호령이 떨어졌다. 왕세자의 사소한 흠을 잡는 이라면 그가 어떤 관직에 있거나 간에 곧 파직당했다.

왕비가 느끼는 불안이 시도 때도 없이 리진의 가슴속으로도 밀려들곤 했다. 이 땅에 들어와 있는 열강들 가운데 진심으로 조선을 위하는 나라는 한 나라도 없다고 왕비는 토하듯 말하곤 했다. 조선을 위하는 척해도 사실은 제 나라 이권만을 생각하는 게 문명국을 자처하는 이웃나라들이라고 했다. 제 나라의 입지를 위해서라면 낮에 왕비 앞에서 웃고 밤에 운현궁을 찾아가 머리를 조아릴 사람들이라고도 한탄했다. 그러니 누굴 믿겠느냐고. 그래서 궁궐 안의 무당인 여축의 말에 그토록 의지하시게 된 걸까?

리진의 입에서 깊은숨이 흘러나왔다.

여축은 궁궐 안의 내제사(內祭祀)와 내도사(內禱祀)가 있을 때에만 궁 안에 머무르는 게 관례였으나, 마음이 불안한 왕비는 어느 날부터인가 여축을 아예 궁 안에 들여 살게 했다. 특히 왕세자의 일은 여축의 말에 전적으로 의지했다. 크고 작은 굿이 중궁에서 자주 벌어지는 이유다. 마음이 얼음장처럼 변해가는 왕비를 속수무책으로 바라볼 수밖에 없었던 리진으로서는 왕비의 의지가 되어주는 여축이 있어 다행스러운 생각도 들었다. 그러나 두 사람이면 마음도 두 갈래인 모양이었다. 웅덩이 앞에서는 냇물을, 냇물 앞에서는 강물을, 강물 앞에서는 바다를 찾는 게 인간의 생리이기도 하다. 바다 앞에서도 물이 모자라다고 느낄 수 있는 건 인간뿐인 것이다. 리진은 왕비 곁에 여축이 있어 다행이라 여겼으나 여축은 왕비가 총애하는 리진을 은밀히 시기하고 있었다. 봄날 오전, 밤 사이에 봄비가 내리고 교태전 뜰의 수국이 꽃을 터뜨려 모처럼 왕비가 꽃구경을 하고 있던 때였다. 왕비를 뒤따르며 고개를 숙이고 있는 리진을 향해 여축은 저 아이는 사향을 풍기는 노루 같은 아이입니다, 라고 왕비에게 고했다.

리진을 바로 앞에 두고서였다.

무슨 뜻인지 정확히 고하라는 왕비에게 여축은 리진이 너무 향기로워 자신도 모르게 사람의 마음을 훔치는 운명을 지녔다고 말했다. 얼핏 듣기엔 아름다운 말 같았다.

—너무 돋보여 일찍 죽지 않으면 멀리 귀양을 가게 될 것이옵니다.

덧붙였다.

—저 아이를 마마 가까이 두시면 전하의 마음도 저 아이에게 쏠릴 것이옵니다.

여축의 말은 왕비를 혼란으로 몰아넣었다. 리진을 왕비로부터 떼어내기 위한 여축의 간교라는 건 누구나 아는 일이었다. 예전의 왕비였다면 여축의 속마음을 짚어냈겠지? 소아에게 물어보고 싶었다. 만 떨기 꽃이 피어 궁궐을 비추니…… 연회에 나가 추게 될 가인전목단 창사를 웅얼거리고 있다가 소아가 무슨 말을 하려는 듯한 리진을 쳐다봤다.

—왜?

—밤에 읽을 책을 구해놨어.

다른 얘기가 튀어나왔다.

—왕비 마마께 읽어드린 것처럼 읽어줄 테야?

─원한다면!

하얀 이와 분홍빛 잇몸이 드러나도록 소아가 밝게 웃었다. 질문을 삼킨 리진도 웃었다. 소아의 웃음 앞에서는 누구라도 웃지 않을 도리가 없었다. 눈이 뺨으로 내려오는 소아의 눈웃음이 상쾌했다. 여축의 말이 있고 하루도 지나지 않아 왕비는 리진에게 지밀(至密)에서 수방으로 갈 것을 명했다. 지밀의 자리는 수시로 왕의 눈에 띄는 자리다.

수방으로 옮기는 날 왕비는 리진을 물끄러미 보았다.

─임오년의 일을 기억하느냐?

임오년. 리진은 왕비 모르게 입술을 깨물었다. 왕비와 함께 했던 그 비탄의 날들을 어찌 잊겠는지.

─너와는……

빛나는 눈으로 단호한 말씨를 사용하던 왕비가 말끝을 흐렸다.

─한 남자를 사이에 둔 그런 인연이고 싶지 않다.

왕비의 입에서 발설된 한 남자를 사이에 둔 인연, 이라는 말에 리진의 가슴이 철렁 내려앉았다.

─마마!

─여기는 궁이다.

왕비는 칼처럼 말하고 입을 다물었다. 리진도 입을 다물었다. 그렇다. 여기는 궁이다. 리진은 말들을 숨기고 있는 왕비의 눈을 보고 싶었다. 여자와 남자의 일은 아무도 알 수 없는 일이라고 말하고 싶었던 걸까. 왕의 눈에 띄든 아니든 궁녀는 모두 왕의 여자들이다. 여기는 궁이다, 라는 한마디에 함축되어 있는 왕비의 말은 이 궁 안엔 왕의 마음만 있을 뿐이다, 라는 말이었을까.

그렇다고 해도…… 리진의 눈가에 기어이 눈물이 고였다. 수방으로 옮겨가는 것이 서운해서가 아니었다. 수방으로 옮겨도 왕비가 부르면 언제든 찾아가 서책을 읽어드릴 것이고 왕비의 이야기에 귀를 기울일 것이며 왕비가 불러주는 말을 궁체로 받아적을 것이다. 왕비가 수심에 잠긴 날은 춤을 추기도 할 것이다. 지밀나인이며 무희였으나 연회가 없는 때의 리진은 주로 왕비 대신 각 전각에 보낼 서신을 쓰고 왕비가 연락을 취하고 싶어하는 대신들에게 서신을 전달하는 색장(色掌)이 하는 일을 했다. 수방으로 옮긴다 한들 크게 달라지지 않을 것이다. 그랬으나 큰 나무에서 잎사귀가 떨어져내리는 걸 보는 때와 같이 마음이 허전했다.

—아, 연회가 시작될 모양이야.

소아가 손에 들고 있던 목단을 들어 리진에게 흔들어 보이며 함께 협무를 출 무희들이 있는 곳으로 걸어갔다. 연회 준비를 마친 무희들이 잠시 휴식을 취하는 사이 잠잠했던 전각 안은 다시 술렁거렸다.

콜랭은 궁에 도착해서야 연회 장소가 바뀌었다는 것을 알게 되었다. 근정전에서 경회루로였다. 비 때문이었다. 보슬비가 내리는 날이니 내부가 어두운 근정전보다는 연못을 향해 사방이 훤히 트인 누각에서 물 위에 어른거리는 빗방울을 바라보는 즐거움도 누려보자는 왕비의 결정이라 했다.

다른 나라 공사들도 배석하게 되어 있는 연회가 있기 전에 콜랭은 왕과의 독대를 청해놓고 있었다. 조선으로 부임할 때 프랑스 정부에서 조선의 왕에게 선물한 세브르 도자기가 이제야 조선에 당도해 왕에게 전하기 위해서였다. 궁궐에 들어오려 할 때 수문장은 붉은 비단보에 싸인 것이 무엇이냐 물었다. 프랑스 정부에서 왕에게 전하는 선물이라 하니 정전의 가운데 문을 통해 들어가게 했다. 통역관은 가운데 문은 왕만이 출입하는 문이며 왕에게 전달할 도자기라 예를 갖추는 것이라 하였다. 콜랭은 조선에 들어와 예를 차려야 할 상황에 처하면 내심 긴장이 되었다. 조선에 오기 전 콜랭은 청국에 있었다. 청국에 조선 부임을 알렸을 때 청국의 관리는, 조선은 청국의 속국이라 예가 다르지 않으니 큰 불편은 없을 거라 했었다. 그러나 와서 보니 조선엔 조선의 예법이 따로 있었다. 유사해 보이지만 세부적인 데서 미묘한 차이가 있었다.

콜랭은 경회루를 보고 연회 장소를 왜 이곳으로 옮겼는지 알 것 같았다. 연못의 물 위에, 연잎 위에 떨어져내리는 보슬비를 보고 있으면 어떤 급한 마음도 가라앉을 것 같았다. 인간의 힘으로 만들어낼 수 없는 정경이었다. 네모난 연못 가장자리에 섬이 떠 있다. 섬 위의 아름다운 누각을 보며 콜랭은 가슴을 펴보았다. 누각으로 오르게 되어 있는 세 개의 다리가 동편에 놓여 있다. 연못으로 내려가게 되어 있는 계단은 서편에 있었는데, 거기서는 배를 타기도 하는 모양이었다. 연못의 물은 보슬비로 인해 잔잔한 파문이 수도 없이 일렁거리다 사라졌다.

콜랭이 독판의 안내에 따라 누각으로 올랐을 때 왕이 반갑게 맞이했다.

—어서 오시오, 공사!

왕의 곁에는 왕비가 앉아 있고 왕비 옆에는 왕세자가 동석해 있었다. 왕세자를 바라보고 있던 왕비가 콜랭 쪽을 쳐다보았다. 콜랭은 자신도 모르게 몸을 깊이 숙였다. 왕비가 세상의 이치에 밝을 뿐 아니라 항상 서책을 가까이 두어 모르는 학문이 없고 나라 정세를 움직이는 왕의 마음에 결정적인 영향력을 끼치고 있다는 말은 누차 들어왔지만 왕비의 미모가 뛰어나다는 것은 누구도 전해주지 않았다. 광채가 나는 검은 눈은 총기가 넘치고 진주같이 반짝이는 피부는 투명하다 못해 상대방의 얼굴이 비칠 듯했다. 몸을 감추게 되어 있는 녹당의 속에서도 왕비의 긴 목은 섬세한 선을 이루며 반듯하게 서 있다.

—그 동안 잘 지내시었소?

―예.

대답을 그리 하면서도 콜랭은 조선에 부임하자마자 생긴 풍문으로 소란스러웠던 날들을 떠올렸다. 외국인들이 조선의 아이들을 납치해서 매매한다는 풍문이었다. 조선의 어린아이들의 살을 베어먹었다고도 했다. 한번 사람들의 입을 탄 말은 날개를 단 듯 퍼져나갔다. 소문으로 인해 외국인 거주자들의 조선 고용인들이 난처한 상황에 처했다. 조선 아이들 납치에 그들이 연루되어 있다는 의심을 받았다. 길 한복판에서 살해당하는 일도 발생했다. 수습할 틈도 없이 이틀 사이에 살해된 숫자가 십여 명으로 늘어났다. 외국인 거처에 고용된 조선인들은 목숨에 위협을 느껴 일을 그만두었다.

청국에서 읽었던, 임금은 배요 백성은 물이요, 물은 배를 뜨게도 하지만 또한 뒤집어지게도 한다는 서책의 한 구절이 뜻밖에 조선의 연회장에서 떠올랐다.

소문에 가장 긴장한 쪽은 조선에서 주로 소매상을 하고 있던 일본인들이었다. 그들은 조선말을 어느 정도 자유롭게 할 줄 알았다. 그로 인해 아이들 납치에 앞장선 첩자로 의심받았다. 분노한 조선인들이 일본 공사관을 공격할 거라는 풍문이 돌았다. 이미 두 번이나 조선인들에게 공격을 당해 공사관이 불탄 경험이 있는 일본은 조선인들의 소요에 곧 전투태세로 돌입했다. 떠돌던 말과는 다르게 일본 공사관은 습격당하지 않았다. 오히려 미국과 영국 공사관, 세관과 전화국이 집중적으로 몰려 있는 건물이 연일 공격을 당했다. 각 나라의 공사들은 긴급히 회동을 가졌고 조선측에 치안을 요구했다. 조선의 형조와 포도대장의 명령에 의해 포고문이 붙여졌다. 포고문이 붙은 후에는 소문을 몰랐던 조선인들조차 조선의 아이들이 외국인들에게 납치되고 있다는 의심을 품었다.

콜랭은 소문의 근거지가 청나라 주재관이라고 짐작했다.

조선에 오자마자 청국어 실력이 뛰어난 김호림을 원세개로부터 소개받아 통역관으로 두었다. 그는 프랑스 공사관 통역관이 된 이후에도 청국 주재관을 자주 드나들었다. 대주교 블랑이 조선에 최초로 세운 고아원을 지목해 조선 아이들의 피를 마시기 위해 어린이들을 수용하고 있다는 소문을 퍼뜨리고 다니는 이가 다름아닌 김호림이라는 보고가 콜랭의 귀에 들어왔다. 콜랭이 어디서 그 소문을 들었는지 알아보려고 김호림을 불렀으나 그는 콜랭이 자신을 포도청에 넘겨 벌을 받게 할까 두려워 도망치고 난 뒤였다. 김호림이 소문을 물어올 곳은 청국 주재관뿐이었다. 조선에서 퍼지고 있는 소문이 천진과 북경에서도 유사하게 돌고 있었다는 것도 증거였다.

더구나 소문들이 발생한 그날부터 청국 공사는 병을 핑계로 외교단 회동에도 불참했다. 외교단이 취한 일련의 조치에 협력하지 않은 것 또한 청국뿐이었다. 청국이 무엇 때문에? 조선에 소요가 일어나게 한 뒤, 조선 정부가 질서유지에 무력하다는 것을 인정하게 한 다음, 청군을 조선에 주둔시키려는 게 목적일 것이었다. 점점 조선을 향한 영향력이 커지고 있는 일본을 누를 길은 청군을 주둔시켜 힘을 발휘하는 것뿐이었다. 콜랭은 진땀이 났다. 조선을 사이에 둔 일본과 청나라의 기세 싸움은 이미 도를 넘어선 지 오래였다. 조선에 있는 동안 그 영향에서 벗어나지 못할 거란 생각이 들었다. 콜랭의 추측이 맞다면 결국 청국의 음모에 여러 나라가 휘말린 꼴이었다.

―그래 수비대는 돌아갔습니까?

왕처럼 돌려 말하지 않겠다는 의지가 실린 왕비의 침착한 목소리가 건너왔다. 콜랭은 연못에 내리는 보슬비를 슬쩍 바라보았다. 왕비의 차가운 목소리엔 조선에 부임하자마자 당신이 맨 먼저 한 일이 자국의 수비대를 조선의 도성에 불러들이는 일이었느냐, 는 질책이 숨어 있었다.

조선인의 소요에 위기를 느낀 외교단은 제물포에 정박해 있는 미국 영국 프랑스 군함들에게 각각 스무 명의 수비대를 한양에 파견해달라고 요청하는 쪽으로 합의를 보았다. 조선 당국이 군중들의 소요를 잠재워주기를 기대하기는 어렵다는 결론에서였다. 이와 같은 외교단의 공동 행동은 전례가 없었다. 수비대는 강행군을 해 하루 만에 제물포에서 한양으로 입성했다.

독판은 놀라 그제야 외교단에서 만든 포고문을 각처에 게시

하겠다고 알려왔다. 정부 차원으로 치안에 책임을 지겠으니 수비대들을 돌려보내라고 했다. 결국 왕이 직접 나섰다. 외국인이나 그들이 거주하는 건물을 공격하는 사람들을 잡아들여 형벌에 처할 것이고, 공격자들을 체포하는 데 도움을 준 사람에게 또한 큰 상금을 내릴 것이라고 했다. 유언비어의 선동자는 어디까지든 쫓아가서 찾아내라는 교서를 내렸다.

그제야 군중들의 흥분이 가라앉았다.

말이란 길게 할수록 오해를 불러일으킨다. 말해야 될 때가 아닌데 말을 하고 있을 때라면 더욱 그렇다.

─수비대를 불러들이는 일은 어쩔 수 없는 일이었습니다.

─누가 뭐라 합니까? 이제 안정이 되었으니 돌아갔느냐 묻는 것뿐입니다.

수비대가 제물포로 다시 돌아간 것을 모를 리 없는 왕비였다. 콜랭은 말을 접는 대신 진땀을 닦아내며 허리를 정중하게 숙였다. 오늘은 연회 자리인데다 세브르 도자기를 왕에게 보이려고 하는 참이었다. 불미스런 얘기는 삼가야 하는 때라고 콜랭은 스스로 다독였다.

─걱정스러운 일이었소. 봉합이 되었으니 다행이오.

왕은 여전히 부드러운 목소리로 말했다.

─걱정을 끼쳐드려 송구하옵니다.

─유언비어 때문이었소.

콜랭은 독판 조병식에게 프랑스의 조선 주교 블랑이 조선 아이들의 피를 먹기 위해 고아원을 차렸다는 유언비어를 퍼뜨린 김호림을 찾아달라고 부탁했었다. 블랑에 대한 유언비어를 잠재우려면 그 말을 퍼뜨린 사람을 찾아내 어디서 그 소리를 들었는지 알아내야 된다는 판단에서였다. 조병식은 콜랭의 청을 왕에게 보고했고, 왕은 김호림을 찾아내라는 지시를 한성부에 내렸다. 교서대로라면 유언비어의 주범으로 확인되는 순간 김호림은 참형에 처해질 운명이었다. 참형은 과하다고 생각된 콜랭은 그가 유언비어를 퍼뜨린 사람으로 밝혀져도 추방형을 받게 해달라고 독판에게 특별히 부탁까지 해놓았다. 절에서 붙잡힌 김호림이 심문도 받지 않고 조선의 특이한 방식으로 처형을 당했다는 소식을 콜랭은 뒤늦게야 전해들었다. 붙잡힌 김호림은 결박당한 뒤 땅 위에 눕혀졌고 얼굴에 물먹인 한지가 덮어씌워졌다 했다. 젖은 한지가 김호림의 얼굴에 둘러붙어 코와 입을 막아 질식시켰다고 했다. 독판은 김호림을 찾아냈다는 것도 그를 처형했다는 것도 콜랭에게 알리지 않았다. 상황이 다 끝난 다음에 들었다. 결국 유언비어의 출처는 청국 주재관임을 콜랭은 확신했다. 김호림을 심문하고 고문했을 때 터져나올 진실은 청나라 주재관을 위기에 빠뜨릴 것이고, 그렇게 되면 그에 연루된 수많은 조선 고관들도 곤란한 상황에 처할 판이라 김호림의 입을 아예 막은 것이라 콜랭은 판단했다.

콜랭은 악몽에서 벗어나고 싶은 사람처럼 밝은 목소리로 왕에게 고했다.

—전하, 제 조선 부임과 함께 프랑스 정부에서 보내온 세브르 도자기가 이제야 도착하였습니다.

—법국이 예술품 생산에 매우 뛰어나다고 중전이 전하더이다.

왕이 왕비를 보고 미소를 지었다. 잠시 긴장이 돌았던 왕비와 콜랭 사이의 분위기가 부드러워지길 바라는 왕의 배려였다.

—그리 봐주시니 감사합니다. 오늘 이 경회루에 와보고 매우 놀랐습니다. 이처럼 아름다운 누각을 가진 조선이야말로 예술의 나라입니다.

콜랭은 허리를 굽히며 말없이 자신을 내려다보고 있는 왕비를 보았다. 왕비는 의자 건너로 팔을 뻗어 병약해 보이는 왕세자의 손을 잡고 있었다.

—전하께서는 도자기 감상을 즐겨 하시지요. 법국의 도자기는 어떤 모습인지 나도 궁금하군요.

언제 매섭게 쏘아붙였냐는 듯 왕비의 말씨가 상냥하게 변해 있었다. 입가에도 잔잔한 미소가 번져 있다. 붉은 비단보에 싸인 세브르 도자기가 왕 앞에 놓인 탁자 위에 나란히 놓여졌다.

—어서 풀어보시오.

콜랭이 세브르 도자기를 싸놓은 붉은색 비단천 매듭을 풀었다. 조선에서 붉은색은 군주를 상징하여 왕만이 사용할 수 있는 색이라는 말을 듣고 애써서 구한 붉은 비단보였다. 비단보가 풀어지자 가운데에 프랑스의 그랑 성이 그려져 있는 항아리, 신화 속의 전투 장면이 새겨진 둥근 접시, 양쪽에 귀가 달려 있는 나지막한 물병이 가만히 모습을 드러냈다.

아름다운 것은 짧은 침묵의 순간을 가져온다.

연회장에 놓인 용상에 앉은 왕의 몸이 세브르 도자기를 향해 기울어졌다. 잠시 침묵이 흘렀다. 경회루의 물로 떨어지고 있는 보슬비가 만들어낸 잔잔한 파문이 멀리까지 번져갔다.

— 법국이 아름다운 예술작품들을 생산해내는 일에 힘을 쏟는다 들었소만 이리 매혹적일 줄은 몰랐소.

그렇지 않으냐는 듯이 미소를 지으며 왕은 왕비를 바라보았다.

— 요즘은 대국에서도 세브르 도자기들을 수입한다 하옵니다.

— 그래요? 대국에서요?

— 황실에서 세브르 도자기를 사용한다 하옵니다.

— 황실에서요?

— 예, 어떤 자태이기에 대국의 황실에서 법국의 것을 들여와 사용할까 궁금했는데 이리 아름다워 그런 모양입니다.

왕비의 말을 듣고 난 콜랭은 비로소 안도했다. 어느새 왕보다 오히려 왕비의 반응에 신경을 쓰고 있었구나, 싶어서 슬몃 웃음이 나오기도 했다.

— 세브르는 법국의 지명이오?

— 예, 원래 도자기 공장이 뱅센에 있었는데, 루이15세가 총애했던 마담 퐁파두르가 도자기를 사랑하여 집 근처로 공장을 옮겼습니다. 그곳이 세브르입니다. 이후에 세브르는 도예가들뿐 아니라 예술가들의 활동장소가 되었지요. 세브르 도자기는 조금이라도 흠이 있는 것들은 바로 버려집니다. 흠 있는 것들이 유출되는 걸 막기 위해 세브르 도자기 말고는 유약을 바르지 못하도록 하기도 했습니다. 그래서 진품을 알아보려면 사발이나 접시에 귀가 달려 있는지 또 유약이 발라져 있는지가 중요한 판단 기준이 되옵니다.

— 그래요. 두고두고 감상하겠소. 이리 귀한 걸 보내주어 고맙소. 법국의 대통령께 내 마음을 꼭 전해주시오.

— 예.

세브르 도자기가 다시 붉은 비단보에 싸여 뒤로 물려졌다. 도자기를 감상할 때 상냥한 모습이던 왕비는 어느새 담담한 모습으로 돌아와 콜랭에게 말했다.

— 공사는 안목이 높다 들었으니 조선 자기에도 이끌릴 것입니다. 조선의 백자를 감상할 기회도 한번 가져보세요. 충분히 공사를 만족시킬 것입니다.

—예.

콜랭은 왕비를 향해 공손히 허리를 굽혔다. 세브르 도자기에 감탄하면서도 곧 조선 자기의 우수함에 대한 소개를 빠뜨리지 않는 왕비를 향한 의전이었다.

연회가 시작되려는지 각국의 공사들이 모여들었다.

미국 공사 딘스모어가 가장 먼저 도착했고 다음으로 러시아의 웨베르의 모습이 보였다. 영국의 총영사 대리 콜린과 일본 대리공사 콘도의 모습도 차례로 나타났다. 아침부터 내리는 보슬비에 대한 감상으로 인사들을 나누었다. 청국의 원세개는 맨 마지막에 나타나더니 각국의 공사와 영사들을 향해 대뜸 호탕하게 웃었다. 비대한 몸집에 어울리게 그의 얼굴엔 거만한 기운이 서려 있었다.

누각에 올라선 각 나라의 공사와 영사들은 맨 먼저 왕에게 의전을 차렸다. 왕은 각 나라 왕이나 대통령의 안부를 물었다. 연회 자리라서인지 모두 미소 띤 채 쾌활한 목소리로 왕이 묻는 안부에 답하는 모습들을, 콜랭은 한 발짝 물러나 지켜보았다. 부임한 지 얼마 되지 않은 영국 영사 콜린이 왕에게 조선식으로 부복하려 하자 왕이 만류했다.

—지난번 워터스 영사가 조선을 떠나는 걸 보지 못한 것이 아쉽소. 인사를 하러 궁에 왔다가 그냥 돌아갔다는 얘기를 전해들었소.

조선에 온 후 아직 한 번도 왕을 알현할 기회를 갖지 못했던 콜린은 왕의 관심에 허리를 더 깊이 숙였다.

— 그 동안의 불미스러운 일은 마음에 두지 말고 오늘은 허심탄회하게들 즐기시오.

왕의 말이 떨어지자 경회루는 곧 연회의 분위기로 바뀌었다. 경회루 물가의 어린 파초잎에 나와 앉아 있던 개구리가 분주한 사람들의 움직임에 물 속으로 뛰어들었다. 예복을 갖춰 입은 외교관들이 누각 가운데를 향해 놓인 의자에 앉고 사이사이에 역관들이 배치되었다. 의자에 앉지 않고 자유롭게 누각에 팔을 뻗은 채 서 있는 이들도 있었다. 조선어와 각국의 언어들이 음악소리처럼 뒤섞였다. 외교관들이 앉은 자리마다 다과와 술을 나르는 소주방 나인들의 움직임이 분주했다. 벌써 포도주를 따라 마시는 외교관도 눈에 띄었다.

목단이 가득 꽂힌 화병이 놓인 팔각형 소반을 받쳐든 무희 두 명이 악공의 인솔하에 연회장에 나타났다. 다리가 달린 소반을 연회장의 중심에 내려놓는 무희들의 등장에 각기 얘기를 나누고 있던 외교관들의 자리가 조용해졌다. 누각의 중앙이 무대가 되었다. 연회의 첫 순서는 궁중무희들이 추는 가인전목단이다. 아름다운 사람이 목단을 꺾는다. 뒤이어 궁중 악사들이 중앙에 놓인 목단화준(牧丹花樽) 뒤쪽으로 둥글게 자리를 잡았다.

콜랭은 왕과 가까운 앞자리에 게랭과 나란히 앉아 영국산 홍차를 찻잔에 따라 마시며 보슬비가 내리고 있는 경회루 연못을 바라보았다. 연꽃과 부들이 보슬비에 젖은 채 파르르 떨렸다. 경회루 사방을 둘러싼 돌난간을 받치고 있는 다리 위의 돌짐승에 눈길을 주었다. 멀리서 보면 웅장한데 가까이서 보면 섬세한 누각이었다. 사진을 찍고 싶은 충동이 일고 있는데 박(拍) 소리가 귓가에 울렸다. 초록과 황색 남색이 뒤섞인 무복을 입은 여덟 명의 무희가 좌우로 나뉘어 무대에 등장했다. 나아갔다가 물러설 때마다 머리에 쓴 화관이 흔들렸다. 다시 박 소리에 무희들은 각각 네 명으로 나뉘어 바깥쪽과 안쪽으로 사뿐히 돌았다. 다시 박 소리에 각각 다른 방향을 향해 서 있던 무희들이 손을 모으고 함께 북쪽을 향하여 섰다.

박 소리가 멈추자 무희들의 입에서 사(詞)가 흘러나왔다.

만 떨기 꽃이 먼저 피어 대궐 붉게 비추니
붉은 꽃 노란 꽃은 시샘하듯 더 영롱하네
새로 만든 옥피리가 청평악을 울리니
향기로운 꽃잎 위로 나비들이 날갯짓하네

창사가 멎자 궁중 악공들이 〈장춘불로지곡長春不老之曲〉을 연주했다. 장중하고 축원이 묻어나는 소리였다. 무희들이 중앙의 목단을 향하여 원을 만들며 춤을 출 때마다 머리에 쓴 화관에선 빛이 쏟아지고 발에 신은 당혜에선 초록빛이 살짝 비쳤다.

─그러니까 무희들이 입은 옷의 저 적색은 남쪽과 여름을 뜻한다고 했소?

콜랭이 묻자 게랭이 헷갈리는지 대답을 못 하다가 적색은 북쪽 아니었나요? 되물었다.

─북쪽은 겨울을 뜻하고 흑색이었던 것 같은데.

게랭이 머리를 갸웃하더니 보이는 대로 감상하는 게 최곱니다, 하며 싱긋 웃어보였다. 잔치에 왔으면 재미있게 놀고 맛있게 먹는 것이 으뜸이라는 얘기일 것이다.

연회에서 조선 궁중 무희들의 궁중무를 볼 수 있다는 얘기에 콜랭은 틈틈이 조선 궁중무에 대해 알아보았다. 무엇이든 사전에 알고 있어야 마음이 놓이는 성격 탓이었다. 궁중무에 대해서 자신보다 더 알 것도 없는 게랭에게 묻고 통역관에게 확인하고 서책을 뒤적여보기도 했다. 그러나 옷의 색깔, 머리에 쓴 화관, 허리에 두른 띠 하나에도 다 뜻이 깃들어 있어 짧은 시간에 그걸 다 알기에는 벅찼다. 콜랭은 중앙에 놓인 목단을 향해 몸을 돌리고 마주하는 무희들의 움직임을 주시했다. 꽃을 희롱하는 장면에서조차 숙련된 질서가 먼저였다. 춤을 추는 이들의 개인적인 감정은 모두 절제되어 있는 듯 보였다.

반에서 목단을 꺾어드는 무희들은 여덟 명인데 콜랭에게는 한 사람처럼 보일 정도로 정연했다. 소매를 뿌리치고 빙글 돌면서 춤을 추던 무희들이 마지막 박 소리에 손을 여미고 발을 모았다. 음악도 그쳤다.

조선의 내관이나 나인들 쪽은 소리없이 조용한데 외교관들 사이에서 박수가 터졌다.

―춤을 추고 나면 박수를 치는 게 예법입니까?

외교관들의 자리에서 터져나온 박수소리에 당황한 내관들을 보며 왕비가 미소를 띠고 물었다. 외교관들의 부인들을 초대해 다과를 함께 하고 종종 연회를 벌이기도 한다는 왕비가 모를 리 없는 일이었다.

―무희들의 노고에 감사한다는 표시입니다.

미국 공사 딘스모어가 대답했다.

―아라사에서는 어떻습니까?

갑작스럽게 지목을 당한 러시아 공사 웨베르는 홍찻잔을 소리나게 내려놓았다. 입 안의 비스킷도 급하게 삼켰다.

―감명이 깊을 땐 모두 기립박수를 보내기도 합니다.

여전히 의자 너머로 왕세자의 손을 잡고 있는 왕비가 빙긋이 웃었다.

―그래요? 그럼 우리도 박수를 치도록 하지요. 더구나 다음엔 조선 제일의 무희가 등장하니까요.

왕비의 말에 모두 눈이 반짝였다.

무대 중앙에 놓였던 목단화준이 옮겨지고 그 자리에 길이가 여섯 자는 될 정교한 문양의 화문석이 깔렸다. 박 소리가 울리자 손을 여민 무희가 나막신을 신은 듯한 걸음걸이로 무대 위에 자태를 드러냈다. 노란 앵삼을 입고 빛이 찰랑거리는 화관을 쓴 무희가 화문석 위로 올랐다. 무희의 걸음걸이가 느려졌다. 독무다. 박 소리가 그치자 무희의 입에서 고운 소리가 흘러나왔다.

곱고도 고운 모습 달 아래 걸어가니
비단 소매에 바람이 일렁이네
꽃 앞의 자태 가장 아끼나니
님께선 다정스런 마음을 맡기시네

무희가 사를 마치고 펼쳐든 두 팔을 뒤로 뿌리며 얼굴을 옆으로 돌릴 때였다. 포도주를 한 잔 따라 마시려던 콜랭은 놀라서 몸을 반듯이 세웠다. 스쳐 지나간 무희의 눈동자. 콜랭은 바짝 긴장해 다시 한번 무희의 눈동자가 자신을 스쳐 지나기를 기다렸다. 새가 두 날개를 활짝 편 듯이 두 팔을 양옆에 펼치고 화문석 위를 빙글 돌 때 콜랭의 눈이 무희를 뚫어져라 보았다.

그녀다!

콜랭의 입에서 깊은 탄식의 숨소리가 흘러나왔다. 왕과의 첫 알현이 있던 날 금천교 위에서 만났던 그 여인. 얼결에 봉주르! 라고 프랑스 말로 인사를 했을 때 놀라지도 않고 다정한 얼굴로 봉주르! 라고 응답을 했던 그 궁녀였다.

그녀가 무희였는가.

콜랭은 숨이 멎을 듯한 긴장을 느꼈다. 자신도 모르게 콜랭은 몸을 반쯤 일으켰다.

바람에 날리듯 하늘하늘 걷는 무희에게 붙박인 콜랭의 눈은 움직임이 없었다. 게랭을 비롯한 다른 나라의 외교관들이 몸을 반쯤 일으키고 무희를 보고 있는 콜랭을 힐끔거리며 쳐다봤다. 앞자리의 왕비도 넌지시 콜랭을 바라보았다. 게랭이 슬며시 콜랭의 팔을 끌어당겼으나 무희의 춤에 빠져 있는 콜랭을 다시 의자에 앉게 하지 못했다.

콜랭이 자리에 앉을 기미를 보이지 않자 게랭이 다시 콜랭의 팔을 잡아끌며 귓속말을 했다.

— 왕비께서 보고 계십니다.

그제야 정신이 든 듯 콜랭은 의자에 앉았다.

바람에 흔들리는 나뭇가지가 저럴까.

금빛 모래의 흩어짐이 저럴까.

무희가 한 손은 앞쪽으로 높이 들고 한 손은 뒤로 내리고 발

뒤꿈치를 앞뒤로 사뿐히 들었다가 놓았다. 세 걸음 앞으로 나아간 뒤에 아래에서부터 두 팔을 점점 위로 올려들었다. 탑탑고(塔塔高). 탑을 높이 쌓고 있는 형상이다. 날리는 꽃잎을 잡으려는가. 무희의 손이 허공을 자유롭게 떠돌았다. 꽃을 바라보는 듯 고요해진 무희가 살짝 미소를 지었다. 화전태(花煎態)의 춤사위였을 뿐이나 무희의 미소에 콜랭은 숨이 멎는 듯했다. 흐르는 물에 떨어진 꽃잎처럼 오른손을 들었다가 내리고 왼손을 들어서 허공에 뿌리다가 다시 여미는 무희의 얼굴에 슬픔이 어려 있는 듯했다. 앞서 가인전목단을 선보였던 여덟 무희들에게서는 느낄 수 없었던 무희의 감정이 콜랭에게 전해지는 듯했다.

왕을 처음 알현했던 날, 컨실드 베스트 카메라로 찍었던 사진들을 인화하러 콜랭은 남촌 진고개에 있는 황철 촬영국엘 찾아갔다. 청국에 있을 때 우연히 사진 재료상에서 조선에서 온 사진사 황철을 만난 적이 있었다. 그는 청국말을 능숙하게 했을 뿐 아니라 새로운 문물을 사진을 통해 표현해두고 싶은 열정에 가득 차 있어 옆에서 보는 이조차 들뜨게 하는 사람이었다. 황철은 청국에서 사진술을 배운 뒤에 일본의 나가사키와 고베 그리고 오사카와 교토의 사진관을 돌아보고 조선으로 돌아갈 거라고 했다. 그 황철이 진고개에 촬영국을 차렸다는 얘기를 통역관으로부터 듣게 되었을 때 콜랭은 옛 벗을 만난 듯 반가웠다. 조선인들은 사진 찍히는 일을 좋아하지 않았다. 당연히 사진 재료들이 귀했다. 콜랭은 조선에 있는 동안 사진과 관련해서는 황철의 도움을 받을 수밖에 없을 거란 생각으로 직접 촬영국을 찾아갔다. 금천교 위에서 만난 궁녀의 모습을 빨리 보고 싶은 마음도 그의 발길을 촬영국으로 직접 향하게 한 이유였다.

황철은 어진을 찍었다는 콜랭의 설명에 눈이 커졌다. 그때껏 어진을 찍은 이는 지우영뿐인 것으로 알려져 있었다. 지우영이 어진을 촬영할 때도 대신들의 반대로 우여곡절이 많았다. 어진을 보고 싶은 마음에서였을 것이다. 황철이 서둘러 인화해준 덕분에 콜랭은 비록 사진으로지만 궁녀의 모습을 다시볼 수 있었다.

외국인인 콜랭을 장난기 없이 놀라움 없이 구경하는 마음 없이 이미 알고 있었다는 듯 다정하게 바라보던 궁녀의 검은 눈이 사진 속에 있었다. 미소를 거두고 앞서가는 상궁을 따라 몸을 돌릴 때 잡힌 옆모습도 있었다. 옥색 저고리와 네 폭의 남색 치마를 입고 금천교 위에서 내려오는 앞모습도 있었다. 이 여인을 다시 만날 수 있을까? 서랍 속에 넣어놓고 자주 들여다보았다. 그런데 그 여인이 지금 눈앞에서 춤을 추고 있다니.

검은 눈동자를 한곳에 모으고 나부끼듯 소매를 뒤집는 무희를 뚫어져라 응시하는 건 그만이 아니었다. 춘앵무에 마음을 뺏긴 것인지, 아니면 무희의 자태에 매혹당한 것인지 왕 또한 입가에 흡족한 미소를 띤 채 무대에서 눈길을 떼지 못하고 있다. 춘앵무에 맞추어 〈유초신지곡柳初新之曲〉 중 〈상영산上靈山〉을 연주하느라 대금을 불고 있는 악공 강연 또한 무희에게서 한시도 눈길을 거두지 않고 있다. 무희의 춤사위가 무르익어갈수록 마치 삼각형을 이룬 듯 세 남자의 시선이 무희에게 머물렀다. 무희에게 마음을 잃은 듯 보이는 왕과 콜랭을 왕비가 응시했다. 왕이 무희를 보던 눈길을 왕비에게 옮기다가 두 사람의 눈이 허공에서 만났다. 왕이 계면쩍은 웃음을 지었다.

사향을 풍기는 노루 같은 아이입니다.

너무 돋보여 일찍 죽지 않으면 멀리 귀양을 가게 될 것이옵니다.

저 아이를 마마 가까이 두시면 전하의 마음도 저 아이에게 쏠릴 것이옵니다.

왕비는 여측의 말들을 떠올리면서도 왕과 눈길이 마주쳤을 때는 입가에 살며시 미소를 지어 보였다. 무심히 흘려들으려 했으나 여측의 말은 끈질기게 왕비의 마음에 따라붙었다. 결국 지밀에 있던 리진을 수방으로 옮기도록 했을 때 리진이 짓던 먹먹한 표정. 그 표정이 되살아나 왕비는 깊은숨을 내쉬었다. 다섯 살 적부터 봐왔던 아이다. 아기나인 시절을 보내고 궁에서 나가려는 소녀, 리진을 중궁으로 불러들여 궁녀가 되게 한 건 왕비 자신이었다.

경회루 연못 속으로 떨어져내리는 보슬비는 거미줄도 젖게 했다. 보슬비에 눈길을 주는 왕비의 미간이 찡그림으로 좁혀졌다. 리진은 소녀에서 처녀가 되어가며 치욕의 임오년에도 갑신정변 때에도 왕비 곁에 있었다. 죽을 고비에 처해질 때마다 왕비 곁엔 궁녀 리진이 묵묵히 고개를 숙이고 있었다. 사향을 풍기는 노루 같은 아이입니다, 라는 여축의 말을 듣기까지 왕비는 리진을 여자로 여겨본 적이 없었다. 측은한 어린아이였고 사랑스러운 소녀였으며 아름다운 무희였고 지혜로운 말벗이었다. 내명부의 법도대로라면 어림도 없는 일이지만 왕비는 리진을 항상 무릎 가까이에 다가와 앉게 했다. 서책을 읽게 하고 서찰을 쓰게 하고 때로는 왕비의 머리손질도 맡겼다. 여축의 말을 듣고 눈여겨보니 눈물이 그렁한 눈으로 배즙을 받아먹던 어린아이는 누구와도 견줄 수 없는 매혹적인 여자가 되어 있었다.

박 소리에 신선이 옷자락을 펄럭이며 다리를 건너듯 무희가 좌우로 크게 한 바퀴 돌았다. 무희의 춤사위에 사위가 쥐죽은 듯 고요하고 대금 소리만이 바람소리처럼 연회장을 휘돌고 있다. 무희가 손가락을 모아 소매를 좁게 접었을 때 왕비가 먼저 박수를 쳤다. 박수소리에 무희가 흠칫 놀랐다. 왕비의 박수를 시작으로 외교관들의 자리에서 일제히 박수가 터져나왔다. 박수를 쳐도 되나 싶어 눈치를 보던 역관들도 엉거주춤 박수를 쳤다. 모든 사람에게 박수를 보내는 것은 누구에게도 박수를 치지 않는 것과 같다. 외교관들 중 콜랭만이 박수를 치지 않고 있었다.

— 법국의 공사는 무희의 춤이 마음에 들지 않는 모양입니다.

무희에게 마음을 뺏겨 박수칠 생각조차 못 하고 있던 콜랭이 그제야 자신을 넌지시 바라보고 있는 왕비를 보았다. 음악 소리가 그치고 새가 떠나온 자리로 돌아가듯 소매를 모은 리진이 무대에서 물러나려 했을 때다.

— 서나인.

왕비가 리진을 호명했다. 무대 위에서 물러가려는 몸짓으로 발을 모으고 있던 리진은 귀를 의심했다. 왕비가 지금 자신을 호명한 걸까? 잘못 들은 게 아닐까, 싶었다.

— 오늘 연회는 법국의 공사를 위한 것인데 유독 공사만이 박수를 치지 않으니 서나인의 춤이 마음에 들지 않는 모양이다.

— 황공하옵니다.

리진은 숨을 들이쉬며 더욱 허리를 굽혔다. 콜랭은 자신의 뜻과는 반대인 왕비의 반응에 무슨 말인가를 하려고 했으나 그럴 상황이 아니었다. 외교관들 모두가 무희와 왕비를 번갈 아가며 쳐다보았다.

— 어찌 하겠느냐?

―송구하옵니다.

리진의 이마에 땀방울이 맺혔다.

―무엇으로 법국의 공사를 만족시키겠느냐?

왕비의 반응에 놀라기는 리진도 마찬가지였다. 여태 이런 경우는 한 번도 없었다. 무대 위의 무희는 춤을 추고 나면 조용히 소매를 모으고 처음부터 존재하지 않았었다는 듯 사라지는 게 관례였다. 궁중에서는 박수조차 금하고 있었다. 연회장의 중앙 무대 위에서 퇴장하지 못하고 왕비의 다음 말을 기다리는 리진의 이마에 송골송골 맺혀 있던 땀방울이 화문석 위로 떨어졌다.

오늘 춘앵무는 어느 때보다 돋보였다는 것을 왕비가 알 터였다. 어젯밤 왕비가 불러 특별히 당부해서가 아니었다. 리진은 연회장에서 첫발을 디뎌보니 발 디딤새의 느낌이 매우 좋았다. 허리는 부드럽게 리듬을 타주었고 소맷단은 물결이 돌듯 가볍게 나부껴주었다. 얼굴을 보지 않았으나 대금을 불고 있는 이가 강연이라는 것을 알아차렸을 때 리진의 마음은 서씨에 대한 그리움과 강연에 대한 친밀감으로 일렁였다. 그리움과 친밀감이 긴장을 풀어주어 마음껏 자유로울 수 있었다.

―묻질 않느냐. 공사에게 무얼 해주겠느냐?

지금 왕비가 무얼 원하는지 누구도 알지 못했다.

질투를 전혀 느끼지 않은 채 아름다움에 탄복하는 사람은 없다.

앵삼이 몸을 다 가리고 있어도 노래하는 새와 같이 생동감이 넘쳐흐르는 무희, 리진을 왕비는 그윽이 바라보았다. 아름답구나, 마음으로 탄복했다. 고개를 숙이고 있어도 여름나무 같은, 배꽃 같은, 비단 같은 리진을 바라보며 왕비는 잠시 침묵했다.

왕비의 침묵은 연회장에 긴장감을 몰고 왔다.

춤을 마치고도 퇴장하지 못한 화문석 위의 무희, 리진과 맨 앞자리에서 연회장을 내려다보고 있는 왕비 사이에도 긴장이 감돌았다. 무희에 대한 왕비의 느닷없는 반응에 왕 또한 당혹스러운 표정이었다. 왕세자만이 지루한지 보슬비가 내리는 연못 쪽으로 시선을 돌렸다. 아무도 관심을 갖지 않지만 악공 강연 또한 대금을 무릎 위에 내려놓고 무희 리진의 뒷모습을 응시하고 있었다.

자신이 박수를 치는 순간을 놓친 것으로 무희의 처지가 난처해진 것 같아 콜랭이 왕비를 향해 해명을 하려고 일어서려 하자, 이 상황에 나서면 더 복잡해질 것 같습니다, 며 옆자리의 게랭이 만류했다.

콜랭은 다시 의자에 앉으며 무희를 바라보았다. 왕비를 향해 읍하고 있는 무희의 옆얼굴은 무슨 생각엔가 골똘히 빠져 있었다. 무희의 춤이 끝난 것도 콜랭은 몰랐다. 다른 외교관들이 일제히 무희를 향해 박수를 치고 있는 것도. 각국의 외교관들과 역관들과 내관들과 무엇보다도 조선의 왕 내외와 함께 연회장에 있다는 것을 콜랭은 그 순간 잊었다. 오로지 무희의 움직임만 보였다. 음악소리가 끊겼다는 것도 알아채지 못했다.

—공사에게 무얼 해주겠느냐고 묻질 않느냐?

왕비의 목소리가 딱딱해졌다.

왕비를 향해 허리를 굽힌 채 침묵을 지키던 리진이 입을 열었다.

—허락하신다면 법국 공사의 청을 한 가지 들어드리겠사옵니다.

순간, 외교관들 자리가 술렁였다.

왕비가 왕을 향해 몸을 돌렸다.

—전하, 방금 서나인이 하는 말 들으셨습니까?

왕이 어색한 미소를 지었다.

—전하께서 서나인이 공사의 청을 들어주도록 윤허해주셔야겠습니다.

—왕비께서 알아서 하시오.

왕만이 알고 있었다. 무희를 향한 갑작스런 왕비의 반응은 무희에게 매혹당해 잠시 춤추는 여인을 황홀하게 바라봤던 자신 때문이라는 것을.

—진심이십니까?

―그렇다마다요.

왕비의 입가에 알 수 없는 미소가 떠올랐다.

―공사!

왕비가 콜랭을 지명하자, 연회장의 모든 사람들의 시선이 콜랭에게 집중되었다. 사위가 쥐죽은 듯 고요해져 연못 위로 떨어지는 보슬비 소리까지 들렸다.

―서나인은 조선 제일의 무희입니다. 공사를 춤으로 만족시키지 못한 책임으로 공사의 청을 한 가지 들어주겠다고 하는데 공사의 생각은 어떻습니까?

콜랭은 당혹스러웠다.

―말씀해보시지요. 전하께서 윤허하시지 않았습니까.

―너무 갑작스런 일이라 무슨 말씀을 드려야 할지 모르겠군요.

―거절하겠다는 뜻입니까?

왕비를 향해 고개를 깊이 숙이고 있던 리진이 어느 순간 얼굴을 들어 콜랭 쪽을 보았다. 콜랭과 리진의 시선이 허공에서 부딪쳤다. 무희의 검은 눈동자는 금천교 위에서 봉주르! 라고 콜랭에게 맞인사를 건네던 다정하던 그 눈동자가 아니다. 콜랭에 대한 의혹과 책망이 담겨 있다. 상황이 뜻과는 반대로 돌아갈 때는 정직한 게 가장 지혜로운 외교라고 평소의 콜랭은 생각했다. 솔직하게 마음을 보이는 것 외에 지금 이 순간을 호전시킬 수 있는 방법은 없어 보였다.

　―왕비 마마, 말씀과는 반대로 무희에게 청을 할 수 있다니 제게는 매우 영광스런 일입니다. 이런 즐거운 기회가 주어질 줄 알았다면 미리 생각을 해왔을 텐데 싶어 아쉬울 뿐입니다. 괜찮으시다면 서나인이 저희 공사관을 방문할 기회를 주시겠습니까?

　―법국의 공사관을요?

　―예.

　―무엇을 하시려고요?

　―아름다운 춤을 보여준 보답으로 저도 저희 공사관을 보여주고 싶습니다. 역시 허락하신다면 사진도 찍어주고 싶습니다. 제가 도성을 잘 모르니 도성 구경도 함께 하고 싶습니다.

　왕비가 콜랭의 말을 듣고 묵묵히 듣고 있었다. 상황에 몰려 즉흥적으로 꺼낸 이야기였으나 일이 꼭 그리 성사되었으면 싶은 희망이 콜랭에게 솟았다. 무희가 프랑스 공사관을 찾아준다면 무희를 가까이서 볼 수도 있을 것이다. 그녀와 조용한 시간을 함께 보낼 수도 있을 것이다.

　―공사의 말을 듣고 보니 서나인의 춤이 마음에 들었던가 봅니다.

　―물론입니다, 마마.

　―그런데 왜 박수를 치지 않았지요?

─그토록 아름다운 춤을 본 적이 없습니다. 너무 매혹적이라 황홀함에 빠져 박수를 칠 기회조차 놓쳤습니다.

콜랭의 솔직한 말에 좌중이 한순간 술렁였다가 잠잠해졌다. 왕비가 다시 왕을 향했다.

─전하, 어찌 하시겠습니까?

왕은 이윽히 무희를 바라보았다. 허락해주신다면, 이라고 토를 달긴 했으나 공사의 청을 한 가지 들어주겠다는 무희의 대답은 궁녀의 신분으로서 큰 파장을 몰고 올 말이었다. 궁중의 궁녀가 그걸 모를 리가 없었다. 처음엔 몰랐으나 자세히 보니 항상 왕비 곁에 있던 궁녀였다. 그 옛날 교태전이 불타던 때부터.

왕은 무희에게서 눈길을 떼고 왕비를 보았다. 법국의 공사 콜랭이 무희의 춤에 매혹당해 박수조차 칠 수 없었다는 것은 누가 봐도 알 일이었다. 그걸 모를 만큼 상황판단이 안 되는 왕비가 아니었다. 왕비는 명석했고 논리에 밝은 사람 아닌가. 지금 왕비는 왕인 자신의 마음을 떠보고 있는 거였다.

─왕비의 재량에 맡기겠소.

─쉽게 대답하실 일이 아니옵니다, 전하. 잘 생각하시옵소서.

─벌써 공사와 약속이 되어버린 듯하오.

─결정권은 전하께 있습니다. 어느 누가 전하의 말씀을 거역하오리까?

왕비는 끝내 왕의 입으로 직접 윤허하도록 하고 있었다. 왕이 허허롭게 웃었다.

─좋소. 서나인은 법국 공사의 청을 들어주도록 하라.

왕의 말이 떨어지자마자 외교관들 자리에서 웃음소리와 함께 박수가 터져나왔다. 왕비의 입가에 알 듯 모를 듯한 미소가 떠올랐다. 화문석 위의 리진은 깊은숨을 내쉬었다. 반촌의 서씨는 매번 목숨을 위협받는 순간에 놓이는 왕비의 처지를 항상 생각하라, 했다. 그리 하면 왕비의 어떠한 행동도 모두 이해할 수 있을 것이라고. 고개를 숙인 채로 슬멋 콜랭을 바라보는 리진의 눈은 좀 전과는 달리 무심했다. 책망도 원망도 실려 있지 않았다. 오히려 리진 뒤에서 대금을 무릎 위에 내려놓고 있던 악공 강연의 눈이 의혹을 품고 프랑스 공사 콜랭을 관찰하고 있었다.

리진이 두 손을 모으고 무대에서 물러나자 화문석이 걷히고 경회루는 다시 연회 분위기로 돌아갔다.

3. 당신의 이름

각하,

1885년부터 조선은 서울과 북경 사이에 설치한 전신
선으로 청국과 연결되어 있었습니다. 조선 정부를 위해
서 그 설치를 맡았던 청국 정부는 이십 년 동안 그 경영
을 독자적으로 하고 있습니다. 따라서 이런저런 구실로
연락은 임의로 중단되거나 어떤 전갈은 거부되고 있었
습니다. 한편 일본인들은 나가사키와 부산 사이에 바다
밑으로 해저전선을 부설했으며, 설치비용을 그들이 부
담하여 서울까지 그 선을 끌어들여 연결시키는 것을 제
안했습니다. 우리는 일본과 조선 사이의 직통선이 일본
에게 어떤 이익을 주는지 이해합니다. 청국 정부가 보내
는 그들의 전보는 단지 청국 정부의 선의로서만 발송될
수 있었고 그것도 엄청난 가격을 지불한 후 천진과 상해
로 우회를 하여 목적지에 도달될 수 있었습니다.

조선 정부는 자국의 영토 안에서 청국이 유린하는 것
과 같은 또다른 선례를 만들고 싶어하지 않았기 때문에
일본의 요구를 거절했습니다. 조선 정부의 통신을 청국
의 감독하에서 벗어나 북쪽 국경까지 연장시켜 러시아
전신망과 이어지게 된다면 미래에는 아주 흡족한 결과

를 줄 수 있을 것이라는, 새로운 전신선의 중요성을 알고 있는 조선 정부는 전신주 가설과 함께 전신국의 설치도 직접 시행하기로 했습니다.

산악 부근에서는 매우 어려웠던 전신선의 설치는 유럽인 핼리팩스 씨 단 한 사람과 조선인 노무자팀의 참가로 삼 개월 만에 준공되었으며 전신선도 개통되었습니다. 네 곳의 전신국에 대한 전신료가 확정되었습니다.

서울에서 경주⋯16전

서울에서 전주⋯18전

서울에서 대구⋯20전

서울에서 부산⋯22전

관리는 전적으로 조선인들이 하고 있습니다. 고용인들은 일 년 동안 이곳에서 전신 강의를 들었고 기술적인 교육과 영어 교습을 받았으므로 지금부터 그들의 임무를 수행할 수 있습니다. 현재 청국의 전신국을 외국인의 도움 없이 청국인들이 경영하는 것과 같이 조선도 잘 운영할 것이라는 생각을 갖게 합니다.

1888년 7월 27일

콜랭 드 플랑시

풀이 자라는 동안 말이 죽는다고 했던가.

무희와의 재회를 기다리는 동안 콜랭은 셰익스피어가 『햄릿』에 썼던 말을 실감했다. 연회장에서 있었던 유월 하순의 약속은 칠월 하순에야 이루어졌다.

공사관 벽오동나무 쪽에서 매미가 새벽부터 드세게 울어대던 여름날. 콜랭은 조선에 부임해온 이후 가장 이른 시각에 침대에서 눈을 떴다. 지난밤, 거의 뜬눈으로 지새웠으니 잠을 깼다고 하기에는 좀 어색한 기상이었다. 눈을 뜨자마자 콜랭은 침대 창문 바깥에서 빗소리가 들리지 않나 귀를 기울였다.

조선의 장마는 길었다. 거센 폭우는 아니었으나 비가 내리는 동안 햇볕을 볼 날이 거의 없었다. 도성이 온통 질척거렸고 습기가 많아 공기는 항상 축축했다. 공사관 앞 채소밭의 흙이 비에 쓸려내려갔다. 앞으로 얼마간은 유실된 길을 복구하는 데 시간을 써야 할 것이었다. 그제부터 장마는 갰지만 혹여 또 비가 내릴까봐 은근히 마음이 쓰였다.

빗소리 대신 힘찬 매미 소리를 확인한 콜랭은 기지개를 폈다.

장마가 끝나자마자 맨 먼저 들린 건 매미 소리였다. 새벽부터 매미가 우는 날은 햇볕이 쨍쨍한 날이라고 했던 이는 블랑 주교였다. 비가 오는 날 손님을 맞이하고 싶진 않았다. 조선에 오래 살아서인지 블랑은 거의 조선인에 가까울 정도로 조선의 법도와 풍속, 날씨며 사람 사는 모습들에 대해 많은 걸 알고 있었다. 블랑은 조선의 제6대 교구장이었던 리델 주교가 서거한 뒤 제7대 교구장에 취임했다. 블랑이 교구장이 된 이후에는 조선에 천주신앙이 어느 정도 묵인되고 있어서 쫓겨다니거나 땅 속에 숨어 사는 듯 숨죽였던 천주신앙인들의 얼굴에도 오랜만에 밝은 빛이 감돌았다.

주교가 되자, 블랑은 조선에 처음 들어왔을 때부터 염두에 두었던 고아원을 세웠다. 반촌에 살고 있던 서씨 도움을 받아 곤당골에 기와집 한 채를 사서 안을 수리를 했다. 조선과 프랑스가 통상조약을 체결하기 일 년 전의 일이었다. 갈 곳 없이 떠돌아다니는 아이들을 고아원에 들어와 살게 했다. 조선에서는 최초의 고아원이었다. 조선인 교우들이 도와주고 있었지만 고아원의 안살림은 서씨와 강연이 해나갔다. 아이가 없는 서씨는 고아원에 들어온 아이들을 돌보는 일에 정성을 다했다. 옷을 지어 입혔고 틈틈이 글을 가르쳤고 밥을 지어 먹였다. 그런 서씨를 강연이 도왔다. 청나라 원세개가 퍼뜨린 유언비어로 블랑 못지않게 서씨와 강연이 마음의 상처를 입었다. 곤란한 입장에 처한 블랑은 조선에 갓 부임한 대리공사 콜랭을 다급히 찾았다. 콜랭의 발 빠르고 단호한 처신으로 명예를 되찾게 된 블랑은 콜랭을 자주 만나 조선에서의 일을 상의하곤 했다.

즐거운 음악소리처럼 매미 소리를 듣고 있던 콜랭은 잠자리에서 몸을 반쯤 일으켰다. 오늘 공사관을 방문할 무희에게 맨 먼저 무엇을 보여주면 좋을까? 독판으로부터 오늘 무희가 프랑스 공사관을 방문할 거라는 통보를 받은 후에 줄곧 생각한 일이었으나 선뜻 떠오르질 않았다. 그림을 보여줄까? 사진을 보여줄까? 콜랭은 오랜만의 즐거운 고민으로 인해 눈가가 펴졌다.

블랑 주교의 권유대로 조선 이름을 가져볼까?

혼자 한 생각인데도 누가 자신의 머릿속을 들여다보고 있기라도 한 듯 콜랭은 객쩍은 웃음을 지었다. 블랑은 조선인과 가장 가까워질 수 있는 방법 중의 하나는 조선 이름을 갖는 거라고 하였다. 블랑 주교의 조선 이름은 백규삼(白圭三)이었다. 조선 사람들은 친밀감을 느끼면 허물없이 상대의 이름을 부르는데, 외국인의 이름은 부르고 싶어도 발음하기 힘들지 않겠느냐고 하였다. 설득이 되는 말이었다.

그녀에게 내 조선 이름을 지어달라고 해볼까.

웃음기가 돌던 콜랭의 얼굴이 한순간 어두워졌다. 조선어와 프랑스어를 동시에 익숙하게 하는 블랑에게 조선말을 배우고 싶었던 콜랭은 아름다운 조선 여인에게 마음을 빼앗겼다고 고백했다. 그녀와의 재회를 위해 단순한 조선말이라도 익혀두고 싶다고 했을 때 흔쾌하게 조선말을 가르쳐주겠다고 했던 블랑 주교는 그 여인이 궁중의 여인이라 하자 곧 입가에서 웃음을 거두었다.

살다보면 사회를 따르든가 자연을 따라야 하는 상황에 놓일 때가 있다. 외교관은 사회를 따라야 하는 자이다. 설령 그 사회의 법이 맞지 않는다고 해도 지켜야 할 자이다.

—조선에는 조선의 법이 있습니다.

유머가 풍부할 뿐 아니라 인자하고 자유로워 보이던 블랑 주교의 얼굴이 걱정스럽게 변했다.

—궁 안의 여자는 왕의 허락이 없으면 다른 삶을 살 수가 없지요.

콜랭이 침묵을 지키자 블랑의 염려는 더 깊어졌다.

—여기는 공화국이 아닙니다. 궁 안의 여자를 마음에 뒀다가 어떤 일에 휘말리게 될지 아무도 모릅니다. 더구나 공사는 프랑스를 대표하는 분 아닙니까? 항상 여기가 프랑스가 아니라는 것을 잊지 마세요.

프랑스.

콜랭은 무희를 만날 수 있는 날을 기다리는 동안 블랑 주교의 말대로 여기가 프랑스가 아니라는 것을 절실히 실감했다. 프랑스라고 해서 모든 것이 자유로운 건 아니다. 평민 출신으로 아일랜드에서 이주해온 콜랭의 부친 자크가 겪어야 했던 고난들 또한 귀족을 위한 엄격한 법에서 비롯된 것들이었다. 작가로서의 꿈을 펼치기 위해 파리로 진출하기도 했고 벨기에로 터전을 옮기기도 했으며 다시 플랑시 마을로 돌아와 인쇄소를 경영하기도 했던 부친 자크의 욕망은 귀족이 되는 것이었다. 결국 귀족 이름을 함부로 사용한다는 이유로 법정 소송에 휘말려 플랑시 마을에서 쫓기듯 떠나야 했다. 그러나 만나고 싶은 여인을 허락을 얻어야 볼 수 있다니. 그것도 한 달씩이나 기다려야 한다니. 프랑스에서라면? 비웃음을 살 일이었다.

콜랭은 연이어 떠오르는 상념을 떨쳐버리려는 듯 침대에서 몸을 일으키고 서둘러 잠옷을 평상복으로 갈아입었다. 조선이라는 나라는 틈만 나면 지난 일들을 떠올리게 한다. 엄밀히 말하면 조선이라는 나라가 아니라 아직 말도 제대로 섞어보지 못한 조선의 무희가 그렇다. 플랑시 마을을 떠나온 후 콜랭은 파리에서 신학교를 다녔다. 주변 친구들과는 달리 신학교를 마치고 동양어대학에 입학했다. 잘 알려져 있지 않은 동양어를 전공하겠다고 했을 때 모두 의아해했다. 특히 부친이 그랬다. 법학과 청국어를 전공하고 학위를 취득한 뒤에 콜랭은 곧 북경으로 떠났다. 북경에 와서야 콜랭은 자신이 부친으로부터 벗어나기 위해 동양을 택한 건 아닐까 하는 생각이 들었다. 어떻게 하든 이주민의 신분에서 벗어나고자 했던 아버지. 완벽한 프랑스인이 되려면 귀족 신분이 되어야 한다는 관념에 사로잡혔던 분.

북경을 시작으로 콜랭의 삶은 동양에서 펼쳐졌다. 동양어대학을 선택하게 된 특별한 이유는 없었지만 동양을 알게 된 것에 콜랭은 만족했다. 프랑스에서는 청나라도 일본도 조선도 신비의 나라였다. 동양에 머무는 동안 수집한 물건들을 배에 실어가면 프랑스인들은 환호했다. 특히 귀족들이 그랬다. 동양의 서책이나 도자기나 장신구 등은 권태에 빠진 프랑스 귀족들에겐 수집 욕구를 불러일으키는 기호품이었다.

콜랭은 천천히 커피를 한잔 타 마시고 마당으로 나왔다. 벽오동 밑을 어슬렁거리던 진돗개가 콜랭을 반겼다. 진돗개는 두 달 동안 꽤 의젓해졌다. 늠름하게 등을 흔들며 다가온 진돗개는 콜랭의 발치 옆에 앉았다. 등을 쓰다듬어달라는 뜻이다. 매일 콜랭과 개가 주고받는 인사방식이었다.

—오늘은 아주 즐거운 날이다!

콜랭의 프랑스어를 알아듣기라도 하듯 진돗개는 자신의 등을 쓰다듬는 콜랭의 손등을 다정히 핥았다. 콜랭은 진돗개의 목에 걸쇠를 채웠다. 산책을 가자는 신호라는 것을 알고 있는 개가 앞다리를 들고 펄쩍 뛰었다. 개에게는 하루 중 가장 즐거운 시간이다. 누군가를 기다리는 일이 얼마나 마음이 타는 일인지 콜랭은 지난 한 달 동안 겪어보아 알았다. 산책을 다녀오면 시간이 줄어들 것이다.

—자, 뛰자.

콜랭은 진돗개를 앞세우고 공사관 대문을 열었다.

하루도 짧은 일평생이다. 특히 어떤 하루는.

가마꾼들이 프랑스 공사관 앞에 리진을 내려놓은 건 오전 열한시가 못 되어서였다. 리진이 공사관을 방문할 거라고 콜랭에게 통보된 시각은 열한시였다. 오랜만에 갠 날이었다. 세상에 가득 햇살이 투명했다. 집집마다 내다 말릴 것들을 죄다 널어놓은 모습을 리진은 가마를 타고 오며 내다보았다.

공사관 앞의 채소밭 사이로 나 있었을 길은 비로 인해 유실되어 밭인지 길인지 구분이 어려운 지경이었다. 자신을 내려놓은 후 빈 가마를 메고 움푹움푹 파인 질퍽거리는 땅을 밟고 돌아가느라 걸음이 더딘 가마꾼들의 뒷모습을 잠시 보고 서 있던 리진이 공사관 대문을 향해 몸을 돌렸다. 경회루에서 앵삼을 입고 화관을 쓰고 있던 무희의 모습이 아니라 짙은 옥색 저고리와 네 폭 남색 치마를 입은 수방 궁녀의 모습이다. 콜랭이 금천교 위에서 마주쳤던 그 모습이다. 검은 머리는 뒤로 땋아서 비비 튼 뒤 소라처럼 붙여놓았다. 궁녀들이 가장 흔하게 하는 조짐머리 스타일이다. 당의처럼 긴 초록 견막이를 오른손에 들고 있다. 열려 있는 공사관 대문을 밀고 안을 들여다보는 리진의 복삿빛 얼굴에 호기심이 묻어 있다.

맨 먼저 안쪽의 벽오동 푸른 잎이 한눈에 들어왔다. 꽃이 진 자리에 수국의 잎새도 푸르고 담장을 타고 능소화가 마음껏 꽃망울을 터뜨리고 있으며 향나무며 주목이 눈을 들고 보지 않아도 될 각도에서 줄 맞추어 서 있다. 한쪽으로는 마치 어떤 무늬를 새겨넣듯 봉숭아들과 분꽃들이 키를 맞춰 자라고 있는 사이사이 채송화들이 낮게 포복해 있다. 한눈에도 항상 누군가 정성들여 손질하고 있는 마당이라는 게 느껴진다.

리진이 막 공사관 안마당으로 홍옥당혜를 내디디려는데 마당을 향해 나 있는 내실의 유리창이 드르륵 열렸다. 얼굴을 내밀어보던 콜랭이 막 대문을 들어서고 있는 리진을 발견하고는 서둘러 가죽구두를 발에 꿰며 걸어나왔다.

—마중을 나가려 했습니다.

예정보다 이른 리진의 등장에 콜랭의 입에서 프랑스어가 튀어나왔다. 사실이었다. 사무동에 가서 통역관과 게랭을 데리고 함께 공사관으로 들어오는 입구까지 마중을 나가려던 참이었다. 아직 약속시간이 남아 있었으나 아침부터 대문 쪽을 내다보는 습관으로 무심히 내다보다가 홍옥당혜의 발끝이 보여 유리문을 열고 나와보니 리진이었다.

—제가 조금 일찍 도착했습니다.

리진은 팔에 걸치고 있던 견막이를 몸 쪽으로 모으면서 허리를 숙였다. 콜랭은 능숙하게 프랑스어로 대꾸하는 리진을 잠시 올려다보았다.

어서 오세요. 반갑습니다. 안녕하세요.

공사관을 찾은 리진을 첫 대면 했을 때 인사로 쓰려고 배워두었던 조선어를 발음해보지도 못한 채 불쑥 프랑스어로 마중을 나가려고 했습니다, 라고 말해버린 콜랭은 오히려 리진의 프랑스어를 듣게 된 것이다.

—방문해주어 영광입니다.

콜랭은 리진이 했던 것처럼 허리를 굽혔다. 리진이 콜랭을 바라보며 살짝 미소지었다. 저 눈동자. 금천교 위에서 보았던 그 검은 눈동자가 역시 또 낯설어하지 않고 다정히 웃고 있었다. 가까이에서 보니 더욱 깊은 눈이었다. 콜랭은 자신도 모르게 두 팔을 벌려 리진을 가볍게 껴안고 뺨에 입을 맞추었다. 리진이 어떻게 해볼 틈도 없이 순간적으로 이루어진 일이었다. 리진이 그 자리에 얼어붙은 듯 서서 콜랭을 뚫어져라 응시했다.

아.

콜랭은 다정함을 싹 거두고 낯설게 자신을 올려다보는 리진의 검은 눈을 보고서야 탄식했다. 당황과 긴장으로 인해 목이 뻣뻣해졌다.

—여기가 조선이라는 걸 잊었군요. 이상합니다. 당신이 낯설지가 않습니다. 나도 모르게 자꾸만 우리 예법으로 당신을 대하게 됩니다. 우리의 인사법이 이렇습니다. 친근감의 표현이니 이해해주세요.

리진의 표정이 차가워지더니 눈길이 콜랭으로부터 비켜났다.

남자에게는 잘못했을 경우에 사과하고 여자에게는 잘했을 경우에도 사과하라던 영국에서 들은 말이 콜랭의 머리를 스쳤다.

—무례를 범했습니다.

—……

—용서하십시오.

벽오동나무에 붙어 아침부터 울던 매미 소리가 점점 더 커졌다. 콜랭의 거듭된 사과에도 차가워진 표정을 풀지 않던 리진의 검은 눈이 한순간 콜랭을 주시했다.

—청을 한 가지 들어주시겠습니까?

맑고 침착한 목소리였다.

—먼저 무례를 용서해주시면요. 그 다음엔 내가 들어드릴 수 있는 것이면 무엇이든 들어드리지요.

리진의 입가에 옅은 미소가 피어올랐다. 그제야 콜랭은 안도했다.

—무엇입니까?

—곤당골을 찾아볼 수 있도록 해주세요.

곤당골이라면? 블랑 주교가 세운 고아원이 있는 곳이었다.

—저를 키워주신 분이 곤당골에 계시는데 궁 안에 있는 몸이라 사사로이 뵐 수가 없습니다. 궁으로 돌아가기 전에 뵙고 가고 싶은 마음이 앞서 드린 말씀입니다. 어려우시면 거절하셔도 됩니다.

내방객으로 찾아와 마당으로 들어서기도 전에 나눌 이야기는 아니었다는 생각이 뒤늦게 든 리진이 다시 정중히 고개를 숙이고 있을 때 공사관 사무동에서 양복 차림의 게랭과 조선

옷 차림의 통역관이 빠른 걸음으로 다가왔다.

─그리 하도록 하지요. 우선 들어오세요.

콜랭은 쾌활하게 대답했다.

─진심이십니까?

─무엇이요?

─제가 곤당골에 가도 된다는 말씀입니까?

─점심을 먹은 후에 함께 출발하도록 하지요.

─함께요?

─예, 그날 말씀드리지 않았습니까? 함께 도성 구경도 하고 싶다고요. 곤당골이라면 저도 한번은 가보고 싶은 곳이 있습니다.

리진의 얼굴이 밝게 개었다. 서씨가 블랑 주교가 차린 고아원의 안살림을 위해 반촌에서 곤당골로 이사를 했다는 얘기를 들었을 뿐 여태 가보지 못한 채였다.

─제게는 잊지 못할 날이 될 것입니다.

게랭은 통역관도 없이 두 사람이 말을 주고받고 있는 것에 놀란 듯 눈이 휘둥그레졌다. 그때껏 보이지 않던 진돗개가 어느덧 콜랭 곁에 다리를 세우고 앉아 있었다. 공사관에서 일하는 조선인 남자 두 사람도 마당을 지나다 말고 리진을 향해 얼굴을 길게 뺐다.

─나는 서기관 게랭입니다. 경회루 만찬에서 뵌 적이 있습

174

니다.

리진이 게랭의 말을 알아듣고 목례를 하자 통역관이 놀란 표정으로 리진을 보았다.

—법국의 말을 알아듣습니까?

—겨우 통할 정도입니다.

—법국의 말을 할 줄도 아십니까?

—겨우 통할 정도입니다.

두 가지 질문에 똑같은 대답을 한 후 리진은 통역관에게 정중히 고개를 숙였다.

—저는 여기 통역관 최가입니다. 영세명이 베드로입니다. 최 베드로라고들 부르지요. 반갑습니다, 항아님.

서로 다른 나라에서 태어난 사람들이 통역 없이 말이 통한다는 건 사막에서 물을 만날 때와 같이 신선한 일이다.

세 사람이 앞에 서고 리진은 뒤따르며 공사관 안으로 들어섰다. 비가 갠 여름날, 물 속에 비친 꽃다발 같은 여인이라고 생각하면서도 콜랭은 돌아보지 않고 리진과 통역관이 나누는 대화를 들으며 잠자코 앞서 걸었다.

—여기까지는 어떻게 오셨습니까?

—왕비 마마께서 가마를 내주셨습니다.

—가마를요?

—예.

서씨가 있는 곤당골에 오늘 드디어 가볼 수 있다는 설렘으로 표정이 밝아져 있던 리진의 얼굴이 잠시 생각에 잠겼다. 한 달 전 경회루에서 있었던 연회에서 왕비를 본 후 리진은 어제까지 왕비를 대면하지 못했다. 궁에 들어온 후 그리 오랜 기간 동안 왕비를 보지 못한 건 처음 있는 일이었다. 방 동무 소아가 걱정을 할 정도였다. 왕비가 궁금할 적마다 리진은 서상궁을 찾아갔으나 왕비가 무탈하신가 묻질 못했다. 평소의 두 사람은 왕비의 신상에 대한 대화를 스스럼없이 나누곤 했다. 중궁전 소속 상궁과 나인이었으니 그것이 자연스러운 거였다. 그러나 리진을 향한 알 수 없는 냉랭함이 서상궁에게서도 느껴졌다. 워낙 아랫사람에게 엄한 편인 서상궁이기는 했으나 리진을 대할 때에는 엄함 속에도 각별한 정이 묻어 있곤 했었다. 그런 서상궁이 먼저 왕비에 대해서 함구하니 리진이 먼저 얘기를 꺼내기가 어려웠다. 어제 아침 서상궁을 만났을 때 내일 법국의 공사관을 방문하게 될 것이라 먼저 일러주긴 했다. 문득 한 달 전 연회장에서의 일을 떠올리다가 리진은 서상궁의 근심스런 눈길과 부딪쳤다.

　─실수가 없도록 하여라. 중궁 마마의 심기가 복잡하시다.

　리진은 서상궁이 무슨 말을 하는지 정확히 짚어내지를 못했다. 나라 안팎의 정세 때문에 심기가 복잡하시다는 건지, 아니면 자신에 대한 왕비 마마의 마음이 복잡하시다는 건지.

— 네게 직접 전하라는 말씀이 없으셨으니 직접 부르실 게다.

왕비의 마음이 왜 복잡한지 되묻고 싶었으나 서상궁은 벌써 등을 보이며 앞서가고 있었다. 서상궁의 말을 듣고 종일 긴장하고 있었으나 아무런 전갈이 오지 않았다. 모두 잠자리에 드는 야심한 시각에야 중궁으로 들라는 전갈을 받았다. 왕비는 막 잠자리에 들려던 참이었는지 머리를 풀어내린 적삼 차림이었다. 하명을 기다리며 문 앞에 서 있는 리진을 왕비는 바라보기만 했다. 사오 분은 족히 지난 뒤에야 왕비가 짧게 말했다.

— 날이 밝으면 법국의 공사관에 다녀오거라.

— 예.

— 가마를 내줄 테니 타고 가거라.

— 예.

— 다녀오거든 소상히 아뢰어라.

— 예.

— 되었다. 물러가라.

리진은 물러가라, 는 왕비의 말을 듣고도 얼른 일어나질 못했다. 거의 한 달 만에 마주한 왕비와의 시간이 너무 공허했다. 무슨 말을 더 해주기를 기다렸으나 왕비는 입을 다물었다. 중궁에서 물러나오며 리진은 입술 안쪽을 지그시 깨물었다. 왜일까? 왜 이렇게 왕비가 차가워졌을까. 리진은 밤새 잠을 이루지 못하고 소아 곁에서 뒤척였다.

왕비 생각에 마음이 가라앉은 리진은 공사관을 둘러보았다.

기와집에 유리창을 달아놓은 모습을 처음 보았다. 공사관 마당 앞쪽에 서 있는, 기름을 붓게 되어 있는 가로등도 처음 보았다. 기와집의 안채가 공사관이며 연결되는 뒤채에 식당과 서재와 침실이 있다고 게랭이 설명했다. 여기저기 처마 안쪽으로 프랑스에서 가져온 듯한 의자가 마당을 향해 놓여 있었다. 오른편의 양옥으로 된 별채 앞엔 햇볕을 가리게 되어 있는 파라솔도 있었다. 창에는 모두 서양식 유리창이 달려 있고 커튼이 쳐져 있었다.

—이쪽이 공사관 집무실입니다.

리진은 공사관 집무실 안을 들여다보았다. 벽돌로 이루어진 벽면이 한눈에 들어왔다. 나무책상과 곡선으로 휘어진 의자들이 놓여 있었다. 리진은 공사관 집무실을 들여다보던 눈길을 돌려 아무 말 없이 곁에 서 있는 콜랭을 쳐다보았다.

나를 잠 못 들게 하는 자가 내가 사랑하는 사람이라 하였습니다. 지금 내가 그러합니다. 콜랭은 어느 밤에 리진에게 썼던 편지의 한 구절을 떠올렸다. 보내지 못한 편지가 책상 서랍 속에 여러 장 들어 있다.

—아직 이름도 모릅니다.

—아, 그렇군요!

콜랭은 하마터면 웃음을 터뜨릴 뻔했다. 그러고 보니 두 사

178

람은 아직 서로의 이름도 묻질 않았다. 이름도 모른 채 어느 날은 밤이 깊도록 연서를 쓰기도 했다. 검은 눈동자만을 떠올리며.

—콜랭 빅토르 오귀스트……

이름을 말하다 말고 콜랭은 입을 다물었다. 콜랭 빅토르 오귀스트 드 플랑시. 콜랭은 검은 눈의 여인에게 자신의 긴 이름을 말하고 싶지 않았다. 드(de)는 프랑스에선 귀족에게만 붙는 것이다. 콜랭의 부친은 그의 가족들 이름 속에 이 드를 넣기 위해 일생을 노력했다. 그로 인해 플랑시 마을의 명문가인 플랑시 백작으로부터 그쪽 가문의 이름을 도용했다는 이유로 고발을 당해 부친은 법정에 서기까지 했다. 부친은 그 동안 플랑시 마을이 작가인 자신으로 인해 얼마나 많은 영광을 얻었는지, 또 숱한 세월을 플랑시 마을을 위해 자신이 얼마나 헌신했는지를 밝혔다. 드 플랑시(de Plancy)라고 쓸 자격이 있음을 극구 변호하는 과정에서 부친은 당통과 친인척 관계라는 것 또한 적극적으로 끌어오기도 했다. 드를 얻기 위한 부친의 투쟁이 얼마나 끈질겼는지 콜랭은 알고 있다. 소송에서 지고 마을에서 추방당한 굴욕도 부친의 욕망을 좌절시키진 못했다. 부친은 파리에 기반을 잡은 지 채 일 년도 되지 않아 호적을 꾸미는 일에 성공했다. 그리고 아들 콜랭의 이름 뒤에 그 동안 수없이 부르고 싶었던 귀족의 이름들을 길게 붙였다. 부친의 귀족사회 편입 욕구는 한때 콜랭의 이름이 빅토르 에밀 마리 요셉 콜랭 드 플랑시가 되게 하기도 했다.

이름을 밝히다가 입을 다문 콜랭이 다시 말했다.

—콜랭입니다.

—……

—당신의 이름은?

당신. 타인이 자신에게 당신이라는 호칭을 쓰는 걸 리진은 처음 들었다.

리진을 두고 서씨는 애기야, 라고 불렀고, 강연은 은방울이라 했으며, 방 동무 소아는 진진이라고 불렀다. 그리고 왕비는 서나인이라고 칭했다. 서씨가 네 어미는 너를 이화라 부르기도 했다고 말한 바 있었다. 네 집 앞에 배나무가 많았더란다. 배꽃이 피면 네 집이 아예 꽃에 가려 보이지도 않았어. 서씨가 네 어미라고 이르는 생모를 리진은 기억하지 못했다. 이화, 라고 불린 적이 있었다는 것도. 서씨가 어머니라 했어도 리진은 믿었을 것이나 웬일인지 서씨는 생모가 있다는 사실을 분명히 했다. 리진이 박씨인지 유씨인지도 모르게 된 것을 자신의 책임이라며 항상 미안해했다. 기억 속에 전혀 존재하지 않는 부모는 무슨 사연인지 이름을 숨기고 사는 사람들이었다고 했다. 반촌에 숨어들어 살게 된 지 몇 년이 지나도록 성씨조차 말하는 법이 없었다고. 어린 날 리진에게 책을 읽히다가 서씨는 깊은숨을 내쉬곤 했다. 모르긴 해도 너는 책이 많은 집 자손이었을 게다. 이리 깨우침이 빠르니 말이다.

훗날, 왕비의 명으로 인해 리진이 궁녀가 되었을 때도 성이 문제가 되었다. 정식 궁녀는 신분이 확실해야 했다. 궁리 끝에 서씨의 동생 서상궁의 수양딸의 신분으로 궁녀가 되었을 때, 왜 여태 이름을 지어주지 않았느냐 묻는 리진에게 서씨는 말했었다. 어느 날 네 집의 누군가 찾아와 꼭 너를 데려갈 것 같았다. 그분들이 너에게 맞는 이름을 지어주겠지, 생각했다.

—궁중의 여인이 무슨 이름이 있겠습니까.

—······

—서나인이라 부르시면 됩니다.

공사관 집무실 벽면에 걸려 있는 그림들을 살펴보는 리진의 얼굴이 흐려졌다.

우울한 생각에 빠진 듯한 여인을 웃게 할 수 있는 재치 있는 유머를 알고 있지 못한 콜랭은 자신도 모르게 마음속의 진심을 말해버렸다.

—조선 이름을 갖고 싶습니다. 당신이 지어주겠습니까?

리진보다도 통역관 최 베드로와 게랭이 놀라서 콜랭을 쳐다보았다. 리진은 콜랭이 무슨 말을 하는지 정확히 알아듣지 못하고 통역관을 바라보았다.

—공사께서 조선식 이름을 가지고 싶다고 하는데, 항아님

이 지어줄 수 있겠느냐는 말씀이십니다.

—제가요?

—예.

예기치 않은 상황에 리진의 검은 눈이 콜랭을 응시했다. 그 순간 실수 없도록 하라, 왕비 마마의 심기가 편치 않다, 서상궁의 말이 왜 동시에 떠올랐는지 모를 일이다. 거절을 하면 실수하는 것일까? 승낙을 하는 것이 실수하는 것일까? 그런데 이 사람은 왜 내게 이름을 지어달라는 것일까? 의혹이 실린 리진의 눈은 콜랭을 보고 있지만 마음은 왕비에게 가 있었다. 공사관 사무동에서 나와 자료실과 접견실 식당이 있는 뒤채로 자리를 옮길 때까지 리진은 이렇다 할 대답을 하지 않았다. 아니, 하지 못했다.

—저쪽 방에는 책들이 있습니다.

콜랭이 서책이 쌓여 있는 방으로 리진을 안내했다. 수리를 한 것일까. 조선집의 방으로 보기에는 드넓은 공간을 그저 기웃거리듯 들여다보던 리진의 얼굴이 신세계를 발견한 듯 반짝 빛이 났다. 많은 책들이 한곳에 빼곡히 꽂혀 있다. 두꺼운 나무로 짠 천장까지 닿는 책장 안에 책들이 가득하다. 청국 책과 일본 책들이 책장 몇 개를 차지하고 있고 한쪽으로는 조선 책도 꽂혀 있다. 리진이 서재 안으로 쑥 걸어들어갔다. 공사관에 들어온 후 가장 빠른 걸음걸이였다. 리진이 책이 가득한 서재에 가장 큰 관심을 보이는 것을 콜랭은 지켜보았다. 여인이 좋아하는 무엇을 한 가지는 알게 된 것 같아 콜랭의 얼굴도 밝아졌다. 리진은 청국 일본 조선 책들 사이를 지나 프랑스 역사책과 철학 서간문들이 가득 꽂혀 있는 책장 앞에 섰다. 몽테스키외의 『페르시아인의 편지』, 서른 권은 넘어 보이는 『백과전서』들, 라마르틴의 『명상시집』과 말라르메 랭보 베를렌의 시집들. 스탕달의 『적과 흑』, 빅토르 위고의 『레 미제라블』 『파리의 노트르담』, 플로베르의 『감정교육』 등을 살펴보던 리진이 『보바리 부인』 옆에 꽂힌 보들레르의 시집을 꺼내 펼쳤다. 팔랑거리며 책장을 넘기던 리진의 눈길이 한 대목에 가 멎었다. 「여행에의 초대」였다.

내 누이여 내 사랑이여
상상해보아라
거기 가서 함께 사는 달콤함을
한적하게 사랑하고
사랑하다 죽으리

시를 읽고 있는 리진의 눈이 책에서 떨어지질 않았다. 그대로 책 속으로 빨려들어가버릴 것같이 다음 장 또 다음 장을 읽던 리진이 불현 현실을 깨달은 듯 콜랭을 쳐다보았다.

—제게 보여주고 싶은 것이 이것이었습니까?

—아닙니다.

—……?

—보여드리고 싶은 것은 따로 있습니다.

리진이 콜랭을 뚫어져라 보았다.

—파리를 보여주고 싶습니다.

콜랭은 리진의 눈동자가 흔들리는 것을 보았다. 파리를 보여주고 싶다고 했으나 콜랭이 진짜 리진에게 보여주고 싶은 곳은 가족이 쫓겨났던 플랑시 마을이었다. 어쩐지 저 여인과 함께라면 떠나온 후 단 한 번도 가보지 않은 그 마을에 가볼 수 있을 것 같았다.

꼭 그 사람과 함께 가보고 싶은 장소가 생겼다는 것은 그 사람과 사랑에 빠졌다는 뜻이기도 하다.

—언젠가 당신과 함께 파리에 가고 싶습니다.

당신. 잔잔한 물결처럼 흔들리는 것 같았던 리진의 눈동자가 고요해졌다. 그녀가 펼쳐들고 있던 책을 가만 덮더니 꺼냈던 자리에 다시 꽂았다.

—저는 궁을 떠날 수 없는 몸입니다. 오늘 이곳에 올 수 있었던 것도 중궁 마마의 특별한 배려가 있었기 때문입니다.

감정이 실려 있지 않은 담담한 목소리였다. 리진의 시선이 서재 한쪽으로 나란히 꽂혀 있는 책들 쪽으로 옮겨갔다. 『16세

기의 비열한 기억』『파리의 사막』『성유물 비판과 신비한 이미지들의 사전』 등이 꽂혀 있는 자리였다. 콜랭의 부친 자크의 저작물들이다. 리진이 그 책들을 유심히 보자 콜랭이 말했다.

—아버지께서 쓴 책들입니다.

리진이 콜랭을 다시 쳐다보았다.

—글을 쓰는 분이셨습니까?

—예.

파리로 나가 많은 작품을 쓰며 꿈을 펼쳐보려던 콜랭의 부친은 실패하자 좌절해서 벨기에로 나갔다가 고향 플랑시 마을에 다시 돌아왔다. 오랜 친구들의 도움을 받아 출판사 겸 인쇄소를 차리고 주로 종교서적들을 출판했다. 콜랭은 인쇄소에서 풍겨나오는 냄새들을 좋아했다. 대부분의 날들을 그곳에서 보냈다. 그 마을엔 인쇄소 건물이 아직 남아 있을는지. 플랑시 마을에 흐르던 호수도 그대로일까? 때가 되면 아직도 왜가리는 그 호수로 날아드는지.

미련 많은 장소를 떠나가듯 리진은 서재를 나가면서 자꾸 책들이 쌓여 있는 쪽을 돌아보았다. 견막이를 들고 있지 않은 왼손으로 스쳐가는 책장의 책을 쓸어보기도 했다.

—책을 빌려가시겠습니까?

리진의 눈이 한순간 반짝 빛났으나 곧 조용해졌다.

—읽고 싶은 책이 있으면 빌려가십시오.

—어떻게 돌려드리지요?

—내가 찾으러 가겠습니다.

—공사님께서요?

—예.

그럴 수는 없는 일이다. 궁녀와 외국 공사가 궁 안에서 사사로운 만남을 가질 수는 없는 일이다. 대답이 없는 리진의 마음을 헤아린 콜랭이 웃었다.

—몇 권쯤은 그냥 드려도 괜찮습니다. 어떤 책을 읽고 싶으십니까?

그래도 될까, 싫은 마음과 그러고 싶은 마음이 서로 엎치락뒤치락거리다가 책을 가져가고 싶은 마음이 이겼다.

—프랑스의 책을 읽고 싶군요.

망설인 사람답지 않게 리진은 분명히 대답했다.

—특별히 읽고 싶은 책이 있습니까?

—프랑스의 책은 오늘 처음 봅니다. 궁 안의 방 동무 소아가 제가 책을 읽어주는 걸 좋아합니다. 소아에게 읽어줄 수 있는 즐거운 것으로 공사님이 골라주시지요.

콜랭이 정확히 알아듣지 못하는 것 같자 최 베드로가 리진의 말을 콜랭에게 통역해주었다. 소아에게 프랑스 책을 읽어주고 싶다고 말했지만 리진의 속마음은 왕비를 생각하고 있었다. 처음 보는 이 책들을 가져가 왕비에게 읽어주고 싶었다.

왕비가 뜻을 알리려면 조선말로 옮겨야 하기 때문에 시간이 걸릴 것이나, 조선 책들은 물론이요 청국 책이며 일본 책을 두루 섭렵한 왕비가 처음 보는 법국의 책 앞에서는 어떤 반응을 보일지 리진은 벌써부터 궁금했다. 리진이 왕비 생각을 하고 있는 동안 콜랭은 어머니를 생각했다. 어머니 쥘 가리네가 부친 자크와 결혼한 건 스물일곱 때였다. 그때 아버지는 쉰아홉이었다. 아버지는 두번째 결혼이었고 어머니는 초혼이었다. 늙은 아버지의 욕망. 젊은 어머니의 책 읽어주는 소리. 까마득히 시간의 저편으로 물러나 있던 기억들을 마치 어제의 일처럼 생각하게 하는 힘이 이 여인에겐 있었다.

　─식사를 하는 동안 책을 골라놓도록 하지요.

　네 사람은 서재에서 나와 식탁이 차려져 있는 곳으로 자리를 옮겼다. 리진이 들고 있던 초록 견막이를 받아 옷걸이에 걸어두러 갔던 콜랭이 파리에서 가져온 축음기 곁으로 다가가 베를리오즈의 〈환상교향곡〉을 틀었다. 음악은 모든 사람에게 축복이다. 식탁의자를 꺼내주며 리진에게 앉기를 권하던 게랭이 〈환상교향곡〉 1악장 〈꿈〉이 흘러나오자, 공사님이 어제부터 항아님을 위해 골라놓은 것입니다, 하였다. 강연이 부는 대금이나 향피리와도 다르고 거문고나 아쟁 소리와도 확연히 다른 소리에 리진은 가만 귀를 기울였다. 바람 없는 여름날 나뭇잎도 제풀에 살랑이게 할 것같이 감미롭고 부드러운 소리였다.

식탁 위에는 투명한 잔과 샴페인이 놓여 있다. 네 사람분의 포크와 나이프, 스푼이 단정하게 세팅되어 있다. 공사관 주방 일을 보고 있는 앞치마를 두른 조선 아낙 섬이네가 크림수프를 내와 각자의 자리에 한 그릇씩 내려놓고 가며 리진을 훔쳐보았다.

—오늘 요리는 코코뱅입니다.

음악을 틀어놓고 콜랭이 식탁으로 돌아오자 게랭이 유쾌하게 웃으며 말했다.

—닭요리지요. 조선 사람 입맛에 맞을 겁니다. 공사님이 직접 메뉴를 짜셨지요. 맛있게 드셔야 합니다. 음악을 고르고 메뉴를 짜는 모습이 마치 소년 같았답니다.

통역관 최 베드로까지 장난스럽게 웃자 콜랭은 서둘러 샴페인 뚜껑을 따는 데 열중했다.

—저 샴페인도 우리 공사관에 소장되어 있는 것들 중 가장 귀한 겁니다. 상파뉴산이죠. 샴페인으로는 최고예요. 블랑 주교님께도 내놓지 않았던 것을 항아님이 오시니 내놓는군요.

콜랭이 게랭의 입을 막아보려는 듯 리진의 앞에 놓인 맑은 잔에 샴페인을 따랐다. 이슬방울 같은 거품이 반짝거렸다.

—블랑 주교님이 여기 자주 오십니까?

리진이 묻자 세 사람 모두 동시에 리진을 바라보았다.

—블랑 주교님을 아십니까?

—항아님! 천주신앙인이십니까?

앞말은 게랭이 뒷말은 통역관 최 베드로가 동시에 꺼냈다. 콜랭도 리진에게서 블랑 주교의 이름이 불려지자 뜻밖인지 주시했다.

—어린 시절부터 알고 지낸 분입니다. 제게 프랑스 말을 가르쳐주신 분이기도 하지요.

—그렇습니까!

콜랭이 반색했다. 아무런 연고도 없는 여인과의 사이에 블랑 주교가 있다고 생각하자 콜랭은 기댈 언덕을 발견한 듯 든든해졌다. 그 기쁨을 감추지 못하고 얼굴이 활짝 밝아졌다. 여인이 다시 궁으로 돌아간 뒤에 그 다음은 어찌 해야 하는지 벌써부터 내심 걱정이 되었던 콜랭으로서는 당연한 일이었다. 그러다가 얼마 전에 사모하는 이가 궁의 여인이라고 했을 때 굳어지던 블랑 주교의 얼굴이 떠올라 콜랭은 웃음을 거두었다.

콜랭이 게랭과 최 베드로의 잔에도 샴페인을 따르고 있을 때 섬이네가 올리브유와 발사믹 식초로 드레싱이 된 야채샐러드 접시를 각각의 수프 옆에 내려놓았다. 먹기 좋게 잘려진 노르망디산 치즈와 빵 그리고 버터가 담긴 접시도 옆에 놓았다.

—항아님, 천주신앙인이십니까?

통역관 최 베드로가 다시 물었다.

—천주신앙인이라고는 할 수 없습니다.

리진의 애매한 대답에 최 베드로의 얼굴에 실망의 빛이 어렸다. 리진이 정식으로 천주신앙인이 되는 것을 블랑 주교가 반대했다. 궁 안의 사람이 천주신앙인이었다가 이중으로 혹독한 핍박을 받는 것을 봐왔던 블랑 주교는 천주교에 대한 조선의 인식이 완전히 자유로워지기 전에는 마음으로 따르면 된다, 하였다. 서씨 또한 블랑 주교의 생각과 같았다. 리진이 천주신앙인이 되는 건 반대했지만 서씨와 강연은 독실한 천주신앙인이 되었다.

—인연입니다. 블랑 주교님도 함께 초대할걸 그랬습니다.

게랭의 말을 콜랭이 즐겁게 받았다.

—그런 자리를 만들어보지요.

샴페인에서 풍기는 향기로운 냄새가 식탁 주변을 맴돌았다. 세 사람이 샴페인잔을 들고 리진을 보았다.

꽃 사이에 앉아 혼자 마시자니 달이 찾아와 그림자까지 셋이 되었다, 고 했던 이는 이백이었지. 청국에 있을 때 청국 관리들과 술이라도 한잔 나누게 될 때면 빠지지 않고 등장하던 이백.

—안 하시겠습니까?

낮에 샴페인을 마셔도 되는 것인지 망설이는 리진을 향해 콜랭이 이백의 다른 시를 읊었다.

취했으니 자려네

자넨 갔다가

내일 아침 마음 내키면 거문고 안고 오게나

— 샴페인은 술이랄 수도 없답니다.

— 음식 맛을 돋우는 음료에 불과하지요.

게랭과 최 베드로가 거들었다. 리진이 얼굴을 풀고 잔을 들었다. 네 사람의 투명한 샴페인잔 부딪치는 쨍그렁 소리가 상쾌하게 울렸다. 왕비는 왕의 외국 정치고문들의 부인들이나 어의의 신분으로 성실하게 왕비를 보필하는 언더우드 여사와 담소를 나누는 시간을 즐겼다. 그들에게서 바다 건너 먼 나라에 대한 이야기를 들을 때의 왕비의 눈은 조선의 국모로서의 매섭고 근엄하고 때로 애처롭고 불안한 눈이 아니었다. 끝도 없이 펼쳐지는 풍성한 이야기가 가득 들어 있는 서책을 읽을 때의 기대와 발견으로 빛나는 눈이 되곤 했다. 그런 때에 가끔 다과상에 곁들여지던 샴페인.

리진은 샴페인을 한 모금 입에 대보고 눈을 살포시 감았다. 귓가에 잡히는 음악소리처럼 달콤한 향이 입 안으로 번졌다.

콜랭은 스푼을 들어 크림수프를 먼저 떠먹고 빵에 버터도 먼저 발라 먹었다. 섬이네가 메인 요리인 프랑스식 수탉요리 코코뱅을 내왔을 때도 포크와 나이프를 사용해 먼저 시식을 했다. 서양 식사법이 낯선 리진을 위한 배려였다. 리진은 서툰 표시를 내지 않고 콜랭을 눈여겨보며 수프를 떠먹고 포크로 샐러드를 찍어 먹었다. 가끔 콜랭이 틀어놓은 베를리오즈의 〈환상교향곡〉을 마당의 벽오동나무 쪽에서 들리는 매미 소리가 덮었다.

코코뱅에서 배어나오는 처음 맡는 소스 향을 리진이 음미하고 있을 때 이마에 맺힌 땀방울을 닦아내는 콜랭의 입가에 은근한 미소가 피어올랐다. 처음 여인이 공사관 마당에 들어왔을 때 조선 여인이라는 것을 잊고서 가볍게 안고 뺨에 입을 맞췄던 생각이 나서였다. 그때 코에 맡아지던 은은한 향기가 갑자기 식탁에서 되살아났다.

격의 없는 서양식 인사를 뒤늦게 사과하는 자신에게 청이 하나 있다며 바라보던 여인의 검은 눈도 동시에 떠올랐다.

— 블랑 주교님이 조선에 세운 고아원이 곤당골에 있지요.

갑자기 무슨 말인가? 싶은지 빈 잔에 샴페인을 따라주고 있던 게랭과 코코뱅에 들어 있는 통마늘을 집어먹다 떨어뜨려 냅킨으로 두루마기를 닦고 있던 통역관 최 베드로가 동시에 콜랭을 보았다.

— 제가 곤당골에 가보려고 했던 연유가 그곳에 가보고자 함이었습니다.

— 그랬습니까? 우리가 똑같은 생각을 했군요.

콜랭이 리진을 마주 보며 밝은 웃음을 지었다. 리진은 식당 벽에 걸려 있는 두 그림 쪽으로 눈길을 돌렸다. 리진이 그림들을 유심히 보자 콜랭이 말했다.

―이쪽 것은 클로드 모네의 〈생 라자르 역〉입니다. 저쪽의 것은 쇠라의 〈그랑드자트 섬의 일요일 오후〉라는 작품이지요. 모네 것은 제가 사진으로 찍은 것이고 쇠라 것은 복제품입니다. 클로드 모네. 생 라자르 역. 쇠라. 그랑드자트 섬의 일요일 오후.

리진은 콜랭의 설명을 기억하려는 듯 그림을 유심히 보았다. 저 상냥하고 다정한 공사의 나라. 그곳의 수도 파리. 그곳은 어떤 곳이기에 서가에서 보았던 저런 책들이 출판되고 귓가에 머무는 저런 음악이 만들어지고 눈앞에 펼쳐지는 저런 그림이 그려질까?

리진은 처음으로 파리, 라고 하는 곳이 어떤 곳인지 무척 궁금해졌다.

인생의 즐거움 중의 하나는 맛있는 음식을 좋아하는 사람과 함께 먹는 일이다. 프랑스식 닭요리를 별 거부반응 없이 먹는 걸 바라보는 콜랭은 마음이 흐뭇해졌다. 여자가 음식을 먹는 모습을 즐겁게 지켜보는 일 또한 얼마 만의 일인지. 커피는 공사관 별채 뜰 앞에 놓인 파라솔에서 마시자고 게랭이 제안했다. 자리를 옮기기 위해 네 사람은 식탁에서 일어났다. 리진이

의자를 밀기도 전에 콜랭이 뒤에서 의자를 빼주었다. 콜랭이 옷걸이에 걸어놓은 견막이를 가지러 음악이 흘러나오고 있는 안쪽으로 걸어가다가 리진은 사진틀이 나란나란 걸려 있는 벽을 보았다. 공사의 가족들일까? 작은 사진틀에 낯모를 외국인 여자와 남자들이 얼굴에 상냥한 미소를 띠고 담겨져 있다. 모자를 쓰고 있는 백발의 노인도 있고 진주 목걸이를 걸고 있는 귀부인의 모습도 있다. 외교관복 차림의 콜랭의 모습도 있다. 오래된 듯한 사진들 사이에 어린 사내아이의 사진이 눈에 띄었다. 대여섯 살쯤 되어 보였다. 사내아이는 무슨 생각을 하는지 입을 꼭 다물고 있다. 사진을 찍을 때 자꾸만 누가 앞을 보라고 했는지 억지로 앞을 보고 있는 듯 찌푸리고 있다.

—제 어린 시절 모습입니다.

콜랭이 다가와 리진이 보고 있는 사진을 같이 보았다.

—사진으로 남아 있는 가장 어렸을 때 모습이지요.

리진이 고개를 끄덕이며 옷걸이에서 견막이를 들어 팔에 얹었다.

—당신의 어린 시절은 어떤 모습일지 궁금하군요.

어린 시절. 리진은 어린 시절이라는 말에 반촌과 서씨와 어디에나 글씨를 쓰던 강연과 아기나인으로 머물던 대비전의 쓸쓸한 대비의 모습이 떠올랐다. 말을 할 줄 모르면서도 피리를 불던 어린 강연. 그때의 모습을 어디 가서 볼 수 있단 말인가.

이제 강연은 장악원의 악공이다. 지난번 연회 때는 얼굴도 제대로 못 보고 헤어졌다. 곤당골에 가면 강연을 만날 수 있을까.

—여기 사람들은 사진을 찍지 않습니다.

—알고 있습니다.

—사진에 찍히면 영혼도 빠져나간다 생각합니다.

—당신도 그리 생각합니까?

당신. 리진은 물끄러미 콜랭을 바라보았다.

—사진 찍히는 게 두렵습니까?

—찍혀보지 않아 모릅니다.

—그럼 제가 찍어드려도 되겠습니까?

생각이 났다는 듯 방 안으로 들어갔다가 나온 콜랭의 손에 어진이 들려 있었다. 리진은 어진을 자세히 들여다보았다. 근정전 앞뜰 박석들을 배경으로 왕이 포즈를 취하고 있다.

—제가 찍었습니다. 두 달 전에 찍었지요. 왕께서는 예전과 똑같지 않습니까?

콜랭이 들고 있던 다른 사진도 내밀었다. 사진 속의 궁녀가 자기의 모습이라는 걸 깨닫기까지 리진은 콜랭이 내민 사진을 골똘히 들여다보았다. 자신이 찍혔으리라고는 상상을 못 했던 탓에 리진이 놀란 눈으로 콜랭을 응시했다.

—당신입니다.

리진이 의아한 표정을 감추지 않고 또렷이 콜랭을 보았다.

—처음 궁에 갔던 날 다리 위에서 당신을 만났습니다.

그건 리진도 알고 있는 일이었다. 서상궁과 함께 금천교를 지나갈 때 외국인이 봉주르라고 인사를 해왔던 기억. 연회장에서 그 외국인이 법국의 공사라는 것도 알았다. 그날 그 외국인을 향해 같이 봉주르! 인사를 받았다가 뒤에 서상궁에게 크게 탓을 들었다. 여간해서 화를 내는 법이 없던 서상궁은 어디 궁녀가 낯선 남자의 인사를 함부로 받느냐며 처음부터 모든 법도를 다시 가르쳐야 하느냐! 언성을 높였다. 그래서 그날 일을 기억했다.

그런데 그때 어느 틈에 공사는 사진을 찍었단 말인가?

리진은 그저 신기한 마음이 되어 사진 속 자신의 얼굴을 들여다보았다. 시간은 모든 것을 삼키며 지나갈 뿐 돌아오지 않는다. 두 장인데 금천교 위에서 찍힌 사진 속에는 서상궁의 모습도 있다. 활기찬 걸음걸이 때문이었을까. 걸음을 멈추고 있는 리진은 선명한데 서상궁의 자취는 흐릿했다. 지나간 순간들이 사진에 그대로 남아 있다는 것에 리진은 놀랐다. 자신도 모르게 봉주르, 라고 인사를 한 뒤 앞서가는 서상궁을 향해 몸을 돌리던 그 순간, 다시 뒤돌아서서 공사를 바라보았던 지나간 그 순간, 이 사라지지 않고 사진 속에 남아 있다.

—제가 가져도 되겠습니까?

—오늘 사진을 찍게 해주신다면요!

두 사람은 처음으로 서로 마주 보며 웃었다. 뒤처지는 콜랭을 두고 리진이 먼저 공사관 마당으로 나왔다. 기다렸다는 듯이 매미 소리가 귀를 찌르고 여름 한낮의 열기가 후끈 몰려들었다. 디저트를 먹기로 되어 있는 별채의 파라솔 아래에 통역관 최 베드로가 혼자 생각에 잠겨 있다. 리진이 파라솔 아래로 다가가자 최 베드로가 웃으며 말했다.

─공사님의 저런 모습을 오늘 처음 봅니다. 성실한 분이시지만 일처리에 철저하고 냉정한 분이라서 가까이 가기가 좀 두렵기도 했는데 오늘은 아주 다른 모습입니다.

─ ······

─다정하고 상냥하고 들떠 계시는군요. 모르시겠습니까?

─무엇을요?

볼 일을 보러 갔던 것인지 사무동이 있는 쪽에서 게랭이 모습을 나타냈다. 쨍쨍 쏟아지는 햇볕을 손으로 가리고 어깨를 들썩이며 한쪽 눈을 찡긋거렸다. 덥다는 뜻인가보았다. 게랭을 보고는 무슨 말인가 더 할 듯했던 최 베드로는 입을 다물었다. 섬이네가 파라솔 아래 흰 탁자 위에 커피가 담긴 잔과 케이크가 한 조각씩 담긴 접시를 내려놓았다. 뒤늦게 공사관 안채에서 나오는 콜랭의 손엔 커다란 가죽함이 들려 있다. 커피와 케이크를 파라솔 아래 내려놓고 돌아갔던 섬이네가 다시 비단 보자기를 들고 콜랭을 뒤따라 나왔다. 섬이네는 비단 보자기를 파라솔 옆의 빈 의자에 내려놓고 돌아가다가 또 리진을 쳐다보았다.

　—기념사진을 찍어볼까요?

콜랭은 가죽함을 열고 나무상자처럼 생긴 카메라를 꺼내더니 삼각대를 꺼내 조절하고 그 위에 올렸다. 왕을 알현하러 궁에 들어갔을 때 조끼 속에 넣어가 피사체 몰래 사진을 찍었던 컨실드 베스트 카메라가 아니다. 콜랭이 삼각대 뒤쪽의 검은 보자기 속으로 들어갔다.

　—모두 이쪽을 보세요.

최 베드로와 게랭이 카메라 쪽을 보았다. 리진은 좀 어색한 생각이 들어 카메라가 설치된 삼각대가 아니라 마당 저쪽의 벽오동을 응시했다. 더위에 지친 진돗개가 벽오동 아래 엎드려 있다. 잠시 후에 삼각대 쪽에서 찰각 소리가 들렸다.

검은 보자기 안에서 얼굴을 내민 콜랭이 이번엔 리진을 향해 말했다.

　—이만큼 앞으로 나와주세요.

콜랭이 손짓한 나무 옆으로 리진이 가서 서자 그는 다시 검은 보자기 안으로 들어갔다. 덥지도 않은 걸까. 콜랭은 리진을 향해 수없이 셔터를 눌렀다. 커피를 마시는 리진, 팔을 괴고 있는 리진, 간혹 게랭의 농에 미소를 짓는 리진의 모습도 카메라에 담았다. 리진은 이따금 사진을 찍고 있는 콜랭을 물끄러미 응시했다.

─ 조선 이름을 갖고 싶다고 하셨지요?

사진 찍기를 멈추고 콜랭이 파라솔 아래 의자에 앉았을 때 리진이 물었다. 콜랭의 얼굴에 생기가 돌았다.

─ '길린' 은 어떻습니까? 길할 길(吉)자에 맑을 린(潾). 콜랭이라는 이름과 어감도 비슷하구요.

리진이 바닥에 한자를 써내렸다. 길린. 리진이 지어준 조선 이름을 서툴게 발음해보는 콜랭의 이마에 맺힌 땀방울을 생각난 듯이 한차례 불어오는 바람이 씻어갔다.

4. 여기 살아

각하,

1886년 조약이 이루어진 후 블랑 대주교는 성직자들의 거주지, 교회, 인쇄소, 그가 설립한 학교들, 그리고 버려진 아이들을 돌볼 수 있는 고아원을 건축할 수 있는 장소를 찾기에 열중하고 있습니다. 모든 소유주들의 동의를 확보하고 그들과 계약을 맺고 그들이 살고 있는 집에 대해 대가를 지불했으며 명의를 이전받았습니다. 소용없는 초가집을 철거하고 필요한 토목공사를 시행했습니다. 그런데 최근에야 조선은 주교가 건축하려는 언덕이 정부의 소유라고 주장해왔습니다. 주교의 반박은 가능하였으나 받아들여지지 않았습니다. 조선의 사당이 가까이 있는 것도 문제가 되었습니다. 이미 미국인 선교사들은 이곳에 제대로 정착하고 있음에도 우리의 사정은 그러합니다. 저는 조병식 독판에게 제4조에 나와 있는 "그들은 그들의 종교를 실천할 자유를 가질 것입니다"를 들며 개항장과 개방된 도시에서 기도할 장소에 건물을 짓는 것도 그것에 연관된 것이라고 설명했습니다. 독판은 그것이 이 도성에 적용되는 것은 아니라고 주장했습니다. 이 모든 일들은 시간을 가지고 논쟁을 계속해야 합니다. 블랑 주교는 다음해 봄에라도 공사를 계속할 수 있기를 바라지만 끈기 있는 협상이 요구됩니다.

추신 : 저는 서울의 대략의 도면을 작성하는 데 성공했습니다. 그러므로 각하께 초본을 보냅니다. 선교단의 토지와 사당이 차지하고 있는 위치를 거기서 보실 것입니다. 이 두 장소간의 거리는 조감도에서 약 백 미터 정도 떨어져 있습니다.

1888년 8월 5일
콜랭 드 플랑시

아침 햇살인가. 밝은 빛이 방 안으로 가득 들어왔다. 열려 있는 문으로 물가 건너 배밭의 노란 배를 가득 달고 있는 배나무들이 보였다. 이미 배나무에 배가 주렁주렁 달려 있는데 때 없이 허공에선 흰 배꽃이 햇살 속으로 눈송이처럼 날리고 있다.

여기가 어디일까.

─맛있느냐?

숟가락에 가득 담긴 하얀 즙을 받아먹으며 아이는 고개를 끄덕거리고 있다. 광채가 나는 여인의 눈이 측은하게 아이를 바라보았다. 왕비다. 왕비가 과도를 들어 배 윗부분을 좀더 깊이 잘라내자 하얀 배 속이 촉촉하게 드러났다. 분명 앞에 앉은 사람은 중궁의 왕비인데 그들이 앉아 있는 곳은 궁궐이 아니라 반촌의 서씨 집이다. 피리를 부는 강연을 옆에 두고 블랑 선교사에게 불어를 배우던 그 방이다. 서씨의 바느질감들이 잘 개켜져 한쪽에 놓여 있다. 그러고 보니 왕비가 녹당의도 아니고 자당의도 아닌 서씨의 옷을 입고 있다. 왕비가 숟가락을 들어 배 속을 살살 긁어 가득 채운 뒤에 아이의 입 안에 다시 넣어주었다. 아이는 눈을 거의 감으며 왕비가 내미는 하얀 배 속을 자꾸만 받아먹었다.

입 안에 번지는 달콤함도 잠시.

—내가 이렇게 살아 있다! 살아 있단 말이다!

이번엔 떨잠도 달지 않고 첩지도 꽂지 않은 머리에 장식이 전혀 없이 은비녀만을 꽂은 여염집의 조선 여인 복장의 왕비가 피 토하듯 울부짖고 있다. 치마저고리를 입고 뒤로 넘긴 머리에 은비녀를 꽂은 왕비의 모습은 초췌하다. 바라보는 사람으로 하여금 한 걸음 뒤로 물러나게 하던 빛나던 눈에는 붉은 핏발이 서 있고 얼굴빛 또한 희다 못해 창백하다.

—살아 있는 나를 장사지내다니…… 이런 법이 천지간에 또 있단 말이냐!

—나는 이렇게 살아 있단 말이다!

하얗게 질린 왕비가 내지르는 소리에 리진은 눈을 번쩍 떴다. 꿈이라고 여기기에는 너무 생생했다.

리진은 힘껏 눈을 떴으나 다시 스르르 눈을 감아버렸다. 손을 뻗어 이마를 짚었다. 진땀이 만져졌다. 손에도 이미 땀이 흥건하게 배어 있다. 임오년에 다급히 궁을 빠져나간 왕비는 국모의 복장을 벗고 여염집 아낙의 차림으로 변장을 했었다. 가마가 가지 못하는 산길을 걷고 또 걸어야 했을 때의 왕비의 모습을 꿈에 보다니. 그때의 일은 옛일이 되지 않았다. 세월이 흘렀어도 언제나 바로 앞의 현실처럼 느껴지는 일들이었다. 왕과의 소식이 끊긴 채 숨어 살던 어느 날 왕의 아버지 흥선대원군이 왕비를 죽었다 여기고 장례식을 치른다는 소식을 접한 왕비가 내뱉은 외마디 소리.

자꾸만 다시 감기려는 눈을 억지로 떠보던 리진의 시야에 무명 바지저고리 차림의 강연의 모습이 들어왔다. 강연. 와중에도 리진의 눈이 반가움으로 흔들렸다. 반대쪽에 서씨가 앉아 있고 콜랭도 그 곁에 앉아 있다. 아, 리진이 소스라치며 눈을 번쩍 떴다. 부어오른 눈꺼풀이 밀려올라갔다.

— 정신이 드느냐?

— 사 바 비앵?

누가 먼저랄 것도 없이 서씨와 콜랭이 동시에 리진을 향해 말했다. 강연은 안타까움이 가득 넘치는 눈으로 리진 곁에 바짝 다가앉았다. 서씨가 리진의 이마에 손을 얹으며 근심이 가득한 눈으로 바라보았다. 자기도 모르게 리진의 손을 잡았던 강연이 가만히 리진의 손을 내려놓았다. 리진이 몸을 일으키려 하자 왼쪽 가슴 쪽에서 통증이 몰려왔다.

　—가만 누워 있거라. 움직이면 상처가 더 번진다.

　다시 자리에 눕는 리진을 보는 강연의 눈이 일그러졌다. 강연의 왼쪽 팔을 동여매고 있는 무명베를, 그 위로 번져나온 피를 뒤늦게야 보게 된 리진의 눈이 커졌다.

　—어찌 된 일……

　어찌 된 일이냐고 물으려던 리진이 순간적으로 머릿속을 스쳐가는 장면에 입을 다물었다.

　한순간에 발생한 예기치 않은 일이 인생을 이끌어가기도 한다.

　게랭과 최 베드로의 배웅을 받으며 공사관을 나온 것은 미시가 지나서였다. 가마를 부르겠다던 콜랭에게 걸어가자고 했던 이는 리진이었다. 걷고 싶었다. 왕비를 가까이서 보지 못하게 된 후 리진은 매일 새벽마다 아직 잠들어 있는 소아가 깰세라 살며시 일어나 중궁까지 걸어갔다 오곤 했다. 돌아올 땐 치마 끝에 이슬이 맺혀 있었다. 아무도 모르게 시작한 산책은 무거운 마음을 덜어주었다. 궁궐에서 공사관까지 가마를 타고 오는 동안 이따금 장마가 훑고 지나간 거리를 내다보려니 질척거리는 땅이라도 밟고 걷고 싶은 충동이 일렁거렸다. 궁 바깥으로 나와본 지가 얼마 만인지. 궁에서와는 달리 어깨를 활짝 펴고 활기차게 궁 밖의 땅을 밟아보고 싶었다.

곤당골까지 걸어가기 위해 콜랭은 양복 상의를 벗고 셔츠의 소매를 걷었다. 콜랭은 흰 팔을 강렬한 햇볕 아래 드러내놓고 한 손엔 리진에게 줄 프랑스 책들을 싼 비단보퉁이를 챙겨들었다. 그러나 가마를 타지 않고 걸어가기로 한 것을 리진은 곧 후회했다. 딱히 의복 때문이 아니라도 외국인 콜랭과 궁궐의 궁녀는 누구의 눈에도 예사롭게 보이지 않았던 것이다. 그들은 지루한 여름 한낮 풍경 속에 텀벙 뛰어든 다시없는 구경거리였다. 홍의를 입고 초립을 쓴 지나가던 별관이 쳐다보았고, 나막신장수는 물론 묘기를 부리듯 지게 높이 짚신을 달고 가던 이도 걸음을 멈추고 두 사람을 바라봤다. 솜틀집 앞의 장옷으로 얼굴을 가리고 있던 여인이며, 구불구불한 길목에서 웃통은 벗은 채 홑바지만 입고 더운 줄도 모르고 놀고 있던 아이들도 일제히 그들을 쳐다보았다. 콜랭은 지글지글 끓는 햇볕 아래에 튀어나온 이마와 광대뼈를 드러낸 강인한 골격의 조선 사내들이 프랑스의 브르타뉴 지방 사람들과 닮았다고 생각했을 뿐 시선에 개의치 않았으나 리진은 더위 때문이 아니라 난감함 때문에 얼굴이 붉어지고 저절로 고개가 숙여졌다.

블랑 주교가 설립한 고아원을 찾는 일은 쉬웠다. 처음에 기와집 한 채로 시작했던 고아원은, 아이들이 늘어남에 따라 이웃의 집 두 채를 더 사들였다. 아랫집은 남자아이들이 기거한다고 해서 남당(男堂)이라 했고 윗집은 여자아이들을 살게 해

여당(女堂)이라 했다. 세 채의 기와집으로 이루어진 고아원은 인근에 도착하자 금방 알아볼 수 있었다.

고아원이 눈앞에 보이자 리진의 걸음이 조금 더 빨라졌을 때였다. 남당을 눈앞에 둔 골목 쪽에서 상투를 튼 남정 둘이 걸어나왔다. 낮술을 마셨는지 얼굴이 불콰했고 한 사람은 빈 지게를 지고 있었다. 리진의 모습을 흘깃 보아넘기던 두 사람은 리진 뒤의 콜랭을 보더니 갑자기 행동이 거칠어지며 소리를 질렀다.

— 양이다! 아이들을 훔치러 왔다!

콜랭이 조선말을 알아듣지 못하는 것이 다행이라고 여기며 막 돌아서는데 악마의 앞잡이라며 빈 지게를 지고 있던 남정이 리진에게 작대기를 마구 휘둘렀다. 눈 깜짝할 사이에 벌어진 일이었다. 낫이었을까? 칼이었을까? 뒤에 있던 남정이 뭔가 번쩍이는 것을 휘두르며 리진에게 덤벼들려는 찰나 남당의 대문이 열리고 강연이 뛰어나오는 걸 보며 리진은 혼절해버렸다.

급한 치료를 해놓은 후 잠시 바깥에 나갔던 의원이 방 안으로 들어왔다. 평소 고아원 아이들을 돌봐주기 위해 자주 내왕하는 의원이었다.

— 항아님의 상처가 보기보다 깊습니다.

의원의 말에 서씨의 표정이 굳어지고 강연의 얼굴이 침통해졌다. 의원의 조선어를 알아들을 수 없는 콜랭이 리진의 얼굴을 뚫어지게 보았다.

—괜찮을 거라고 합니다.

리진이 의원의 말을 거꾸로 통역해주었으나 콜랭은 근심 어린 서씨와 강연의 표정을 번갈아 살피며 리진의 말이 참이 아니라는 것을 짐작했다.

자꾸만 눈이 감겨 다시 눈을 감으려던 리진이 눈을 길게 떴다. 강연의 다친 팔을 묶어놓은 무명베에서 자꾸만 피가 번져 나오고 있었다. 리진이 손을 뻗어 강연의 팔을 잡았다.

—많이 아파?

나는 너에게 언제나 상처만 준다. 강연의 다친 팔을 보고 있는 눈이 침울해졌다.

—나 때문에……

강연이 고개를 저었다.

강연이 말을 못 하는 것을 알 리 없는 콜랭이 눈빛과 고개를 젓는 일로 대답을 대신하는 강연을 의아하게 바라보았다. 강연의 짙은 눈썹 아래 검은 눈동자가 어딘지 모르게 리진과 닮은 것 같다는 생각이 들었다. 강연이 이미 자신을 알고 있다는 것도 콜랭은 알지 못했다. 강연이 자신을 경계하고 있다는 것도. 강연은 콜랭과 눈을 마주치지 않으려고 노력했다. 경회루의 연회 때 리진의 춘앵무를 보고 유일하게 박수를 치지 않던 사람. 그래서 왕비 앞에서 리진을 난처하게 했던 사람. 리진이 콜랭과 함께 나타난 것에도 강연은 놀라지 않았다. 연회가 있던 그날. 무대에서 물러나려는 리진을 불러세운 왕비가 법국의 공사는 춤이 마음에 들지 않은 모양이라며 대신 무엇을 해주겠느냐? 물었던 것을 강연은 기억하고 있었다. 그날 악공의 자리에서 대금을 불고 있던 강연을 콜랭이 보았다고 해도 알아볼 수는 없을 것이다. 연회 자리의 장악원 악공 차림의 강연과 머리를 땋아내린 평상복 차림의 강연은 완전 딴사람이었다.

—피해야지 덤벼들면 어떻게 해.

리진에게 의원이 지혈을 시켰으니 곧 멎을 거라고밖에 말할 수 없는 서씨도 그제야 강연의 무명베에 싸인 팔을 염려스럽게 보았다. 가슴을 다친 리진에게 놀라 강연을 살펴볼 겨를이 없었다. 팔에 이리 상처가 났으니 당분간 대금을 불 수가 없을 것이다. 리진은 물끄러미 강연의 다친 팔을 보았다. 임오년에도 갑오년에도 강연은 매번 이렇게 리진 때문에 상처를 입었다.

—물 좀……

입 안이 바짝 말랐는지 리진의 목소리가 갈라져 나왔다. 서씨가 일어서기도 전에 강연이 재빨리 일어나 물을 뜨러 나갔다. 강연이 물을 가지고 들어오기 전에 열린 방문으로 뜻밖에 블랑 주교가 모습을 나타냈다. 누워 있던 리진의 얼굴에 와락 반가움이 실렸다. 리진이 다쳤다는 소식을 듣고 달려온 블랑 주교는 리진 옆으로 다가가다가 콜랭을 발견하고는 눈이 휘둥그레졌다.

—공사!

잠시 어리둥절한 표정이던 블랑 주교의 낯빛에 당황스러움이 머물렀다. 궁궐 안의 여인을 은애하고 있다고, 그 여인을 만나게 되었을 때 조선어로 인사를 하고 싶다며 조선어를 가르쳐달라던 콜랭의 말이 떠올랐던 것이다. 공사가 은애한다던 궁 안의 여인이? 블랑 주교의 얼굴이 어두워졌다.

강연이 물이 담긴 흰 사발을 들고 방 안으로 다시 들어왔다. 블랑과도 말 대신 검은 눈으로 반가움을 표시하는 강연을 콜랭은 또 쳐다보았다. 서씨의 부축을 받으며 리진이 물을 몇 모금 마셨다. 블랑 주교가 근심스럽게 다시 자리에 눕는 리진을 내려다보았다.

—대체 어쩌다 이런 일이 생겼습니까?

—장안에 아직도 외국인이 조선 어린애들을 납치해간다는 풍문이 가라앉질 않은 터에……

그런 터에 리진이 외국인과 함께 나타난 것이 술 취한 사람을 자극시킨 것 같다는 뒷말을 서씨는 삼켰다. 무엇보다 궁 안에 있어야 할 궁녀 리진이 어찌 법국의 공사와 함께 곤당골을 찾아왔는지 서씨로서도 의아한 일이었다.

—아직도 가슴이 벌벌 떨리는군요.

여태 침착하던 서씨의 눈에 눈물이 그렁그렁 차올랐다. 리진은 손을 뻗어 서씨의 손을 잡았다. 못 본 사이에 서씨의 얼굴엔 주름이 늘고 머리엔 흰머리가 은성해졌다.

리진은 어쩌든 웃어보려 했으나 가슴에 몰리는 통증 때문에 제대로 웃어지지가 않았다. 질투는 이렇게 염치가 없는 것인가. 콜랭은 상처 입은 여인의 입술에 키스하고 싶은 충동을 애써 밀어냈다. 강연이 여인의 손을 스스럼없이 잡는 것을, 아픈 여인이 강연의 다친 팔을 붙잡고 안타까워하는 것을 보는 동안 생긴 충동이었다. 공사관에서 곤당골까지 걸어오는 동안 간간이 여인 옆이나 뒤에 바짝 서게 되었을 때 맡아지던 여인의 체취. 무더위 속에서도 잠시 아련해지던 그 순간들이 두 사람에 대한 은근한 질투로 인해 키스하고픈 충동으로 뒤바뀌었다.

— 그 사람들은 어찌 됐습니까?

— 포도청에 끌려갔습니다.

서로 식구처럼 이야기를 나누는 네 사람을 콜랭은 낯설게 보았다.

— 궁에 사람을 보내야겠다. 입궐을 못 할 것 같구나.

— 돌아가야 해요.

— 이 모습으로 어찌 돌아가!

법국의 공사관에 다녀온 일을 소상히 아뢰리라던 어젯밤 왕비의 명이 떠올랐다.

—사람을 보낼 게 아니라 내가 직접 다녀와야겠다.

서씨가 직접 가겠다고 하는 것은 아우 서상궁을 만나 상황을 얘기하고 상처가 아물 때까지 진이 궁 밖에서 머물게 해줄 것을 청하고 오겠다는 뜻이었다.

—돌아가야 합니다.

리진이 고집을 꺾지 않자 서씨가 블랑 주교를 쳐다보았다. 블랑 주교는 콜랭을 보았다. 콜랭은 가마를 불러 리진을 태우고 우선 공사관으로 가겠다고 말했다. 궁에서는 리진이 공사관에 있는 걸로 알고 있을 터이니 그리 하는 게 좋겠다는 게 콜랭의 뜻이었다. 궁으로 돌아가겠다던 뜻을 굽히지 않던 리진은 자꾸 감기는 눈을 감지 않으려고 애를 쓰고 있다. 블랑 주교가 서씨에게 콜랭의 말을 전하자 서씨는 상처를 입은 사람을 가마에 태워 옮겨가다보면 자꾸만 흔들려서 상처가 커질 수 있다고 했다. 우선 공사관으로 옮기고 오늘의 일을 자세히 외무대신에게 알리는 게 좋겠다고 콜랭이 다시 말했다. 공사관에 주치의가 있으니 빠른 치료가 가능하다고도 덧붙였다.

가만히 있던 강연이 서씨 앞 방바닥에 글씨를 썼다.

〈서상궁 마마께 알리세요. 뭐라 말씀이 계시겠지요.〉

—그래야겠구나.

방바닥에 글씨를 쓰는 강연을 콜랭은 물끄러미 지켜보았다. 조선어를 해독할 수는 없었으나 이제야 콜랭은 강연이 말을

못 하는 사람이라는 걸 알고는 말을 잊은 듯했다. 전혀 생각지
도 않았던 일이다.

ㅡ어서 다녀오십시오.

블랑 주교의 채근이 있자 서씨가 일어서서 장롱을 열었다.
이따금 진이의 어미나 서상궁의 언니 자격으로 궁에 가게 될
때면 입는 입궁 옷을 챙겨 갈아입으려고 방을 나갔다. 견딜 만
큼 견딘 것인지 의원의 말이 끝나기도 전에 자꾸만 까부라지
던 리진의 눈이 스르륵 감겼다.

ㅡ쉬도록 자리를 비워주지요.

의원의 말에 블랑 주교와 콜랭이 일어섰다. 강연만이 눈을
감은 리진을 내려다보고 일어서지를 못했다.

ㅡ오누이 같은 사이니……

블랑의 중얼거림에 콜랭은 오누이는 아니구나, 생각했다.
서로 대하는 행동이 스스럼없고 모습도 어딘지 모르게 닮아
식구일지 모른다 여겼다. 세 사람이 바깥으로 나오자 무슨 일
인가 싶어 고아원 마당에 둘씩 셋씩 모여 있던 아이들이 일제
히 블랑 주교를 바라보았다. 나무그늘에서 글을 읽고 있던 아
이도 책을 든 채로 달려왔다. 블랑 주교가 아이들 곁으로 걸음
을 옮겨 일일이 머리를 쓰다듬었다.

ㅡ소란이 있었으나 이젠 괜찮다. 걱정 말아라.

방 안에서 강연이 나오자 아이들 몇몇이 강연에게로 바람처

럼 몰려갔다. 강연을 둘러싸는 아이들을 바라보는 블랑 주교
의 얼굴에 웃음이 돌았다. 마음이 아이들과 같지 않으면 하늘
나라에 들지 못할 것이다, 했다. 블랑 주교 주변에 남아 있던
아이들도 우르르 강연에게 몰려가고 없다. 강연의 팔에 동여
맨 무명베에 스며나온 피를 보며 한 아이가 소리를 질렀다. 강
연은 조용한데 아이들은 소란스러울 정도로 떠들어댔다. 줄기
차게 울어대는 매미 소리도 아이들 소리를 이기질 못했다.

— 말은 알아듣습니까?

콜랭이 아이들 속에 에워싸인 강연을 멀리서 보며 블랑 주
교에게 물었다.

— 예.

블랑 주교는 이마에 흐르는 땀을 닦으며 짧게 대답했다.

— 어떤 사람입니까?

— 장악원 악공입니다.

장악원 악공이라면?

— 궁중음악을 한단 말입니까?

— 대금을 불지요. 대금만이 아니라 조선 악기들은 모두 다
룰 줄 알지요. 아쟁 켜는 실력도 탁월합니다.

— 소리는 듣습니까?

— 듣지요.

— 말을 할 줄 모르는데 궁중의 악공이 될 수 있습니까?

블랑 주교는 넌지시 콜랭을 건너다보았다. 강연에게 관심을 보이는 콜랭이 의아해서였다. 블랑 주교가 알고 있는 콜랭은 외교관으로서 성실하고 신중하나 속으로 무슨 생각을 하고 있는지 모를 사람이기도 했다. 때로 밀어붙이는 식의 일을 추진하기도 하는가 하면 의견을 말해야 할 때 침묵을 지켜 상대로 하여금 먼저 말하게 하는 의뭉스러운 데도 있었다. 하지만 대체로 합리적이고 냉정한 사람이었다. 콜랭이 말 못 하는 조선의 악공에게 관심을 보이는 게 블랑 주교로서는 의아했다.

조선에 오래 살아 이미 조선인이 다 된 블랑 주교는 콜랭의 조선에 대한 인식이 얼마간 불편했다. 조선 아이들의 피를 빨아먹기 위해 고아원을 차렸다며 자신을 드라큘라로 만들어놓은 헛된 유언비어를 무마해준 고마운 사람이기도 하지만, 그걸 명분으로 조선의 도성에 수비대라는 명목의 프랑스 병사들이 말을 타고 활보하게 만든 능란한 사람이기도 했다. 외교관이니 자국의 이익과 이미지를 위해 힘을 도모하는 것은 당연한 일이다. 다만 블랑 주교는 조선에 부임한 첫 프랑스 외교관이니 조선 사람들에 대한 이해가 있었으면 하는 희망을 갖고 있었다. 콜랭이 조선에 부임해와 가장 먼저 보인 관심이 사람이 아니라 조선의 도자기며 서책이라는 것에 블랑 주교는 얼마간 실망하고 있는 참이었다. 수집가로 명성이 나 있는 콜랭의 행보다웠다. 이미 공사관의 양옥 별채는 콜랭이 사들인 조선의 그림과 서책, 도자기와 병풍들로 가득하다는 것도 블랑 주교는 알고 있었다. 언젠가는 프랑스로 옮겨갈 것이라는 것도.

─조선의 장애인에 대한 배려는 프랑스보다 나은 바가 있습니다. 특별히 차별하거나 소외시키지 않습니다. 장악원의 음악인들은 더욱 그렇지요.

콜랭은 물끄러미 블랑 주교를 보았다. 지어낸 이야기 속에 등장해도 비현실적이라고 믿지 않을 오해를 받아 습격까지 당해놓고도 어떻게 저렇게 철저하게 조선인의 편에 설 수 있을까. 새삼 콜랭은 블랑 주교가 프랑스인이기보다는 종교인이라는 걸 실감했다.

─말을 할 줄 모르는 이가 부는 대금 소리를 듣고 싶군요.

─이미 들었을걸요.

─예?

─지난번 경회루에서 공사를 위한 연회가 있었을 때 그 자리에 있었으니까요.

그랬던가.

그 시각,

교태전에서 주치의 언더우드 부인과 서양식 병원 광혜원에 대해 얘기를 나누던 왕비는, 나인에게서 무슨 전갈인가를 듣고 놀란 얼굴이 된 서상궁이 뒷걸음으로 나가려는 걸 보고 불러세웠다.

―누가 왔느냐?

서상궁이 머뭇거렸다.

―무슨 일인데 그리 놀란 표정이냐?

―황공하옵니다.

―운현궁의 일이냐?

서상궁이 저런 표정일 때는 대개가 운현궁에서 들려오는 불온한 소식을 들었을 때였다. 갑신년에 칼을 맞은 민영익을 치료한 알렌의 권유로 설립한 재동의 광혜원은 하루에 환자들이 칠팔십 명이 드나든다고 했다. 알렌 또한 하루에 네댓 차례씩 수술에 임하고 있다고 했다. 조선에 오기 전 미국에서 의학을 공부했던 언더우드가 적극적으로 광혜원 일을 도우며 조선인에게 물리와 화학을 가르치고 있다고도 했다. 언더우드 부인에게 광혜원 얘기를 들으며 왕비는 태어난 지 닷새 만에 잃은 첫 왕자를 생각했다. 대변이 나오지 않았던 왕자는 운현궁에서 보낸 산삼을 먹고 이틀 후에 숨을 놓았다. 열 때문이었다. 그때 광혜원이 있었더라면 산삼을 먹이는 일 따위는 하지 않았을지 모른다. 그랬다면 그리 허망하게 왕자를 잃지 않았을지도 모른다, 는 사념이 칡뿌리처럼 파고들고 있는 참이었다.

―아니옵니다, 마마. 공사관에 나갔던 서나인이……

―서나인이?

―……

216

—서나인이 어떻게 됐다는 게냐?

—다쳤다고 하옵니다.

—다쳐?

—예.

왕비의 눈이 흔들렸다. 배석한 역관을 통해 언더우드 부인에게 잠시 양해를 구한 왕비가 정색을 하고 서상궁에게 다시 물었다.

—무슨 일로?

—습격을 받았다 하옵니다.

—습격을? 서나인이 왜?

—법국의 공사와 함께 길을 걸었던 것이 외국인의 앞잡이라고 오해를 받은 것 같사옵니다.

백통가락지가 끼워져 있는 왕비의 손이 탁자 위에서 꼭 쥐어졌다. 청나라와 일본, 두 나라 사이에서 힘의 균형을 유지하려는 게 조선의 외교정책이었으나 갑신정변 이후 조선 내에서 청나라의 힘이 드세졌다. 청나라는 조선에 원세개를 보내 조선을 속국처럼 다스리려 들었다. 원세개의 힘이 왕을 압박했다. 청나라의 힘을 빌려 왕권을 되찾았으나 왕비 또한 원세개로 인해 이마를 찌푸리는 일이 잦았다. 왕비는 청국과 일본만으로는 이제 부족하다 여기고 있었다. 러시아와 미국 영국 그리고 법국의 힘을 빌릴 수밖에 없다고.

—많이 다쳤느냐?

—오늘 입궁하기 어렵겠다는 전갈이옵니다. 하루이틀 치료를 한 뒤에 입궁토록 배려해달라는 청이옵니다.

—누가 왔느냐?

왕비는 혹 전갈을 가져온 이가 임오년에도 갑오년에도 자신 곁에 있었던 악공 강연일까, 싶어 물었다.

—곤당골에서 고아원 살림을 보고 있는 서씨이옵니다.

서상궁이 깊이 머리를 조아렸다.

—어디를 어떻게 다쳤다 하느냐?

—왼쪽 어깨를 칼 같은 것에 깊이 찔렸다고 하옵니다.

왕비의 눈꺼풀이 떨리는 것 같더니 지그시 눈을 내리감았다. 큰 발을 가진 사람에게 작은 발자국을 남기라는 모순을 끊임없이 되풀이하는 게 인간이기도 하다. 주치의 언더우드 부인이 근심 어린 눈빛으로 넌지시 왕비를 보았다. 가엾은 것. 왕비가 눈을 가늘게 뜨더니 감정이 전혀 섞이지 않은 냉랭한 목소리로 서상궁을 향해 말했다.

—서나인에게 상처가 나을 동안 법국의 공사관에 머물라 하라.

서상궁은 말을 잘못 들었나 싶어 자리를 뜨지 않고 잠시 그대로 있었다. 그 아이를 왜 궁 밖으로 내보냈던고. 마음과는 다른 명을 내린 왕비도 내리감은 눈을 뜨지 않았다. 왕비에게

218

리진의 입궁을 미뤄달라고 청은 하면서도 여태 그런 법이 없던 터라 어찌 해야 할지 모르겠던 서상궁도 왕비의 선선한 수락이 믿기지 않았다. 리진을 공사관에 머물게 하라, 고 명을 내린 왕비의 마음에 회한이 스쳤다. 리진을 교묘히 궁 밖으로 내보낸 건 왕비 자신이었다. 경회루에서 연회가 있던 날의 왕과 법국 공사의 모습이 떠올랐다. 춘앵무를 추는 무희에게 마음을 빼앗겨 왕은 한시도 눈길을 떼지 못했고 공사는 그 자리에 무희와 자신만 존재하는 듯 주변을 완전히 잊었다.

—다른 명을 받을 때까지 그곳에 있으라 하라.

서상궁은 기어이 고개를 슬쩍 들어 왕비를 보았다. 출궁시킬 생각일까? 서상궁의 가슴이 철렁 내려앉았다. 궁녀가 궁 바깥에서 잠을 자는 일이다. 하루 허락을 얻어내는 것도 어려운 일인데, 다른 명을 받을 때까지라니. 더구나 다른 나인도 아닌 하루에도 수차례씩 중궁으로 불러들이던 서나인이다. 갖가지 의문이 꼬리를 물어 선뜻 물러나지를 못하고 있는 서상궁의 귀에 왕비의 목소리가 다시 들렸다.

—되었다. 물러가라!

뜻을 분명히 할 때 왕비가 내보이는 단호한 목소리였다.

—예, 마마.

왕비는 곧 부인을 향해 고개를 돌렸다.

서상궁이 편치 않은 얼굴로 교태전 뜰로 걸어나오자 양의문

의 경첩 앞에 초조하게 서 있던 서씨가 급한 마음에 마주 걸어
왔다.

—어찌 되었습니까?

아랫동생이지만 상궁의 반열에 있는 아우를 대하는 서씨의
말투는 깍듯했다.

—별도의 명이 있기까지 서나인은 법국의 공사관에 머무르
게 하라십니다.

—예?

—그리 하라시니 그리 할밖에요.

서씨는 내심 실망한 기색이었다. 상처가 아물 때까지만이라
도 리진을 곁에 두고 싶은 게 서씨의 마음이었다. 리진이 정식
으로 궁녀가 되어 궁 안으로 들어간 후로는 단 하룻밤도 함께
있질 못했다. 보고 싶다고 볼 수 있는 상황도 못 되었다. 특별
한 날에 궁의 허락을 얻어 서씨가 입궁해야 리진을 만날 수 있
었고, 그 만남은 늘상 아쉬움을 남겼다.

양의문을 지나서까지 서상궁이 서씨를 배웅했다.

—이런 일이 있었습니까?

—없습니다. 한낱 나인의 일거수일투족을 중궁 마마께 일
일이 알리는 일도 없어요. 서나인의 일은 하나도 빼놓지 말고
소상히 아뢰라는 중전 마마의 명이 있었습니다.

—무슨 일로?

―모르겠습니다. 상처는 깊습니까?

―쉬이 나을 것 같진 않습니다.

걸음을 멈추고 서씨가 서상궁을 바라봤다.

―중전 마마의 명이 그러셔도 오늘은 제가 데리고 있으렵니다. 밤사이에 다른 명이야 있으시겠습니까? 공사관으로는 내일 옮기겠습니다. 그래도 되겠습니까?

그렇게는 안 된다, 고는 하지 말라는 강한 의지가 서씨의 목소리에서 배어나왔다.

밤은 모든 것을 끌어안는다. 낮의 고통조차 담담히.

통증 때문에 이마에 식은땀을 흘리던 리진이 슬몃 눈을 떴다. 바로 머리맡에 앉아서 땀을 닦아내고 있는 강연이 눈 안으로 들어왔다. 말을 못 하는 대신 강연의 눈은 수많은 말을 담고 있다. 리진의 바로 옆에서 서씨가 자리도 펴지 않은 채 자고 있다. 강연과 함께 앉아 있다가 잠이 든 자세였다.

―다른 명이 있을 때까지 공사관에 머물라 하셨습니다.

리진은 잠들기 전 궁에서 돌아온 서씨가 했던 말이 떠올라 마음이 무연해졌다. 꿈이었나. 서씨가 하는 말을 블랑 주교를 통해 전해들은 공사는 기쁜 표정을 지었고 서씨는 내키지 않은 듯 자리에 앉았다. 왕비의 전갈에 리진은 기운이 빠져 잠 속으로 미끄러들었다.

리진의 이마에 다시 맺힌 땀을 닦아내는 강연의 얼굴에 근심이 어렸다.

몇시나 되었을까? 생각하는데 강연이 바로 옆 방바닥에 놓여 있던 만년필을 들어 역시 그 옆에 놓인 수첩을 펼쳐 사경이라 적어 보여주었다. 리진은 처음 보는 필기구들이었다. 리진이 의아한 표정을 짓자, 강연이 다시 수첩에 만년필은 법국의 공사가, 수첩은 블랑 주교가 준 것이라 적었다.

—법국의 공사가?

리진이 되묻자 강연이 고개를 끄덕였다. 낮에 공사관의 집무실 책상 위에서 꽁지에 깃털이 달린 펜은 보았지만 만년필은 생경했다. 은으로 장식한 손잡이에 야생마가 그려져 있다. 리진은 잉크가 흘러나와 글씨가 써지는 펜과 낱장의 한지를 잘라 무명실로 엮어놓은 수첩을 바라보았다. 강연도 리진이 응시하는 만년필과 수첩을 물끄러미 보았다. 리진 곁에 앉아 있던 법국의 공사가 돌아가려고 일어서다가 생각난 듯이 양복 저고리 안에서 만년필을 꺼내 강연에게 내밀었다. 공사의 불어를 강연은 알아들을 수가 없었다. 블랑 주교가 가지고 다니던 수첩을 꺼내 만년필 뚜껑을 열고 받아도 괜찮다, 고 썼다. 너에게 매우 필요한 것이다, 고. 블랑 주교가 글씨를 쓸 때 강연은 펜 끝에서 흘러나오는 잉크를 주시했다.

—너의 성공을 바라는 뜻이라고 하는구나.

왜 이런 것을 나에게 주는가, 마음은 받는 걸 막는데도 강연의 손은 이미 만년필에 가 닿았다. 손이 움직이는 대로 흘러나오는 푸른 잉크로 씌어지는 글씨가 나비 같았다.

—공사는?

강연이 내일 아침에 다시 오겠다며 공사관으로 돌아갔다고 적었다. 블랑 주교가 왜 만년필을 받으라고 했는지 강연은 글씨를 쓰면서 실감했다. 이젠 방바닥에 땅바닥에 손바닥에 글씨를 쓰지 않아도 될 것이었다. 처음 보는 사람에게 만년필을 받게 된 강연이 멋쩍어하자 블랑 주교는 팔이 나으면 언젠가 공사에게 대금 소리를 들려주라, 고 했다. 공사가 듣고 싶어한다면서.

몸을 일으켜보려 하는 리진을 강연이 만류했다. 자꾸만 움직이면 상처가 덧날 것이었다.

—갈증이 나.

—……숨이 막혀.

만류해도 혼자서 자꾸만 몸을 일으키려 드는 리진을 할 수 없이 강연이 부축해주었다. 몸을 반쯤 일으켰으나 반듯하게 앉을 수 없는 리진이 강연의 몸에 기대었다. 강연이 물그릇을 들어 리진의 입에 대주었다. 물을 마신 리진이 서씨 머리맡에 놓여 있는 비단보퉁이를 발견했다. 낮에 공사관에서 콜랭이 챙겨온 것이었다. 보자기 안엔 법국의 책이 들어 있을 거였다. 리진은 비단보퉁이를 물끄러미 보았다. 이런 일이 없었으면 지금쯤 궁으로 들어가 소아에게 저 책을 읽어주고 있을지도 모를 일이다. 생전 처음 듣는 법국의 말을 들으며 소아는 뭐라 했을까. 아마도 금방 잠이 들었을 것이다. 소아가 잠든 다음에 왕비에게 들려주기 위해 법국의 언어를 조선의 언어로 바꾸고 있을지도 모를 일이다.

마음에 빛이 없으면 환한 방 안도 어둡기 마련이다.

— 바깥에 데려가줘.

강연이 또 곤혹스런 표정을 지었다.

— 답답해.

두 사람은 동시에 잠이 들어 있는 서씨를 바라보았다. 베개도 없이 자신의 팔을 벤 채 자고 있는 서씨는 이마에 깊은 주름이 져 있다. 두 사람 다 몸에 상처가 있어 마당으로 나갈 수가 없었다. 간신히 일어나 문을 열고 방 밖으로 나와 마루에 걸터앉는 것도 강연의 도움 없이는 안 되었다. 그러고도 반듯하게 앉질 못해 강연의 어깨에 몸을 기대야 했다. 리진은 고아원 마당의 대추나무와 감나무 들을 어둠 속에서 바라보았다.

— 달이 떴네.

칠흑 같은 하늘에 둥근 달이 떠 있다. 무수하게 많은 별들이 달을 에워싸고 있는 모습을 두 사람은 잠시 올려다보았다.

— 임오년 때 같네.

— ……

224

―네가 칼을 쓸 줄은 몰랐지. 언제 익힌 거야?

묻다가 리진은 혼자 웃었다. 강연이 말을 못 하는 사람이라는 것을 리진은 자주 잊어버렸다. 임오군란은 신식군대 별기군과 구식군대의 차별이 빌미가 되었다. 구식군대는 변두리로 밀려났을 뿐 아니라 몇 달치 급료를 받지 못한 상태였다. 굶주리고 있다가 어느 날 받아든 쌀의 반이 썩었을 뿐 아니라 모래와 겨가 섞인 것에 병사들은 분노했다. 급료를 담당하던 선혜청이 습격당하고 무기고가 털렸다. 참고 참았던 터라 한번 터진 사태는 걷잡을 길 없이 번졌다. 시작은 구식군인들이었으나 궁핍한 생활로 인해 개화세력에 불만을 품고 있던 민간인들이 합세했다. 고관 집들이 불탔고 일본 공사관이 습격당했다. 뒤이어 성난 군민들은 궁궐로 물밀듯이 쳐들어왔다.

리진은 강연에게 기댄 채 깊은숨을 내쉬었다.

봉기한 군민들의 목표는 왕비였다. 개화를 내세우며 신식군대 별기군을 만들고 문호를 개방하여 외세가 득세케 해 생활의 궁핍을 가져온 장본인이 왕비라 여겼다. 왕은 성난 군민을 달랠 수 있는 이는 아버지뿐이라 여겨 다시 아버지를 궁으로 불러들였다. 왕비는 쫓기는 몸이 되었다. 왕비가 홍계훈의 도움으로 궁궐을 빠져나올 때 뒤따르는 이는 일개 나인 리진뿐이었다. 간신히 궁 밖으로 나왔으나 뒤늦게 방금 지나친 사람들이 왕비 일행임을 알아챈 병사 몇 명이 뒤쫓아왔다. 병사들을 유인하기 위해 왕비를 길 옆 풀숲에 숨게 하고 리진이 가마에 탔으나 곧 병사들에게 붙들렸다. 가마 속에 왕비가 아닌 리진이 앉아 있자 병사들은 리진의 가슴에 칼을 들이댔다. 그 순간이었다. 은방울! 검은 두건을 쓴 사람이 그림자처럼 나타나 병사들을 가로막았다. 그의 손에 검이 들려 있었다. 겁먹은 가마꾼들도 도망친 뒤였다. 그 틈에 리진 또한 가마에서 나와 도망치다가 멈춰 섰다.

은방울? 강연이란 말인가?

아쟁이나 대금이 아니라 칼을 다루는 강연을 본 적이 없었다. 리진은 어둠 속에서 병사들과 두건을 쓴 사람이 칼싸움을 벌이고 있는 광경을 지켜보았다. 강연이라 하기엔 예사 솜씨가 아니었다. 들리는 건 병사들의 소리뿐이었다. 두건을 쓴 쪽에서는 소리가 없었다. 승부가 나지 않는 싸움이 오래 계속되고 있을 때 홍계훈이 나타났다. 팔을 다친 듯 병사 하나가 뒷걸음으로 물러났다. 검을 떨구고 다른 병사들도 하나둘씩 물러서자 두건을 쓴 사람도 어둠 속으로 사라졌다. 그도 한쪽 팔에 가볍지 않은 상처를 입은 듯했다. 낮엔 오히려 숨었다가 밤길을 타고 도성에서 멀어지는 것만이 왕비의 목숨을 구하는 일이었을 때, 리진은 간간이 모습을 드러내지 않고 뒤따라오는 사람의 기척을 느꼈다. 먹을 것이 떨어졌을 때 누군가 그들 앞에 주먹밥을 싼 보퉁이를 놓고 사라졌고, 변장할 의복이 필요할 때 또 누군가 의복을 구해놓고 사라졌다. 어느 날 밤, 이렇게 달이 뜬 밤길에 더이상 숨어서 따라올 수 없는 산길에서 두 사람은 마주쳤다. 피로에 지친 왕비가 더 걷지 못하자 잠시 쉬게 하고 마실 물을 찾아 나서다가였다. 리진은 그저 강연의 상처 난 팔을 자신의 무릎 위에 내려놓게 하고 계곡에서 달만 보았다.

어디에서 태어났든 아프면 앓고 있는 걸 알고 있고, 죽으면 슬퍼하는 이들이 살고 있는 곳이 고향이다.

—반촌에서 살던 때로 돌아가고 싶어.

리진이 강연에게 기대어 혼잣말하듯 중얼거렸다. 칼에 찔린 상처 난 팔로 그림자처럼 뒤따르던 강연을 발견했던 그 산길은 어디였을까.

—먼 데로 가서 살고 싶어.

반촌에서 살던 때로 돌아가고 싶다더니 금세 딴말을 하는 리진을 강연이 물끄러미 바라보았다. 리진을 보고 있으면 한결같이 그 옛날 반촌의 서씨 집이 떠올랐다. 블랑 주교를 따라가려 했을 때 "여기 살아!"라고 했던 어린 리진의 목소리도 되살아나곤 했다. 블랑 주교를 만나기 전 떠돌이로 이 집 저 집 밥과 잠자리를 얻으러 다닐 때부터 강연에게 "여기 살아"라고 말한 건 그때의 서씨와 리진뿐이었다.

이 여인이 말하는 멀리……는 어디인지.

강연은 달을 보았다. 궁녀가 되지 않았다면 이 여인은 어떤 모습일까? 이따금 강연이 홀로 해보는 생각이었다.

—말을 해봐.

리진에게서 오랜만에 듣는 말이다.

—넌 말을 할 줄 알아. 낮에도 넌 분명히 은방울! 소리를 질렀어.

오늘 낮만 그런 건 아니었다. 그 옛날 교태전에 불이 났던 날 새벽에도 홀로 궁에서 걸어나왔을 때 궁 밖에서 기다리고 있던 강연이 달려오며 은방울! 소리를 질렀었다. 갑신년에 급히 처소를 옮겨가는 왕비를 수행하다 뒤처진 리진이 병사들에게 에워싸였을 때도 강연은 은방울! 소리를 내질렀다.

아이들이 자고 있는 처소의 방문이 열리고 졸음에 겨운 아이 하나가 비척비척 걸어나와 측간으로 들어갔다.

넌 말을 할 줄 안다, 는 리진의 말을 처음에는 무심히 들었으나 나중엔 진실로 자신이 말을 할 줄 아는 게 아닐까? 싶어 입을 벌리고 소리를 내보려고 한 적이 있었다. 그러나 리진이 들었다는 자신의 목소리를 강연은 들을 수가 없었다.

말을 할 줄 안다면 이 여인에게 무슨 말을 할까. 강연은 이 생각이 들 때마다 어디서나 대금을 불었다. 양금이나 아쟁을 켜보기도 했고 향피리를 불어보기도 했다. 자신의 목소리 대신 악기 소리를 들었다. 때론 한나절을 때론 밤을 새워. 악기

소리를 귀에 담다보면 나비처럼 바람처럼 때론 학처럼 춤을 추는 리진이 떠오르곤 했다.

두 사람이 마루 끝에 앉아 달을 보고 있을 때 방 안에서는 깜북 잠이 들었던 서씨가 눈을 떴다. 옆에 누워 있어야 할 리진의 자리가 텅 비어 있는 것에 흠칫 놀란 서씨가 급히 몸을 일으켰다. 다리를 짚고 일어서려다가 방문에 비치는 두 사람의 그림자를 보고 가만 주저앉았다.

―춤을 추고 싶어.

서씨는 가슴을 쓸어내렸다.

―저 달빛 아래서. 네 대금 소리에 맞춰서……

강연이 어깨를 낮추어 리진을 편히 기대게 했다. 숨이 막힐 듯 가슴이 벅차올랐다. 연회장이 아닌 곳에서 오로지 리진만을 위해 대금을 불 수도 있다는 생각을 미처 하지 못했다. 상처만 아니라면 저 달빛 아래서 물결처럼 휘도는 리진을 보고 싶었다.

―이 세상에 너처럼 대금을 잘 부는 사람은 없어.

강연은 똑같은 말을 여인에게 되돌려주고 싶었다. 이 세상에 리진처럼 아름답게 춤을 추는 여인은 없을 것이다. 춤을 출 때의 리진은 이 세상의 여인이 아닌 듯했다. 공기같이 가볍고 비단처럼 부드러우며 갓 돋은 풀처럼 청초했다. 두 사람의 뒷모습이 달빛과 함께 방 안에 어른거렸다. 서씨는 강연의 어깨에 기대고 있는 진이의 뒷모습을 물끄러미 보았다. 저 아이를 궁으로 들여보내지 말았어야 했다는 후회가 또다시 밀려들었다.

5. 고백

각하,

각하께서는 제가 조선으로 오기 전에 아직 임시로 정한 봉급액수를 가능한 증액할 것을 약속하면서 예산을 결정했습니다.

이러한 상황에서 저는 이곳 공사관에서 소요되는 예산서를 외무부에 제출하였습니다. 저는 예산서에서 외국 대표들은 프랑스 대표보다 두 배나 많은 봉급을 받고 있으며, 천진이나 광동 그리고 요코하마의 동료들보다 제가 훨씬 더 적게 받고 있음을 알았습니다. 이곳은 다른 곳보다 비용이 과중하게 드는 것을 말씀드리고 싶습니다. 조선 관리들은 외국 대표들을 자주 방문할 뿐만 아니라 오래 머뭅니다. 조선인들에게 간단한 식사와 포도주와 마실 것을 제공하는 것은 필수적입니다. 게다가 만일 그들과 좀더 긴밀한 관계를 갖기 원한다면 그들을 식사에 가끔 초대할 필요가 있습니다. 미국 공사나 러시아 대리공사가 확실한 영향력을 획득하는 데 성공한 것은 엄밀히 말해 가장 영향력 있는 조선 고관들을 열심히 접대한 결과이기도 합니다. 우리에게는 현재의 예산으로는 어려운 일입니다. 실제로 조선과의 조약이 기독교

주의의 관용을 약정한 것은 아니었으므로 수없이 발생하는 종교적인 문제에 공식적인 면담을 할 수 없을 때가 많습니다. 저는 지금까지 우리에게 유용한 고관들을 만나기 위해 최선을 다했으며 가톨릭 선교활동 때문에 프랑스에 악감을 갖고 있다고 말하는 몇몇 사람들의 저항을 누르기 위해 끈기 있게 비공식 접촉을 하고 있습니다. 만일 각하께서 본인의 이러한 행동을 승인하신다면 지금부터라도 이 직무를 위해 현재 이만이천 프랑에서 이만오천 프랑으로 인상시켜주실 것을 앙망합니다.

1888년 8월 10일

콜랭 드 플랑시

왕을 알현하기 위해 대기실 의자에 앉아 있던 콜랭은 몸을 일으켰다. 긴장된 마음이 편안하게 의자에 앉아 있을 수 없게 했다. 아침에 공사관을 떠나올 때 왕비에게 전해주길 부탁받은 안주머니 속 리진의 편지에도 신경이 쓰였다. 뭐라 썼을까? 궁금하기 이를 데 없는 마음이 지나쳐 초조해지기까지 했다.

어느덧 가을이다. 매미 소리와 습한 무더위로 인해 시간이 멈춘 것 같았던 여름날은 어느 날부터 불기 시작한 선들바람에 자취를 감추었다. 콜랭으로서는 조선에서 맞이하는 첫 가을이었다. 흰옷을 즐겨 입는 조선 사람들과 드높은 가을 하늘은 서로 어울렸다. 궁에도 찾아온 가을은 궁 안의 수목들을 한

결 더 울창해 보이게 했다. 쨍쨍한 햇빛을 털어낸 소나무들은 기품 있게 더욱 푸르렀고 벌써 한 잎씩 물이 들기 시작하는 나무도 눈에 띄었다. 무더위를 이겨낸 궁궐 안의 단청들도 하늘을 향해 더욱 제 빛을 자랑했다.

초조함에 자리에서 일어난 콜랭은 대기실을 서성거렸다.

왕은 청국과는 아무런 협의 없이 내무부 협판 조신희를 러시아를 비롯해 프랑스, 영국, 독일 그리고 이탈리아까지 겸임 공사로 보냈다. 동시에 박정양을 워싱턴 주재 공사로 임명하기도 했다. 청국과 맺은 조약에 의하면 "서양 국가들에게 조선 대표들을 보내기 위해서는 조선은 먼저 우리에게 훈령을 요청해야 한다"고 되어 있었다. 조약대로라면 조선 대표를 다른 나라로 보낼 때 청국이 동의를 해주어야 떠날 수 있었다. 행동지침도 청국에서 내리는 대로 해야 했다. 조선 대표는 주재국의 외무부에 들어갈 때 청국 대표와 동행해야 했다. 공식 석상에서도 조선의 입장은 청국 대표가 말하게 되어 있었다. 말하자면 조선 사절은 입을 다물고 청국 대표의 뒷줄에 서 있으면 되는 것이었다.

— 다른 시대에는 다른 명으로 하자고 덧붙인 조약이 있었습니다.

콜랭의 애기를 듣고 리진이 던진 말이었다. 청국의 이홍장이 "다른 시대에는 다른 명"이라는 조항을 추가로 넣은 것은 조선의 자주를 위해서가 아니라 그때그때의 상황에 따라 청국이 이로운 쪽에서 조선을 압박하기 위한 방편으로 첨부한 조항일 것이다.

—이미 일본 주재 조선 공사는 청국과 상의 없이 일본 천황에게 그의 신임장을 단독 제출했었습니다.

그때, 콜랭은 리진을 똑바로 응시했다. 그러니 법국에서도 당연히 그래야 하는 거 아니냐는 뜻이 담긴 눈을 리진도 똑바로 떴다. 아름다운 여인이라고만 생각했다. 나날이 여인을 향한 마음이 깊어져 잠을 못 이루는 날들이었다. 열강의 틈바구니에 끼어 있는 조선의 입장에 대해 분명하게 의견을 피력하는 리진의 모습이 콜랭에겐 놀라웠다. 도성에 세워진 프랑스 신학교의 리우빌 씨가 조선 제자들과 함께 도성의 성벽을 따라 산책하다가 자신들도 모르게 왕궁의 담을 넘게 된 일이 생각났다. 그들이 처벌받게 되어 곤란한 지경에 빠진 걸 블랑 주교에게서 전해들었을 때만 해도 가볍게 해결할 수 있는 사안이라 생각하는 콜랭을 향해 리진은 침착하게 충고를 했다.

—왕이 계시는 궁궐의 담장 안에 허락 없이 들어가는 자에게는 참수형이나 유형이 내려집니다. 서둘러 독판을 만나 협의를 보지 않으면 큰 낭패를 보게 됩니다.

왕의 고문인 데니 씨와 콜랭이 친분이 있으니 그를 만나서 법대로가 아닌 온정으로 해결할 수 있는 방법을 모색해보는 것이 좋을 것이라고도 권했다. 리진의 말이 맞았다. 법도대로 라면 내궁이 아닌 궁궐 바깥쪽의 담을 넘었다 해도 유형을 피할 수 없었을 것이다.

지난 여름 곤당골의 고아원을 찾아가다가 어처구니없는 피습을 당한 리진은 왕비의 명에 따라 다음날 공사관으로 옮겨져 여태 머무르고 있었다. 공사관 소속의 프랑스 주치의의 서양식 치료를 받아 리진의 상처는 거의 아물었으나 가을이 오도록 왕비로부터 다른 명이 없자 리진은 급속히 말수가 줄었다. 하루에 한마디도 하지 않고 콜랭의 서재에 틀어박혀 지내곤 했다. 리진의 기다림과는 반대로 나날이 은애의 마음이 커져가는 콜랭은 어찌 하면 여인을 궁으로 돌려보내지 않을 수 있을까 싶어 문득문득 골똘해지곤 했다.

생각에 빠져 있는 콜랭에게 내관이 다가와 왕이 기다리고 있다고 전해왔다.

왕이 머무는 편전에 왕비가 동석한 채 콜랭을 기다리고 있었다. 역관을 사이에 두고 화문석 위에 선 채 콜랭이 허리를 굽혔다.

─도움을 청하려고 불렀소. 알고 있겠지만 내무부 협판 조신희가 겸임공사 자격으로 조선을 떠났소. 아라사뿐 아니라 영길리며 덕국, 법국의 겸임공사 자격을 부여했소. 서양과 적극적인 교류를 하고 싶은 소망이오. 조신희가 법국에 도착하

면 제대로 공사 일을 볼 수 있도록 살펴주오.

왕비가 넌지시 콜랭을 응시했다. 군란 이후 청나라의 입김이 왕을 능가할 정도였다. 임오년에 왕비가 장호원으로 피신해 있는 줄도 모르고 살아 있는 왕비의 국장을 치른 흥선대원군에 맞서 왕에게 청나라 군대를 불러들이게 한 것은 왕비였다. 왕비는 청나라 군대의 힘을 빌려 다시 궁으로 돌아왔고, 왕비의 국장을 치른 흥선대원군이 청나라에 납치되듯 끌려갔다. 김옥균, 박영호, 홍영식 등의 급진 개화파들이 들고 일어난 갑신년에 또다시 위협을 느낀 왕비는 청나라 군대를 다시 불러들여야 했다. 청국의 군대는 개화파들이 믿고 있던 일본 군대를 몰아내고 갑신정변을 삼일천하로 끝나게 했지만 그 대가로 사사건건 간섭을 하려 했다.

— 조선은 청국의 종속국이 아니오.

왕은 프랑스가 조선을 청국의 속국으로 대할지 자주국으로 대할지의 여부가 콜랭의 영향 아래 있다고 생각했다.

흔들림 없이 단정하게 앉아 있으나 마음속으로는 자책에 빠져 있던 왕비가 입을 열었다.

— 조선 공사가 법국의 외무부에 들어가야 할 때 청국 공사를 동행하고 그 뒷줄에 서는 게 온당하다 보십니까?

콜랭은 왕비의 질문에 미국의 경우를 예로 들어 우회적으로 대답했다.

— 미국에서는 청국 공사가 조선 사절과 함께 행동하려 했으나 저지당했고 대통령이 베푼 공식적인 자리에도 청국 공사를 배제한 채 이루어졌다고 들었습니다.

예민해진 것 같던 왕비의 눈이 부드러워졌다. 용안에도 웃음이 돌았다.

— 법국도 조선의 공사를 자주국의 대표로 대해주길 바라오.

간단한 일은 아니었다. 조선 왕의 요구대로 하는 것은 곧 프랑스가 청나라를 무시하는 일이기도 했다. 프랑스는 베트남을 갖기 위해 청나라와 전쟁을 치렀다. 프랑스로서는 자국의 이익이 조선에 있다고 생각하지 않았다. 미국이나 영국, 독일 같은 열강들에 비해 조선 정치에 늦게 개입한 연유였다. 청국에 머물던 콜랭을 대리공사로 조선에 보낼 때도 정치문제보다는 선교사들의 활동이 탄압받지 않도록 하라는 게 우선 항목이었다. 베트남을 두고 벌인 전쟁에서 청나라에 이긴 프랑스 외무부는 조선에서 큰 이득이 없는 한 청나라를 자극하길 원치 않을 것이다.

— 공사가 조선에 와 있는 것과 대등하게 조선 공사가 법국의 수도에 머물게 해주오.

한 가지 행동에 다섯 가지 이상의 마음이 겹쳐져 있는 게 정치이다. 콜랭은 끝내 왕에게 그리 되도록 노력하겠다는 말을 삼키고 정중히 고개만 숙였다.

─그 다음엔 법국과 협의할 일이 많을 것이오.

─예.

─청할 일은 없소?

콜랭은 순박해 보이는 왕보다는 무슨 생각을 하고 있는지
쉽게 파악이 되지 않는 왕비의 표정을 살피며 더욱 정중히 허
리를 굽혔다.

─청이 한 가지 있습니다.

─무엇이오?

─그보다 먼저 지난번 찍어드렸던 어진을 가져왔습니다.
그리고 왕비 마마!

긴장한 콜랭을 왕비가 깊이 응시했다.

─공사관에 머물고 있는 서나인의 서찰을 가지고 왔습니다.

왕의 명령에 따라 내관이 화문석 앞으로 내려와 왕의 어진
과 서찰을 받아가는 동안 콜랭은 왕비의 표정을 살폈다. 왕비
는 한치의 흐트러짐도 없었다. 리진의 소식이 궁금할 터인데
도 단 한마디도 묻지 않는 왕비의 속내를 짐작할 수 없어 콜랭
은 긴장이 되었다.

왕은 받아든 어진에서 눈길을 떼지 못했다. 정치 이야기를
할 때보다는 문화나 풍습 이야기를 할 때 더욱 흥미를 가지는
왕이었다.

─지난번 지우영이 찍은 것과 비교하여 어떻소?

238

왕은 왕비에게 어진을 건넸다. 왕비는 서나인이 보내왔다는 서찰에 마음이 쏠려 있었으나 왕이 내민 어진을 자세히 들여다보았다.

—그림으로 그린 것보다 더 세세하지 않소.

—신기합니다.

—중전도 한 장 찍겠소?

왕비가 담담히 미소지으며 어진을 내려놓았다. 왕비에게서 눈길을 거둔 왕이 콜랭을 향했다.

—공사! 청할 일이 있다 하지 않았소.

콜랭은 배에 힘을 주었다.

—무엇이오?

—무례한 제 청을 받아들여주십시오.

왕과 왕비가 동시에 콜랭을 건너다보았다. 왕비의 입술이 굳게 다물어져 있었다.

—지금 공사관에 머물고 있는 무희에 대한 이야기입니다.

무슨 일에도 한치의 흔들림이 없을 것 같던 왕비의 눈에 파문이 일었다. 왕은 공사관에 머물고 있는 무희라니? 하는 의문이 담긴 눈길로 왕비를 보았다.

—서나인입니다.

춘앵무를 추던 무희 말이로구나, 왕은 몸을 곧추세웠다. 어느 날부터 중궁을 찾을 때면 왕비보다 서나인이 먼저 눈에 띄었다. 앳된 얼굴에 아름다움과 총명함이 동시에 머물고 있었다. 눈은 반짝였고 피부는 살굿빛이었던 나인. 뺨의 홍조 때문이었을 것이다. 어딘가를 바삐 갔다가 방금 돌아온 듯이 상기되어 있던 얼굴. 임오년 때 윤태준과 함께 장호원에 왕비가 머물고 있다는 소식을 가져온 이도 서나인이었다. 갑오년 때 경운궁으로 거처를 옮긴 왕비 곁에서 한시도 떨어지지 않았던 이도 서나인이었다. 중전이 가까이 두었던 상궁 고대수가 정변을 일으킨 김옥균의 심복으로 궁전에 폭약을 터뜨린 장본인이라는 것이 밝혀져 처형된 후 서나인에 대한 중전의 신뢰는 더욱 깊어졌다. 중전은 무슨 얘기를 나누다가 막힐 때면 으레 서나인을 바라보곤 했다. 서나인은 마치 중전의 일부라도 되는 듯 내명부의 일이든 종친의 일이든 앞뒤를 소상히 아뢰어 막힌 부분을 풀어주곤 했다. 그러던 서나인이 어느 날부터 보이지 않았다. 그렇다고 왕비에게 서나인은 왜 안 보이느냐 물을 수 없었던 건 왕의 체통 때문이었다. 내심으로만 행방을 궁금해하다가 법국 공사를 위한 연회장 무대에서 춘앵무를 추는 무희로 분장한 서나인을 보았다. 숨막힐 듯 아름다운 모습이었다.

콜랭이 입을 열려고 할 때 왕비가 먼저 왕에게 말했다.

—잠깐 바깥 바람을 쐬고 오겠습니다.

분위기를 끊는 왕비의 말에 콜랭은 입을 다물었다. 왕은 무

240

슨 일인가 싶어 왕비를 보았다. 왕비의 얼굴이 창백했다.

ㅡ얼굴빛이 왜 그러시오?

ㅡ잠깐이면 됩니다.

ㅡ괜찮겠소? 어의를 부르리까?

ㅡ아닙니다. 잠시면 됩니다.

갑작스런 왕비의 거동에 서상궁이 당황했다. 왕과 얘기를 나누다가 왕비가 갑자기 일어서는 일은 흔치 않은 일이었다. 왕비가 편전 밖으로 나오자 대기중이던 나인들이 줄을 이어 왕비를 따르려 했을 때 서상궁만 따르라, 왕비가 짧게 일렀다. 편전을 빠져나온 왕비가 답답한지 어깨를 뒤로 젖혀보더니 깊은숨을 내쉬며 박석들을 매의 눈을 뜨고 바라보았다.

ㅡ서상궁!

ㅡ예.

ㅡ법국의 공사가 무슨 청을 할 것 같으냐?

ㅡ소인이 어찌 알겠사옵니까!

왕비가 이마를 찡그렸다. 녹당의에 비친 왕비의 얼굴이 여전히 창백했다.

산마루를 넘으면 또 산이어도 길이 있겠지, 여겨야 살아갈 수 있다.

서상궁에게 묻고 있지만 왕비는 법국 공사, 콜랭 빅토르 오귀스트 드 플랑시가 왕에게 어떤 청을 할 것인지 짐작했다. 공식적으로는 아무런 기별을 보내지 않았지만 중궁의 나인이 공사관의 부엌일을 보는 섬이네를 통해 공사관에서의 일을 낱낱이 알아내왔다. 전해듣는 것이었지만 리진의 상처를 아물게 하기 위한 콜랭의 정성은 감탄을 자아냈다. 어의까지 불러 칼에 찔린 데 유용한 약재를 마련해두었으나 왕비는 보내지 않았다.

콜랭은 공사관 주치의의 치료로도 부족하다 여겼는지 광혜원에 있는 알렌이 신약을 가지고 왕진에 나서도록 했다. 정동 외교클럽의 외교관들의 모임이 있던 날 러시아 공사가 상처가 나은 후에도 흉이 지지 않는 바르는 약을 소지하고 있다는 걸 알고 다음날 러시아 공사관을 찾아가 손수 받아오기도 했다.

왕비는 법국의 공사가 아침마다 진돗개를 데리고 달리기를 한다는 것도 알게 되었다. 그때면 공사관 주변에 피어 있는 꽃들을 한 아름씩 꺾어와 리진의 머리맡에 두는 일도 공사가 매일 아침 하는 일이라고 했다. 들꽃 묶음들은 방 윗목을 가득 메우고도 모자라 겹겹으로 쌓여 있다고도 했다. 조선의 국처럼 묽은 수프를 끓여서 리진의 방에 들여가는 것도 법국의 공사가 직접 한다고 했다. 맛있게 먹어주기를 기대하며 리진을 바라보는 공사의 눈길이 애처로울 지경이라고 했다.

—서상궁.

—예.

242

—서나인이 궁에서 길을 잃고 울고 다니던 때를 기억하느냐?

—마마께서 배즙을 긁어 먹이던 때 말이옵니까?

—그래. 그때가 몇살이었느냐?

—다섯 살이었나이다.

울고 있는 여자아이를 처음 봤을 때 왕비는 갓 태어난 공주를 연유도 알 수 없는 병으로 잃지 않았다면 이리 자랐겠구나, 생각했다.

—다섯 살…… 지금은 몇이더냐?

—열아홉이옵니다.

왕비가 중얼거리다가 등을 꼿꼿이 세운 채 그 자리에서 꼼짝하지 않았다.

—내가 나쁘구나!

—마마……

왕비의 마음을 알 수 없는 서상궁의 얼굴에 안타까움이 일렁였다. 무슨 일로 이리 마음을 끓이시는지. 미동도 없이 서 있던 왕비가 이윽고 고개를 들더니 후원을 향해 가던 발걸음을 돌려세웠다. 서상궁은 마마! 탄식했다. 왕비의 눈시울이 젖어 있었다. 당황하여 허리를 굽히지도 못하고 서 있는 서상궁에게 왕비가 나직이 편전으로 돌아가자, 일렀다. 두 주먹을 바스러지도록 불끈 쥐거나 울분에 차서 눈에 핏발이 서도록 힘을 주는 왕비는 보아왔어도 저렇게 눈시울이 젖어 있는 모습은 본 적이 없었다. 왕비는 스스로 누구에게나 약해 보이는 것을 질색했다. 서상궁의 노심초사엔 아랑곳없이 왕비는 마음을 정리한 듯 침착하게 편전을 향해 걸음을 옮겼다.

왕비가 편전에 들어 비웠던 자리에 앉았을 때 왕이 근심스럽게 왕비를 바라보았다.

—괜찮으십니까?

—심려를 끼쳐 송구합니다.

—무슨 말씀을요. 옥체이심을 잊지 마세요.

왕비는 자상하게 이르는 왕을 일별하고 곧 콜랭을 바라보았다. 왕비의 눈길을 정면으로 받은 콜랭은 바짝 긴장이 되었다. 천천히 고개를 수그려 공손함을 표시했으나 동굴 속으로 들어갈 때처럼 마음이 서늘해졌다. 왕비가 이미 자신의 마음을 간파하고 있다는 게 느껴졌다.

왕비는 콜랭에게서 시선을 떼고 왕에게 공손히 말했다.

—지난번 경회루 연회 때를 기억하시나이까?

왕은 대답 대신 자신도 모르게 큼, 하고 헛기침을 내뱉었다.

사랑에 빠진 사람의 마음을 바닥까지 헤아리는 건 불가능한 일이다. 사랑은 항상 딴마음을 품고 있다.

—그날 서나인이 법국의 공사관을 방문하기로 한 약조도 기억하십니까?

왕은 무희가 아름다운 여자로 보였던 그날의 일을 죄다 기억했지만 고개를 갸웃했다. 왕비의 입가에 미묘한 미소가 피어올랐다가 사라졌다. 법국의 공사가 박수를 치지 않으니 춤이 마음에 들지 않은가보다며 춤 대신 공사에게 무엇을 해주겠느냐고 무희를 몰아세우던 날이었다. 모두들 갑자기 왕비가 왜 그러는지를 몰라 당황했지만 왕은 왕비의 내면에 일렁이는 불길을 읽어냈다. 급박하게 돌아가는 정세에 침착하고 대범하게 대처하는 왕비도 여자였다. 왕이 다른 여인에게 눈길을 주는 것 같으면 불같은 성정을 내보여 왕을 당황케 했다. 뭐라 대답할지 손에 땀이 났으나 무희는 공사의 청을 한 가지 들어주겠노라며 총명하게 그 순간을 모면하였다.

— 약조대로 서나인이 공사관을 찾아갔던 날, 술에 취한 이가 휘두른 칼에 상처를 입었습니다.

— 그런 일이 있었소?

그래서 보이지 않았던 게로구나. 왕은 놀라움을 감추고 짐짓 태연을 가장하며 고개를 끄덕였다. 경회루에서의 연회 이후 은밀히 서나인을 찾아보았으나 허사였다. 왕의 명은 곧바로 왕비의 귀에 들어가게 되어 있었다. 더이상 왕으로부터 무희를 숨길 수 없게 되자 왕비는 무희를 공사관으로 보냈던 것이다. 무희가 습격을 받지 않았어도 왕이 무희를 잊을 동안은 궁으로 돌아오지 못할 구실을 만들어 공사관에 머무르게 하려던 게 왕비의 계획이기도 했다.

— 하여 여태 공사관에 머무르고 있습니다.

왕이 콜랭을 보았다.

— 그런 변이 있었구려. 그런데 공사, 청은 무엇이오?

콜랭은 여태보다 더욱 정중하게 허리를 숙이며 말했다.

— 무회를 계속 공사관에 머무르게 해주십시오.

— 무회를요?

— 예.

— 무슨 일이오?

여기서 머뭇거리다가는 영원히 고백하지 못할 것이라 생각한 콜랭은 마음을 다잡았다. 거친 파도에 몸이 휘감기는 듯한 느낌이었다.

— 무회를 은애하게 되었습니다.

콜랭의 말을 통역해 왕과 왕비에게 전하던 역관이 당황하여 눈이 휘둥그레지며 콜랭을 바라보았다. 잘못 들은 말이라 여겼다.

— 뭐라기에 그리 놀라느냐?

역관이 어찌 할 바를 모르고 콜랭에게 방금 하신 말씀을 그대로 전합니까? 물었다.

— 패트 사.

콜랭의 그리 하라는 말에 역관의 이마에 진땀이 났다.

246

—무희를 흠모하게 되었다 하옵니다.

편전에 일순 적막이 감돌았다.

왕비는 자신도 모르게 눈을 내리감았다. 공사가 무슨 청을 해올지는 이미 짐작한 일이다. 법국 공사는 밤마다 공사관 뜰에 나와 무희, 리진이 머무는 거처를 바라본다 하였다. 낮이나 밤이나 법국의 책들을 섭렵하는 일로 답답한 나날을 보내고 있는 리진의 방에 불이 꺼질 때까지 뜰을 서성인다 하였다. 언젠가는 법국 공사가 찾아오리라, 짐작했으나 이리 빨리는 아니었다. 일러도 가을이 지날 때쯤이려니 여겼다. 조선 왕 앞에서의 콜랭은 단독자가 아니다. 법국을 대표하는 외교관이었다. 잘못하면 외교관이 주재국 왕의 여자를 탐낸 꼴이 되어 큰 파장을 몰고 올 수도 있는 일. 은애하는 마음이 깊어도 그 마음을 쉽게 표현할 수 있는 일은 아니었다. 마른 짚에 불이 붙는 것 같은 갈등을 치르고 난 다음에는 어쩌면 그 마음을 거둘지도 모른다 여기기도 했다.

불안하게 흐르는 침묵을 깬 건 왕이었다.

—어찌 그리 되었소.

왕은 콜랭에게 어찌 그리 되었느냐 묻는 순간, 자신이 빈 나뭇가지 같은 공허함을 느꼈다.

—아름다워서입니다.

아름다워서라고 대답하는 콜랭을 왕비가 눈을 가늘게 뜨고 바라보았다. 콜랭을 향한, 뜻을 헤아리기 어려운 분노가 스쳤다. 무슨 말을 해야 할지 모르겠을 때엔 차라리 침묵이 가장 깊은 말이 되기도 한다. 최소한 얼마만이라도 침묵해주기를 바랐던 왕비는 어찌 저리 태연히 말을 할까? 싶었다. 연회장에서 이미 서나인을 향한 공사의 심중을 관통하고 있었고, 일이 이리 되도록 유도한 건 자기 자신인데도 왕비의 입술이 굳게 다물어졌다.

여기가 조선이 아니고 청나라 황실이었다면?

그랬어도 황제의 여자를 은애하게 되었노라고 저리 쉽게 말할 수 있었을까, 싶었던 것이다. 왕비는 등을 곧추세웠다.

—무희는 도자기가 아닙니다.

왕비의 목소리는 얼음같이 차가웠다.

—서책도 병풍도 아니지요.

공사가 조선의 도자기며 서책이며 병풍들에 매혹당해 틈이 날 때마다 사들이고 있다는 사실을 왕비는 알고 있었다. 벌써 숫자를 헤아릴 수 없을 만큼 물량이 많아 공사관의 별채 가득이라고 들었다.

콜랭은 정중히 허리를 굽혀 간청했다.

—허락해주시면 무희와 결혼하고 싶습니다.

콜랭의 말에 편전은 다시 한번 고요에 휩싸였다. 무희를 향한 법국 공사의 감정이 혹 수집하고 있는 도자기나 서책에 대한 감정과 비슷한 건 아닐는지? 의구심이 들었던 왕비는 확신을 가지고 말하는 콜랭을 다시 눈을 가늘게 뜨고 응시했다.

—진심이오?

왕도 놀란 마음으로 물었다.

—제가 태어난 마을에 마리라는 여자가 있었습니다. 첫사랑이었습니다. 부친의 반대로 다시는 그 여자를 만날 수 없게 되었지요.

마리. 마리는 플랑시 마을의 플랑시 백작 댁 하녀였다. 마을에서 유일한 검은 머리와 검은 눈동자를 가진 소녀였다. 콜랭도 소년이었고 마리도 소녀일 뿐이었으나 부친 자크는 소녀 마리를 만나는 소년 콜랭을 늘 못마땅해했다. 그래서였을 것이다. 마리를 향한 콜랭의 마음은 점점 더 깊어만 갔다. 어느 날 마리와 함께 백작의 저택 외딴 별채의 짚이 쌓여 있는 곳에서 포개지듯 엎드려 잠이 들었다가 부친 자크의 눈에 띄었다. 그후로 다시는 마리를 만날 수가 없었다. 마리가 만나주지 않았다고 하는 편이 정확할 것이다. 부친이 그때 대체 마리와 마리의 가족에게 무슨 말을 했던 것인지 콜랭은 아직도 의문이었다. 마리를 찾아 낮이나 밤이나 헤맸던 봄날이 지나고 플랑시 마을에 여름이 왔다. 사라지고 보이지 않았던 마리는 플랑시 마을을 관통해 흘러가던 강가에서 시체로 발견되었다. 장맛비로 인해 불어난 강물이 마을을 물바다로 만들기 직전이었다. 마리 곁에 있었던 건 콜랭이 아니라 마리를 뒤따라다니던 백작의 개였다.

콜랭은 최선을 다해 마리 이야기를 왕과 왕비에게 전했다. 어젯밤 어찌 하면 궁궐의 무희를 사랑하는 자신의 마음을 왕과 왕비에게 제대로 전달할 수 있을까 고민하던 콜랭 자신도 왕과 왕비 앞에서 마리 이야기를 이렇게 절절하게 하게 될 줄은 짐작도 못했던 일이었다.

왕이 물었다.

— 서나인이 마리를 닮았소?

— 예, 마마.

왕비가 물었다.

— 닮지 않았으면요?

— 서나인은 조선처럼 아름다운 분입니다. 닮지 않았다고 하여도 은애하였을 것입니다.

왕비는 흠칫 놀랐다. 법국의 공사가 저렇게 솔직하게 나올 줄은 왕비 또한 전혀 짐작하지 못했던 일이었다.

이 사랑은 희망이 있는 것인가.

왕의 대답을 기다리고 있는 콜랭의 이마에 진땀이 뺐다. 희망이 없는 사랑을 하게 되는 이만이 사랑이 무엇인지 알게 될지도 모른다 했던 이는 블랑 주교였다. 리진을 향한 콜랭의 마음을 염려의 눈길로 보던 블랑 주교가 왜 그런 말을 했을까.

―그래, 서나인은 어찌 지내고 있습니까?

콜랭은 흐름을 깨뜨리는 왕비의 딴청에 잠시 왕비를 보았다.

―서책을 읽으며 지내고 있습니다.

왕비의 기별을 기다리며 지낸다, 해야 맞을 것이다.

―법국의 책들입니까?

―예.

공사관의 무희는 지금도 콜랭의 서재에서 책을 읽고 있을 것이다. 왕비로부터 아무런 전갈이 없는 날들이 길어지면서부터 무희는 콜랭의 서재에서 거의 나오질 않았다. 책과 책 사이를 헤매다가 그날의 읽을거리를 찾아내면 그 책과 하루를 보냈다. 책을 읽으며 밤을 새우는 날이 생기더니 이즈음엔 걱정이 될 만큼 서재에서 날을 새우는 일이 빈번했다. 신새벽이나 깊은 밤중에 공사관 뜰로 나와 벽오동나무 아래에 서 있는 리진을 볼 때도 있었다. 벽오동나무 아래에 서 있을 때의 리진은 언제나 같은 방향을 보고 있었다. 이상한 일이다, 여겼으나 곧 의문이 풀렸다. 리진이 벽오동나무 아래에서 바라보고 서 있는 쪽에 궁궐이 있다고 통역관 최 베드로가 일러줬던 것이다.

―상처는 아물었습니까?

―예.

어서 궁으로 돌아가야겠다는 마음이 작용했는지 리진의 상처는 빠르게 아물었다. 공사관 주치의가 놀랄 정도였다. 상처가 아문 뒤로 오히려 리진은 아파 보였다. 어느 날 곤당골의 서씨가 찾아왔을 때는 왈칵 울음을 쏟아내기도 했다. 그러더니 이후로는 어떤 표정도 얼굴에 담지 않았다. 정중히 예를 지키고 반듯이 앉아 책을 읽거나 아무도 없다고 여겨지는 시각에 벽오동나무 아래 나와 춤을 추었다. 블랑 주교가 공사관을 내방할 때에도 리진은 담담한 표정으로 얘기를 나누었다. 블랑 주교가 콜랭에게 조선어를 가르치는 모습을 물끄러미 지켜보기도 했다. 공사관에 머무르고 있는 동안 콜랭에게 조선어를 가르쳐보면 어떻겠느냐 블랑 주교가 물었을 때 무희는,

—오늘 밤이라도 궁궐에서 소식이 오면 저는 돌아가야 합니다.

짧게 대답하곤 방을 나갔다.

콜랭은 리진이 무료할 것 같아 정동 외교클럽에 가보자, 나귀를 타고 세검정에 나들이를 나가보자, 청을 넣었으나 리진의 대답은 언제 궁에서 전갈이 올지 모르니 공사관을 떠날 수 없습니다, 한결같았다.

공사관에서 리진이 웃는 모습을 콜랭은 단 한 번 보았다. 곤당골의 서씨가 달인 한약을 강연이 전하려고 들고 왔을 때 공교롭게도 강연의 내방을 리진에게 알리게 된 건 콜랭이었다. 장악원 악사가 찾아왔다는 전갈에 서재에 틀어박혀 책장을 넘기고 있던 리진의 얼굴에 번지던 그 반가운 웃음. 그날 강연은

252

콜랭으로부터 만년필을 선물받은 보답으로 대금 소리를 들려
주었다. 악사의 대금 소리를 듣고 있는 리진의 황홀한 표정에
신경이 쓰여 정작 콜랭은 대금 소리를 제대로 듣지 못했다. 강
연이 돌아갈 때 리진은 공사관 바깥 채소밭 끝까지 배웅을 나
갔다. 밭 사이로 난 작은 길로 두 사람이 나란히 걸어가는 모
습을 콜랭은 지켜보았다. 고개를 수그리고 상념에 젖어 홀로
돌아오는 리진의 모습도.

—공사!

왕비가 나직이 말했다.

—오늘은 이만 돌아가세요.

콜랭은 왕비의 말에 아득해졌다. 이만 돌아가라는 것은 대
답을 지금 하지 않겠다는 뜻이다.

사랑하는 자는 기다리게 되어 있다.

경회루에서 연회가 있었던 날, 무희가 공사관을 내방하겠다
는 약조가 지켜지는 데 한 달이 걸렸다. 무희의 내방을 기다리
는 나날들은 같은 시간인데도 하루하루가 참으로 길었다. 이
렇게 대답을 듣지 못하고 물러나게 되면 또 어떤 나날이 시작
될지 콜랭은 짐작이 갔다.

—전하와 의논하여 곧 기별을 보내겠습니다.

콜랭의 얼굴에 낙담의 빛이 서리는 걸 왕비는 눈여겨보았
다. 좀 전부터 왕비는 은근히 리진을 향한 콜랭의 마음이 어떤

것인지를 살펴보고 있는 중이었다. 진심이라고 여겨지자 다행스러우면서도 혼란스러웠다.

왕비는 마음속으로 싸한 아픔이 지나가 잠시 입술을 지그시 깨물었다. 어쨌거나 공사관에 머물고 있는 서나인은 법국의 공사 콜랭이 왕 앞에서 자신을 은애한다는 고백을 하고 있을 줄은 상상조차 못할 것이다.

— 단순한 일이 아닙니다. 궁녀의 출궁엔 그에 마땅한 예가 있어야 합니다.

— 그래서 이리 간청드리는 것입니다.

콜랭은 이미 꺼낸 칼이라고 생각했다. 오만해 보이지 않도록 최선을 다해 정중하게 허리를 숙이고 공손한 말씨를 사용하였다. 결말 없이 이렇게 물러나게 되면 뒷소리만 무성할 것이다. 당장 외교관들 사이에 스캔들로 번질 사안이었다. 자국의 이익을 위해 조선이란 낯선 땅에서 만난 사람들은 서로 정중하게 예를 나누며 지내지만 언제 어디서 낯색을 바꿀지 알 수 없는 사람들이기도 했다. 왕의 여자를 사랑한다는 프랑스 공사 이야기는 일파만파로 각색되어 떠돌 것이 자명했다. 만에 하나 이 이야기가 본국에 전해져 회화화되기라도 하는 날에는 외교관으로서 그의 장래에 치명타가 될지도 모를 일이다.

콜랭은 한 발짝 더 나아갈 수밖에 없다고 생각했다. 왕비가 왕과 의논해보겠다는 것은 자신의 속마음을 숨기기 위한 핑계에 불과하다는 것쯤은 콜랭도 알고 있었다. 왕을 내세워 뒤로 미루고 있는 왕비의 마음을 가장 흔들리게 할 수 있는 일이 무엇일까? 콜랭은 재빠르게 셈을 하였다.

— 전하, 일본과 무산되었던 차관을 들여오는 일을 본국과 깊이 상의하여보겠습니다.

콜랭의 고백을 듣고 처음엔 놀랐으나 차츰 언짢아지고 있던 왕의 찌푸린 이마가 펴졌다. 왕비의 반응이 궁금했지만 콜랭은 왕만을 바라보았다.

— 가능성이 있겠소?

왕은 눈을 치켜뜨며 물었다.

— 베트남을 두고 있었던 청국과의 갈등이 마무리되었으니 이제 본국에서도 조선에 대해 깊이 생각해볼 수 있는 여유가 생겼을 것입니다.

— 차관을 들여올 수 있으면 조선에는 큰 힘이 될 것이오만.

청국의 영향에서 벗어나려면 재정 안정이 첫번째였다. 조신희를 유럽 오 개국 겸임공사 자격으로 내보냈지만 조신희는 유럽으로 떠나지도 못하고 홍콩에 발이 묶여 있었다. 영국과 청나라의 밀약이 길을 막기도 했고, 조신희에게 병이 나기도 했지만, 충분한 재정을 뒷받침해주지 못한 것이 가장 큰 이유였다. 각국과 대등한 외교를 펼치고자 하는 것은 왕의 소망이었으나 당장 조선을 위해 고용한 외국인들에게 봉급도 제 날

짜에 맞춰주지 못할 정도로 형편이 좋지 않았다.

왕이 왕비를 바라보았다. 재정상태의 악화 때문에 곤란을 받고 있는 건 왕보다도 왕비였다. 병약한 왕세자를 위해서라면 무엇도 아끼지 않던 왕비가 왕세자를 위한 백일기도 행사를 취소하기도 했다. 넉넉지 않은 재정이 원인이었다.

—깊이 생각해보겠습니다.

물러날 예를 갖추지 않고 서 있는 콜랭을 향해 왕비가 다시 말했다.

—돌아가 계세요. 곧 기별을 보내겠습니다.

더는 어쩔 수 없어 콜랭은 낙심한 채 편전을 나왔다. 돌계단을 밟고 내려오는데 자기도 모르게 다리가 휘청거렸다. 청국 같은 큰 나라에서 외교관으로 활동하면서도 한 번도 느껴보지 못한 무력감이 온몸을 짓누르고 있었다.

왕을 알현하고 공사관으로 돌아온 콜랭을 맞이한 건 진돗개였다.

공사관 대문 밖에 펼쳐진 채소밭 앞길을 달려오는 진돗개를 반기던 콜랭의 눈이 커졌다. 공사관 대문 앞에 리진이 서 있었다. 사랑에 빠진 이에게 사랑은 곧 날아가버릴 새처럼 여겨진다. 공사관 대문 앞에 서 있던 리진이 콜랭을 향해 걸어왔다. 콜랭은 다가오고 있는 리진을 낯설게 바라보았다. 언제나 콜랭이 리진을 향해서였지, 리진이 콜랭을 향해 걸어오는 일은 처음이었다. 환영을 보고 있는 것 같았다. 공사관 대문 바깥에서 리진을 보는 것도 악사 강연을 배웅하러 갈 때 이후로 처음이었다.

리진이 콜랭 앞에서 걸음을 멈췄다.

—나를 기다렸습니까?

—예.

자신을 기다린 게 아니라 궁궐의 일이 궁금해서 마중 나온 거라는 걸 알면서도 편전에서 물러나온 후 줄곧 무거운 마음이었던 콜랭의 얼굴에 미소가 번졌다.

—산보를 하시겠습니까?

콜랭은 리진이 거절할까봐 대답을 듣지 않고 채소밭을 곁에 두고 걸음을 옮겼다. 몇 걸음 먼저 걷다가 뒤돌아 리진을 보았다. 콜랭의 뒷모습을 보고 서 있기만 하던 리진이 뒤따르자 콜랭이 다시 걸음을 옮겼다. 여름 장맛비에 다 쓸려내려간 듯했던 허물어진 밭둑에서 콩이 자라고 있다.

—부탁한 편지는 왕비께 전달했습니다.

다른 말씀은 없으셨는가, 물어보고 싶은 마음을 누른 채 리진은 몸을 숙여 콩줄기를 밭 안쪽으로 밀어주었다.

—곧 기별을 하겠다 하셨습니다.

—읽어보시던가요?

—제 앞에서는 받아만 두셨습니다. 지금쯤은 읽으셨겠지요.

늘 반듯하던 콜랭의 어깨가 힘이 빠진 듯 처져 보였다.

─궁으로 돌아가고 싶으십니까?

리진은 대답하지 않았다. 왕을 알현하러 가는 아침에 혹 알현 자리에 왕비가 계시면 전달해달라며 리진이 편지를 내밀었을 때 콜랭은 놀란 듯했다. 그리 하지요, 편지를 받아가면서도 콜랭은 영 내키지 않는 얼굴이었다.

앞서 걷던 콜랭이 뒤돌아섰다.

─공사관에 머무시는 게 불편합니까?

리진을 깊이 응시한 채 콜랭이 물었다.

─궁으로 불러달라고 서찰을 쓴 게 아닙니다.

잠시 콜랭을 마주 보던 리진이 얼굴을 돌렸다. 러시아 공사관 지붕이 멀리 보였다.

─여기에 머무르겠다 썼습니다.

콜랭의 눈이 놀라움으로 가득 찼다.

그리고 뭐라고 썼던가. 리진은 깊은숨을 내쉬었다. 임오년 때의 기록을 가지고 있으니 궁의 방 동무 소아에게 챙겨다달라고 해서 왕비께서 보관하시는 게 좋을 것 같다고 썼다. 리진은 콜랭의 서재에 틀어박혀 책을 읽고 있는 것 같았지만 사실은 왕비가 왜 자신을 궁으로 부르지 않고 있는지를 헤아리고 있었다. 깊은 생각에 잠겨봐도 헤아려지지 않던 왕비의 마음이 어느 날 새벽 한순간에 확연히 짚어졌다. 지밀에서 수방으로 자리를 옮기게 되었을 때 왕비가 했던 말. 너와는…… 한 남자를 사이에 둔 그런 인연을 맺고 싶지 않다, 던 왕비의 음성을 떠올리자, 모든 일이 한꺼번에 헤아려졌다. 늘 왕비하고 지척에 있었으나 그날 이후로는 왕비가 일부러 찾지 않으면 가까이에서 볼 수조차 없었다. 그리고 경회루 연회장에서의 일. 그 연회 이후 세 번이나 왕이 찾는다는 기별을 받았다. 채비를 하고 있으면 곧 왕에게 가지 않아도 된다는 왕비의 명을 가지고 중궁의 나인이 찾아왔다. 그러더니 갑자기 법국의 공사관에 다녀오라는 명이 내려졌다.

― 진심이십니까?

― 예.

리진은 놀란 눈으로 서 있는 콜랭을 지나 앞서 걸었다. 콜랭보다 먼저 진돗개가 리진을 뒤따르더니 곧 리진도 앞질러갔다. 아침마다 콜랭과 함께 달리기를 하던 길이라서인지 진돗개가 오히려 두 사람을 안내하는 듯했다. 콜랭은 습관처럼 길가에 핀 들꽃을 향해 손을 뻗었다. 아침마다 꺾어다 리진에게 주던 꽃들이다. 꽃다발들은 말라가며 리진의 거처 윗목에 차례로 쌓였다.

― 오늘도 책을 읽었습니까?

― 예.

― 오늘은 어떤 책이었는지요?

— 랭보의 시를 읽었습니다. 플로베르의 글도 얼마간 보았습니다.

— 랭보는 어땠습니까?

— 우울하고 불안했습니다. 시인이란 그의 말대로 다른 사람이 보지 못하는 것을 보는 견자가 맞는가봅니다. 무엇 때문인지 잘 모르겠는데 마음 깊은 곳에 바윗덩어리가 내려앉는 듯했습니다. 다 이해할 수 없었는데도요.

콜랭은 여인의 감미로운 목소리를 들으며 여인의 검은 머리를 올려다보았다. 손으로 앞서 걷고 있는 리진의 검은 머리를 쓸어내리고 싶은 충동을 참고 있었기 때문이었을까. 불쑥 콜랭의 입에서 고백의 말이 흘러나왔다.

— 당신이 나와 함께 있어주기를 원합니다.

갑자기 튀어나온 말이었다. 진심으로 하고 싶은 말이기도 했다.

— 오늘 내가 왕과 왕비께 무슨 말씀을 드렸는지 알게 되면 당신은 나를 미워할 것입니다.

리진이 걸음을 멈추고 콜랭을 돌아보았다.

— 당신을 사랑한다 하였습니다.

— ……

— 그러니 당신이 여기 머물게 해달라고 간청했지요.

검고 깊은 눈이 콜랭의 푸른 눈을 찌르듯이 응시했다.

—당신으로 내 마음은 꽉 차버렸습니다. 이제 당신이 없는 날들을 상상할 수가 없어요.

저녁 바람이 불어와 두 사람 사이에 머물렀다. 찌르듯이 콜랭을 보던 리진이 눈길을 거두고 돌아섰다. 날마다 궁으로 돌아갈 날만을 기다리고 있을 리진으로서는 충격의 말이었을 것이다. 어떤 원망의 소리도 달게 들으리라, 콜랭은 잠자코 리진의 뒤를 따랐다.

—저를 프랑스로 데려가주시겠습니까?

콜랭은 잘못 들은 말인가 싶어 걸음을 멈췄다.

—언젠가…… 언젠가 말입니다.

—진심이십니까?

리진의 눈에 물기가 서리는 걸 콜랭은 보지 못했다.

—제 사랑을 받아주시겠습니까?

왕비가 자신을 법국 공사에게 보내고 싶어한다는 걸 깨달은 새벽, 리진은 공사관 마당의 벽오동나무 아래에서 궁을 향해 선 채 아침을 맞았다. 허망한 일이었다. 어쩌면 이제 다시 궁으로 돌아갈 수 없게 될지도 모른다 생각하는데도 마땅히 떠오르는 게 없었다. 방 동무 소아의 얼굴이 잠시 스쳐 지나갔을 뿐이다. 그리고 또 한 가지. 임오년 때 불안한 나날을 견디는 일 중의 하나로 왕비의 하루하루 거동을 기록해놓은 서책.

—궁에서 기별이 왔습니다.

—언제요?

—사흘 전에요.

사흘 전이라면? 블랑 주교가 다녀간 일 이외에는 공사관에 외부인의 출입이 전혀 없었다.

—서상궁 마마님이 곤당골로 가져온 서찰을 블랑 주교님이 가져오셨습니다.

그런 일이 있었던가. 블랑 주교가 다른 날보다 더 긴요히 리진과 이야기를 나눈다고 여겼으나 편지를 전해준 것까지는 알지 못했다. 블랑 주교는 왜 자신에게 언질조차 주지 않았을까. 콜랭은 궁금하면서도 은근히 불안이 싹텄다.

혹 내일이라도 당장 입궁하라는 기별이었을까.

사람의 마음은 얽힌 실뭉치와 같다. 억지로 풀려고 하면 더욱 엉켜버린다.

—공사님이 조선을 떠날 때까지 공사관에 머물라 하였습니다.

콜랭은 자신의 귀를 의심했다. 곧 왕비에게 패배했다는 생각이 들었다. 명을 보냈다는 것을 왕비는 전혀 내비치지 않았다. 그럼으로써 콜랭으로 하여금 구지부득한 마음으로 간청하도록 만들었다. 뿐인가. 간절히 대답을 듣기를 바라는 콜랭에게 오늘은 이만 돌아가세요, 라고 해 콜랭으로 하여금 먼저 차관 이야기를 꺼내게도 했다. 콜랭의 마음을 이미 환히 들여다보고 있었다는 얘기였다.

— 왜 말씀해주지 않으셨습니까?

— 괴로웠습니다.

콜랭은 침묵했다.

— 제게 시간을 주시겠습니까?

— 시간을요?

그녀는 잠시 침묵을 지켰다. 하고 싶은 이야기가 많지만 참고 있는 듯 입술을 깨물고 있었다. 콜랭이 침울한 목소리로 물었다.

— 언제쯤이나 제가 그 결과를 알 수 있겠습니까?

— 제 마음이 정리되는 날 빅토르 위고의 『레 미제라블』 속에 제가 지니고 있는 향낭을 끼워놓겠습니다.

리진은 돌아서서 소매에 넣어가지고 다니던 향낭을 꺼내 콜랭에게 보여주었다. 노란 실로 수놓아진 손바닥만한 얇은 붉은 주머니였다. 방 동무 소아가 만들어준 것이다.

— 그 향낭을 보게 되는 날이 당신이 내 사랑을 받아주는 날입니까?

앞서가던 리진이 대답을 않고 고개를 숙였다. 풀밭에서 참새가 포르르 허공으로 날아올랐다. 뒤에 서 있는 법국 공사의 마음을 받아주든 아니든 왕비의 마음이 달라지지 않는 이상 자신은 이제 궁궐로 돌아갈 수 없다는 생각이 들었다. 궁녀가 궁궐로 돌아가지 못한다면 어찌 되는가. 리진은 콜랭도 모르게 깊은숨을 내쉬었다. 콜랭은 마치 그녀가 모든 것을 선택할 수 있는 것처럼 말하지만, 아니었다. 방법이 다를 뿐 궁으로 돌아가지 못한다면 출궁당한 것이나 마찬가지다. 출궁당한 궁녀라고 해서 마음대로 혼인할 수 있는 것도 아니었다. 엄밀히 말하자면 죽을 때까지 혼인할 수가 없었다. 법국 공사의 여자가 되느냐 아니냐 하는 것도 그녀의 마음대로 정할 수 있는 게 아니었다. 그걸 모를 리 없는 왕비가 자신을 이리로 보냈다면 이미 자신은 콜랭에게 보내진 여자인 것이다.

콜랭은 대답을 못 하고 고개를 숙이는 리진의 애잔한 뒷덜미에 연민을 느꼈다. 둥지를 잃은 새가 갈 곳 없어 자신의 처마로 찾아든 것 같았다. 저 여인의 마음이 사랑이 아니어도 저 여인에게 튼튼한 처마가 되어주고 싶었다.

—내 마음을 전하지도 못하고 있던 때는 나도 괴로웠습니다. 그때에 비하면 당신의 마음을 기다리는 일은 내게 달콤한 시간이 될 겁니다. 너무 오래 걸리지 않기를 바랄 따름입니다.

콜랭은 리진이 손을 뻗어 무성한 갈대를 손바닥으로 훑는 것을 보았을 뿐 리진의 눈가에 눈물이 맺히는 것은 보지 못했다. 오늘 콜랭이 왕을 알현하러 간다는 소식을 듣고 리진은 어젯밤 공사관에 와서 처음으로 먹을 갈았다. 밤을 새워 왕비에게 서찰을 썼다. 하소연을 써보기도 하고 원망을 써보기도 하였다. 그러나 모두 구겨버렸다. 마지막으로 단 두 마디만 간결히 적었다. 첫번째는 왕비의 명을 따라 법국 공사를 모시겠다는 것이었고, 두번째는 방 동무 소아가 임오년의 일을 적어놓은 서책이 어디 있는지 알고 있으니 가져다달라고 해 왕비께서 보관하시는 게 좋겠다고 썼다.

그 시각,

궁의 왕비는 서상궁이 리진의 방 동무 소아에게서 받아온, 무명베로 겹겹이 정성스럽게 싸놓은 서책을 앞에 놓고 있었다.

임오유월일기(壬午六月日記).

왕비는 맨 앞장에 씌어진 글씨가 리진의 필체임을 대번 알아보았다. 서책의 첫 장을 넘기는 왕비의 손가락이 가만히 떨렸다.

유월 십삼일(六月十三日)

중궁 마마, 민응식의 집으로 옮기시다.

궁을 몰래 빠져나오기 위해 변장한 옷을 다시 바꿔 입으시다. 인후증이 심해 말씀을 제대로 못하시다. 늦은 밤에 박하유를 올렸으나 못 드시다. 빈속으로 침수에 드신 중궁 마마 몹쓸 꿈을 꾸시는지 소리를 내시다. 이마에 땀이 진득하시다. 닦아드리다. 인시에 깨어나시다. 마루로 나와 기둥을 잡고 날이 밝도록 궁 쪽을 보고 서 계시다.

다음 장을 넘기는 왕비의 미간이 잔뜩 좁혀졌다.

목숨을 위협하는 병사들을 따돌리고 간신히 궁을 빠져나와 민응식의 집을 거쳐 처음엔 여주로 장호원으로 충주로 옮겨 다니던 피난살이 오십여 일의 일들이 날짜별로 소상히 적혀 있었다. 기록하는 일은 마음을 진정시키는 일이기도 하다. 청국의 군대가 조선에 들어와서 붙인 방문을 베껴오라고 했던 일, 눈병이 나 이틀 동안은 아예 눈을 뜨지 못하고 어둠 속을 헤매던 일. 등에 부스럼이 나서 고약을 붙이고 앉았거나 엎드려 지내던 일들.

왕비는 이마를 펴지 않은 채 다시 책장을 넘겼다.

유월 이십구일(六月二十九日)

소나기 내리다. 살아 계신 중궁 마마 국장을 치른다는 소식에 기함하시다. 부스럼이 난 등을 곧추세우시고 종일 곡기를 끊으시다. 묵언에 드신 듯 한 말씀도 안 하시다. 이경(二更)에 머리를 푸시고 나는 죽은 사람이다, 통곡하시다. 감길탕을 올렸으나 물리치시다. 한숨도 못 주무시다.

칠월 이일(七月二日)

서책을 소리내어 읽어드렸으나 듣지 않으시다. 왕세자 마마 생각에 애태우시다. 대전 마마께 올릴 서찰을 받아적는데 격해지셔서 엎드리시다. 죽은 이가 서찰을 쓰는 법도 있더냐! 시며 구겨버리시다.

미간을 좁혀가며 읽어가던 왕비가 자신이 살아 있다는 서찰을 들고 리진이 궁을 찾아가던 대목을 읽는 도중 불쌍한 것!
탄식하며 서책을 소리나게 덮었다. 왕비의 탄식에 놀란 서상
궁이 왕비를 보았다. 왕비의 눈이 가늘어지자 서상궁의 마음
에 조바심이 밀려왔다. 어떤 결단을 내릴 때면 왕비의 눈은 항
상 저런 모양새가 되곤 했다. 그런 후엔 피바람이 불기도 했다.

리진을 공사관에 머물게 해달라는 청에 시원한 대답을 듣지
못한 법국의 공사가 실망한 낯빛으로 돌아간 뒤에 편전에서
물러나온 왕비는 후원에 선 채로 리진의 서찰을 서둘러 펼쳤
다. 펼쳐든 서찰엔 단 두 마디 적혀 있었다. 이것뿐인가. 한눈
에 읽어버린 후 왕비는 허전했다. 일체의 군소리가 없었다. 왕
비의 명을 따르겠으며 방 동무 소아에게서 서책을 가져다달라
고 해 보관하시라는 것뿐이었다.

그런데…… 생각에 잠긴 왕비의 눈이 더욱 가늘어졌다.

임오년 일기를 마주 대한 왕비의 마음이 흔들렸다. 읽는 동
안 임오년에 왕비 자신의 거동을 한 자 한 자 기록하고 있었을
리진의 간절한 마음이 고스란히 전해왔다. 이제야 왕비는 임
오유월일기를 가져다 보관하라는 리진의 뜻을 짚었다. 임오유
월일기를 읽고 왕비의 마음이 흔들리기를, 그리하여 자신을
궁으로 다시 부르기를 소망했을 것이다. 한순간 사흘 전에 보
낸 서찰을 읽고 눈물이 고였을 리진의 자태가 떠올랐다. 네가
내 마음을 어찌 다 알리. 읽다가 덮은 서책 위에 손을 얹은 채

생각에 잠겨 있던 왕비가 서상궁을 불렀다.

─전하께서 어느 전에 계시느냐?

─편전에 계시옵니다.

─누가 들었느냐?

─왕세자 마마와 외무대신이 함께 계십니다.

─지필묵을 가져오라.

─예.

먹을 갈고 있는 서상궁을 물끄러미 보기만 하던 왕비가 입
을 열었다.

─서나인을 법국의 공사와 맺어줘야겠다.

서상궁의 낯빛이 변하며 왕비의 안색을 살폈다.

─이 구중심처보다는 법국의 공사관이 나을 게야. 아니 그
러냐?

─마마, 관례를 치른 궁녀는……

─알고 있다. 그러니 내가 나서는 게 아니냐. 전하께 내가
직접 윤허를 받을 게야.

왕비가 미간을 더욱 찌푸리며 서상궁의 말을 단호하게 잘
랐다.

6. 나를 루브르에 데려가세요

각하,

조선 국왕은 프랑스 문물에 대해 아주 많은 관심을 갖는 것 같습니다. 그는 저에게 우리 건축물에 대한 아름다움과 우아함에 관해 이야기를 들었다고 하면서 우리 건축가를 조선 왕궁에서 고용했으면 한다고 했습니다. 이런 청의 응답으로 저는 천진에 있는 파리은행의 지점과 협상을 시작하였는데, 이 협상은 살라벨 씨의 수락으로 방금 끝이 났으며 대우는 일 년에 삼천원으로 결정됐습니다.

조선 국왕께서는 저에게 우리의 건축법을 이해할 수 있도록 삽화가 들어 있는 책을 몇 권 빌려달라고 했습니다. 제 장서가 상당한 양임에도 불구하고 이런 종류의 책을 갖고 있지 않습니다. 그래서 부득이 저는 국왕께 기조 씨가 지은 『프랑스 역사』 일곱 권을 내놓았으며 국왕은 이 책을 장식한 그림과 장정에 아주 깊은 감명을 받았습니다. 국왕께서는 그 책을 간직하고 싶어했습니다. 국왕은 프랑스 성과 거기에 나오는 건축물에 주목했고 우리 군인들의 복식에도 관심을 두었습니다. (……) 저는 각하께 국가적인 건물들(루브르 궁, 튈르리 궁, 베

르사유 궁, 파리의 기념 건축물 그리고 대표적인 성당
들)과 프랑스 군대에 관한 그림이 섞여 있는 책들을 전
해받고자 합니다. 조선 국왕은 두세 달 전부터 우리 군
대에 관심을 갖고 계십니다. 만일 다마드 대장이 이곳에
온다면 여기서 최고의 환영을 받을 것이고, 아마도 여러
차례 국왕을 알현하게 될 것임을 저는 확신합니다. 국왕
께서는 이미 저에게 프랑스에서의 보병대, 기병대 그리
고 포병대에 관한 규칙을 전달해줄 것도 청했습니다. 저
는 그런 서류를 갖고 있지 않다는 것과 원한다면 그것은
파리에서 구해야 한다는 것을 설명했습니다. 국왕은 제
게 되도록 빨리 그것을 구해달라고 청했기에 결국 저도
각하께 청원드립니다.

1888년 12월 10일

콜랭 드 플랑시

벽오동나무의 넓은 잎새가 후드득 지는 새벽.

리진은 공사관에서 곤당골로 출발하기 전에 서재로 들어가
책장에서 『레 미제라블』을 꺼냈다. 빵 한 조각을 훔친 죄로 십
구 년 동안 감옥에서 지내야 했던 청년 장발장. 세 번이나 읽
은 때문일까. 리진에게 장발장은 책 속의 인물이 아니라 옆에
서 살고 있는 사람 같았다. 그 소설은 리진이 공사관 서재에
꽂힌 책들을 들춰보고 있을 무렵 콜랭이 그녀에게 각별히 권

한 작품이기도 했다. 이 작품을 쓴 작가는 현재 프랑스 사람들이 가장 좋아하며 존경하는 작가라는 말도 덧붙였다. 조선말로 번역하면 '불쌍한 사람들' 정도가 될 그 소설을 리진은 어려운 부분은 중간중간 건너뛰면서도 읽고 또 읽었다.

리진은 선 채로 『레 미제라블』의 아무 장이나 펼치고 물결치는 듯한 프랑스어를 들여다보았다. 하룻밤 편히 쉴 수 있도록 잠자리를 마련해준 밀리에르 신부의 집에서 장발장이 은촛대를 훔치다가 들켜 끌려가는 장면이었다. 밀리에르 신부의 너그럽고 자비로운 마음이 없었다면 장발장은 어찌 되었을까? 리진은 빙긋이 웃었다. 책을 읽는 일의 즐거움은, 어찌 되었을까? 를 상상하는 데 있었다. 리진은, 밀리에르 신부가 재판정에서 장발장이 은촛대를 훔친 게 아니라 자신이 선물로 준 것이라고 증언할 때 마음이 폭발할 것 같은 감동을 받았다. 밀리에르 신부가 그리 하지 않았다면 장발장이 어찌 되었을까. 모르긴 해도 새 이름으로 새 인생을 펼쳐나갈 수는 없었을 것이다. 리진은 가난하고 고독하고 거친 마음의 장발장이 밀리에르 신부로 인해 사람에 대한 사랑에 눈을 떠가는 대목에 모란이 수놓아진 붉은 향낭을 얇게 펴서 끼워두었다. 그러고는 책 갈피에 놓여진 향낭 위로 강연의 얼굴이 스쳐 지나가 한참을 서 있었다.

― 벽오동 잎새가 다 졌군요.

콜랭의 목소리에 서재에서 나오던 리진은 화들짝 놀랐다. 아직 자고 있을 줄 알았던 콜랭이 마당을 내다보고 서 있었다.

— 거문고를 만들면 좋겠어요.

콜랭의 곁에 다가선 리진이 벽오동을 가리키며 말하자 콜랭이 거문고……라고 조선어를 중얼거렸다.

— 오늘은 일찍 곤당골에 가보겠습니다.

— 고아원에 무슨 일이 있습니까?

고아원에 일이 있어서가 아니라 이제 곧 『레 미제라블』 속에 끼워놓은 향낭을 발견할 콜랭의 얼굴과 마주하기가 객쩍어서였다.

— 무슨 일이기에 이렇게 일찍?

— 돌아와서 말씀드리지요.

리진이 서두르자, 콜랭이 대문까지 배웅 나왔다.

배추를 뽑아낸 공사관 앞 채소밭이 텅 비었다. 바람이 차지니 새들의 기척도 느껴지지 않았다. 곧 겨울이 올 것이고 땅이 얼 것이다. 콜랭의 사랑을 받아들이겠다는 뜻의 향낭을 리진이 책 속에 끼워놓은 걸 아직 모르는 콜랭은 뒤 한 번 돌아보지 않고 앞을 향해 걸어가기만 하는 여인의 뒷모습을 지켜보았다. 아침에 혹은 밤에 서재로 들어가 『레 미제라블』을 펼쳐보기 시작한 지도 몇 달이 지났다.

공사관에 머물던 어느 날, 리진이 고아원에 가서 서씨 옆에

서 아이들을 돌보는 일을 하고 싶다고 말했을 때 콜랭은 손을
내저었다. 고아원을 처음 찾았을 때 술 취한 사람들에게 습격
을 당한 일이 떠올라서였다. 그 일이 여인이 공사관에 머무는
빌미가 되긴 했으나 매우 위험한 일이었다. 또 그런 일을 당하
지 말란 법이 없다며 콜랭이 반대하자 리진은 실망하여 또다
시 서재에 틀어박혀 지냈다. 콜랭은 할 수 없이 제안했다. 오
가는 길은 가마를 타고 갈 것과 해가 저물기 전에 돌아올 것.
리진은 돌아오는 길에만 가마를 타겠다고 했다. 아침에 도성
사람들이 활기차게 하루를 시작하는 모습을 보고 싶다고 했
다. 대신 돌아올 때는 가마를 타고 오겠노라고. 콜랭은 하는
수 없이 수락했다. 콜랭에겐 언제 날아가버릴지 모르는 새처
럼 느껴져 여인이 원하는 것은 뭐든 거절할 수가 없었다.

　사랑하면 그와 함께 먹을 음식을 만들게 된다.

　콜랭은 매일 아침 일어나 맨 먼저 수프를 끓였다. 식탁에 리
진과 마주 앉아 수프를 떠먹는 순간이 즐거웠다. 수프를 먹은
뒤 콜랭이 진돗개와 함께 달리기를 시작하면 리진은 곤당골로
향했다. 리진은 아침 바람을 쐬며 곤당골까지 걷는 일이 좋았
다. 궁에서는 느끼지 못한 자유가 그 바람 속에 있었다. 이른
아침부터 땔감이나 야채를 소에 싣고 와 길가에서 팔고 있는
사람들, 검은 머리에 물동이를 이고 가는 아낙들, 아직 문을
열지 않은 철물점이나 대장간, 비단시장 사이를 걷고 있으면

마음속에 일렁이던 방황하는 마음이 가라앉고 담담해졌다. 그렇게 고아원까지 걸어가야 하루 일에도 의욕이 붙었다. 리진이 아이들 돌보는 일에 골몰할수록 궁을 잊기 위해 저러지, 싶어 서씨는 남몰래 깊은숨을 내쉬곤 했다.

리진이 주로 고아원에서 하는 일은 조선어와 조선 역사를 가르치는 일이었다. 오전에는 블랑 주교를 도와 고아원의 사무를 돌보는 불란서 수녀 두사람에게 조선어를, 오후에는 여당과 남당을 합반해 아이들에게 조선 역사를 가르쳤다. 공부하는 사이 잠시 짬이 나면 아이들에게 간단한 춤동작을 가르쳐주기도 했고 궁중에서의 생활을 들려주기도 했다. 그때마다 아이들은 눈동자를 빛내며 선망 어린 표정으로 리진의 얼굴을 쳐다보곤 했다. 서씨는 점심과 저녁 사이 늦은 오후에는 큰솥에 물을 데워 아이들을 번갈아가며 씻겼다. 고아원 뒷마당에 아예 목욕시킬 항아리를 내놓고 그 옆에 화덕을 두어 물을 데울 큰 무쇠솥을 걸어두었다. 매일 돌아가며 두셋씩 씻기면 열이틀 만에 한 번씩 씻는 차례가 되었다. 아이들은 목욕하기를 싫어해 숨어다니다가도 막상 서씨가 포기하려고 하면 나타나 물이 담긴 항아리 속으로 풍덩 들어가곤 했다.

리진은 여느 날과 다름없이 아이들을 씻기는 서씨의 일을 거들었다. 서씨가 아이들의 머리를 감기면 리진은 작은 발들을 씻기고 서씨가 아이들 등을 밀 때면 손을 쳐들어 겨드랑이를 닦아주었다. 다 씻긴 아이들을 뒷마루에 세워놓고 젖은 머리를 수건으로 비벼 말리고 무명옷을 갈아입히는 일에 열심인 리진을 서씨가 물끄러미 바라보다가 물었다.

—무슨 근심이 있니?

여자아이가 저고리를 입는 걸 도와주고 있던 리진이 서씨를 보았다.

—그래 보여요?

—종일 한마디도 하질 않으니 하는 말이다.

—어머니.

서씨가 놀라 리진을 보았다. 남들에게 서씨를 칭할 때는 어머니라고 하는 모양이었지만 자신을 앞에 두고 직접 어머니라고 부르는 건 처음이었다. 옷을 입은 여자아이가 마루 아래 놓인 신발을 신고 고아원 뜰 쪽으로 뛰어나갔다.

—오늘 새벽에 책 속에 향낭을 끼워두었어요.

서씨는 아이들이 벗어놓은 때 묻은 옷들을 주섬주섬 챙기다가 멈췄다. 법국의 책 속에 향낭을 끼워두는 날부터 공사와 함께하겠다고 했었다. 두 사람 사이에 침묵이 흘렀다.

—오래 기다려주었어요.

서씨는 고갤 끄덕였다. 그 동안 리진의 마음이 열리기를 기다리는 법국 공사를 보며 그가 진심으로 리진을 사랑한다는 걸 알 수 있었다. 마음을 얻고 싶지 않았다면 왕이 허락한 여인을 그리 오래 기다리지 않았을 것이다. 잘한 일이라고 생각하면서도 서씨는 강연 생각에 먹먹해졌다. 내색을 하지 않았지만 강연에겐 오로지 리진뿐인 것 또한 서씨는 오래 전부터 알고 있었다.

─춤을 추고 싶어요.

강연의 대금 소리에 맞춰서요, 라는 말을 리진은 삼켰다. 서씨가 일어서서 뒷마당으로 걸어나갔다. 한참 만에 돌아온 서씨의 손에 보자기가 들려 있었다. 서씨는 말없이 리진 앞에 보자기를 내려놓았다. 리진은 무엇이냐고 묻지 않았다. 틈틈이 바느질을 해서 지어놓은 리진의 자리옷이라는 걸 알고 있었다. 첫 바느질을 시작할 때부터 보아왔던 것이다. 어느 날인가 바느질에 빠져 있는 서씨에게 무슨 옷이냐? 물었더니 잠잠하던 서씨가 네 옷이다, 라고만 하였다. 리진이 물끄러미 보자기를 내려다보고 있는데 남자아이 하나가 볼이 상기된 채 뛰어와 리진에게 밖에 누가 찾아왔다고 알렸다. 누구라 하더냐? 물으니 남자아이는 대답을 못 하고 고개만 갸웃거렸다.

리진이 젖은 손을 닦고 나왔다. 대문 앞에 서 있는 이는 콜랭이었다.

새벽에 『레 미제라블』 속에 끼워놓은 향낭은 보았을까?

조끼를 입은 양복 차림의 콜랭이 고아원 마당에서 걸어나오는 리진을 마주 보고 서 있었다. 자신의 걷는 모습을 콜랭이

정면으로 보고 있다고 생각하자 리진은 걸음걸이가 어색해졌
다. 사람 마음이란 이런 것인가. 향낭을 책 속에 끼워놓기 전
처럼 콜랭을 자연스럽게 대할 수 없는 야릇한 마음이 생겨나
있었다. 불란서 수녀 자클린이 고아원으로 들어오다가 콜랭을
발견하고는 인사를 했다. 마당으로 들어서며 리진을 향해서도
환하게 미소지었다. 장난꾸러기 아이들도 고개를 빼고 번갈아
가며 리진과 콜랭을 쳐다보았다.

—여긴 어쩐 일이세요?

아이들이라서인가. 큰길에 콜랭과 함께 있을 때에도 달리
어색함을 느껴본 적이 없던 리진이 구경난 듯이 여기저기서
고개를 빼고 있는 아이들 눈치를 보았다.

—당신과 함께 촬영국에 들렀다가 공사관으로 가려고 왔습
니다.

황철 촬영국을 말할 것이다. 청국의 상해에서부터 알았다던
황철에게 콜랭은 사진 인화에서부터 소품 구입 등 카메라에 관
한 전반의 일들을 도움받고 있었다. 콜랭이 가지고 있는 카메
라의 부속들은 일본 아니면 청국에서 구해와야 할 것들이었다.

—촬영국엔 무슨 일로?

콜랭이 멋쩍게 웃기만 했다.

—함께 촬영을 가세요?

—아닙니다. 우리 기념촬영을 하고 싶어서요.

향낭을 보았구나. 한순간 리진의 솜털이 보송한 귀가 붉어졌다.

―당신과 오늘을 기념하고 싶습니다.

향낭 속엔 향 대신 삼경에 차를 준비해놓겠다는 짧은 편지도 함께 들어 있었다. 오늘 새벽 책 속에 향낭을 끼워놓을 때에는 그 삼경이 꼭 오늘 밤이라고 생각하진 않았다. 언제든 『레 미제라블』 속에서 콜랭이 향낭을 보게 되는 날, 그날. 콜랭이 아침저녁으로 『레 미제라블』을 들춰본다는 걸 리진은 알지 못했다. 누가 찾아왔는지 궁금해 뒷마당에서 대문으로 걸어나오던 서씨가 콜랭을 발견하고는 정중하게 안으로 들어갈 것을 청했으나 콜랭은 지금 가보는 게 좋겠다며 리진을 보았다.

―먼저 나가 계세요. 곧 따라나서겠어요.

콜랭이 대문 바깥으로 나가자 아이들 두엇도 따라나갔다. 서씨는 아이들을 목욕시키던 뒷마당으로 다시 돌아가 뒷마루에 놓인 비단보를 들고 나왔다. 열매가 너무 많이 열려 장대를 받쳐놓은 대추나무 밑에서 붉은 대추를 골라 따먹고 있던 아이 하나가 쪼르르 리진에게로 달려와 비단보를 만지작거렸다. 리진이 손을 뻗어 아이의 머리를 쓰다듬었다.

―기다리신다.

대문을 향해 가다가 뒤돌아보는 리진에게 어서 가라는 뜻으로 손을 내젓는 서씨의 눈에 설핏 눈물이 비쳤다. 서씨는 리진의 뒷모습을 우두커니 보고 섰다가 치마 말기를 추슬렀다. 추워지기 전에 이불을 만들어줘야지, 생각하며 서씨는 아이들 몇을 데리고 남당 쪽으로 향했다.

고아원을 벗어나 큰길로 나올 때까지 리진과 콜랭은 싸운 사람들처럼 아무 말도 하지 않았다.

공사관에서 지내는 일에 적응하기 시작하면서 리진이 가장 많은 대화를 나누는 이는 진돗개와 콜랭이었다. 진돗개에겐 숨겨놓은 마음을 웅얼거리는 것이었지만, 바다 건너에서 온 낯선 손님 콜랭은 리진에게 서양 문물을 일깨워주는 두꺼운 책 같은 존재여서 한번 이야기가 터지면 끝이 없었다. 증기기관차에 대해, 편지에 우표를 붙이는 일에 대해, 비올라나 파이프 오르간에 관한 얘기들. 고대 그리스 영웅들의 행적이나 중세 성인들에 얽힌 일화들. 독일에는 니체라는 철학자가 있는데 신이 죽었다고 해서 유럽 지성계에 파문을 일으켰다는 얘기들. 프랑스 미술계에 중국이나 일본의 전통적인 그림이 선풍적인 인기를 끌고 있다는 이야기도 있었다. 이제 세계는 하나의 힘센 자가 통치하게 될지도 모른다고 해 리진의 반발을 샀을 때는 세 시간 동안 얘기가 계속되기도 했다. 법국의 책과 조선의 책들 이야기가 나오면 비교하느라 밤이 짧은 날도 있었다.

그런데 지금 두 사람은 침묵을 지키며 앞서거니 뒤서거니 걷고만 있다.

조선 보빙사 민영익 일행이 미국에서 돌아온 뒤 일행들과 찍은 기념사진이 촬영국 입구에 걸려 있었다. 민영익은 왕비가 특별히 자주 부르는 사람이어서 리진도 알고 있는 얼굴이었다. 갑신년에 김옥균이 보낸 자객에게 부상을 입고도 알렌의 도움으로 살아난 사람이었다. 그 일로 알렌은 왕비의 신임을 얻어 조선에 서양식 병원 광혜원을 설립했다. 갓을 쓴 사람, 양복을 입은 사람, 학생복을 입은 사람들이 섞여 있는 가운데 개화파의 서광범이 여행 기념사진을 들고 서 있다. 사진속의 민영익을 보고 서 있는 리진에게 콜랭이 다가왔다.

—조선에서 당신과 결혼식을 올리지 못하는 게 유감입니다. 사진이라도 찍어두려는 것입니다.

고아원 마당을 나와서 그들이 어색한 침묵을 깨고 처음 나누는 대화였다. 황철은 내방객과 얘기를 나누고 있다가 콜랭을 청국어로 반가이 맞이했다. 황철과 함께 있는 이는 홍종우였다.

—공사님도 양반은 아닌 모양입니다. 방금 공사님 얘기를 나누던 중인데 이렇게 나타나시다니요.

—흉을 봤습니까?

—잘못한 게 많은 모양이십니다.

황철이 특유의 너털웃음을 웃었다.

—홍종우씨가 파리 유학을 준비하고 있다며 공사님을 찾아뵈야 한다는 말을 하던 참이었습니다. 조선에서 파리 유학생이 탄생하게 생겼어요. 공사님의 도움이 각별히 필요하겠습니다.

—도울 일이 있으면 도와야지요.

—파리로 건너가 법률공부를 하려고 합니다. 법국을 배워 와서 조선을 위해 쓰겠어요. 전례가 없는 일이라 어떤 준비를 해야 할지 모르겠습니다. 도움을 부탁드립니다.

—믿을 만한 분의 소개장을 소지하는 것도 도움이 될 겁니다.

몸집이 장대하고 키가 큰 홍종우가 갓을 쓰고 두루마기 차림으로 콜랭을 향해 인사를 한 뒤 리진을 보았다. 홍종우는 이미 외무대신이 발급한 여권을 만들어 소지하고 있었으나 콜랭의 도움이 절대적으로 필요하다고 했다.

촬영국의 황철은 인물 사진만 찍는 게 아니었다. 커다란 카메라통을 어깨에 메고 등에 지고 성곽이며 경복궁이며 인왕산 같은 풍경을 찍기도 했다. 황철이 기록사진을 찍으러 나들이에 나서는 때 시간이 맞으면 콜랭도 남장을 한 리진을 동반하고 따라나섰다. 이따금 홍종우도 함께였다. 콜랭은 어디에서나 황철이 사진을 찍는 곳에 리진을 서게 하고 사진을 찍곤 했다. 어느 때는 종일 함께 있게도 되었는데, 동서양에 대한 서책이나 그림이나 시문에 대한 이야기가 나오면 끊이지 않고 대화를 주고받는 리진과 콜랭을 보면서 황철은 같은 집에서

살면서 무슨 할말이 그리 많으냐며 너털웃음을 웃었으나 홍종
우는 못마땅한 표정을 지을 때가 많았다. 어찌 해서 궁궐 안의
궁녀가 법국의 공사관에 살고 있는지 의문인 표정이었다.

왕비가 바다 건너 나라에 관심이 많았던 탓에 리진 또한 그
영향을 적잖이 입었으나 콜랭을 통해 직접 듣는 바다 건너 나
라들의 세계는 상상을 초월할 정도로 실감이 났다. 홍종우와
황철, 콜랭이 합세하면 서양에 대한 이야기만 오고 가는 게 아
니라 홍콩과 상해 일본에 대한 이야기들이 자유롭게 오고 갔
다. 청국과 전쟁을 벌여 프랑스가 차지했다는 인도차이나로
대화가 옮겨갈 때는 콜랭이 분위기를 주도했다. 콜랭의 해박
한 동양 지식에 대해 리진은 새삼 그를 다시 바라보곤 했다.

—그런데 오늘은 갑자기 웬일인지요?

—기념촬영을 해두려고 왔습니다.

황철과 홍종우가 의아한 표정으로 콜랭을 보았다.

—오늘은 우리 두 사람, 제대로 된 사진을 찍어주십시오.

홍종우는 의문스런 표정을 지었다. 사진을 찍으려면 빛이
끊기기 전이어야 한다며 황철은 조수를 불러 사진 찍을 채비
를 시켰다. 채광용 유리창으로 아직 빛이 새어들어왔다. 황철
의 지시대로 바닥에 화문석이 깔린 마루 위로 먼저 올라간 콜
랭이 리진을 기다렸다. 홍종우의 의아한 시선을 느끼며 리진
이 콜랭 옆으로 가서 섰다.

—기왕 이리 모였으니 촬영을 마치고 저녁을 함께 하시지요.

—블랑 주교님께 가봐야 합니다. 다른 날 공사관으로 초대하겠습니다.

행복을 느끼는 사람의 하루는 바쁘다.

이 시간에 블랑 주교에게는 왜? 하는 질문을 담고 있는 리진의 시선을 받고도 콜랭은 다정히 미소를 지을 뿐이었다. 사진을 찍는 일은 오래 걸렸다. 콜랭이 가지고 있는 최신식 카메라보다 촬영국의 카메라가 두 배는 느렸다. 촬영을 마치자마자 콜랭은 황철에게 특별히 신경써서 인화해줄 것을 부탁했다. 오래 간직할 수 있어야 함을 몇 번이나 강조했다.

홍종우는 작별인사를 하는 콜랭에게 근일에 공사관을 방문하겠다고 정중히 말했다. 리진에게는 목례조차 없었다.

콜랭의 갑작스런 사제관 방문에 블랑 주교는 놀란 얼굴을 숨기지 않았다. 조선 기와집을 개조해 성당으로 쓰고 그에 딸린 별채를 사제관으로 쓰고 있는 터라 조선에 제대로 된 성당을 건축하고 싶은 게 블랑 주교의 꿈이기도 했다. 블랑 주교는 곧 리진을 응시했다. 콜랭은 양복 안주머니에서 작은 나무함을 꺼내 블랑 주교 앞에서 뚜껑을 열었다. 세 개의 나뭇잎이 새겨진 오래된 반지가 들어 있었다.

—어머니의 반지입니다.

프랑스 공사의 어머니?

리진은 잠시 긴장했다. 세상의 모든 존재에게는 어머니가 있을 것인데 단 한 번도 프랑스 공사 콜랭의 어머니를 상상해 보지 않았다. 그의 어머니뿐 아니라 그의 가족들도.

─결혼서약이라도 하시겠다는 말씀이오?

─예.

기쁨을 얻은 사람은 굳은 약속을 하고 싶어하는 법이다.

콜랭이 망설이지 않고 예, 라고 대답하자 블랑 주교의 눈에 근심이 서리며 리진을 바라보았다. 콜랭과 같은 생각이냐고 묻는 눈길이었다.

─그리 하겠습니다.

리진의 대답을 기다리고 있던 콜랭의 얼굴이 밝아졌다. 블랑 주교의 얼굴엔 착잡함이 어렸다.

─그런데 갑자기 왜 이렇게 서두르는지요?

─갑자기가 아닙니다. 오래 전부터 이 순간을 기다려왔습니다. 궁에서 관례를 치른 분은 혼례식을 치를 수가 없는 게 조선 법이라 합니다. 외교관이 부임한 나라 법을 깨기는 어려운 일입니다. 다행히 제게 이 반지가 있으니 주교님 앞에서 서약하는 것으로 대신하고 싶습니다.

─공사!

─무슨 걱정을 하시는지 잘 알고 있습니다. 오랜 갈등 끝에 다짐한 일입니다. 아내로 맞이하겠습니다.

블랑 주교의 얼굴이 어두워졌다. 콜랭의 마음이 과연 언제까지나 저럴 것인가. 열정에 차 있을 때의 맹세는 식으면 잊혀진다. 지금의 저 맹세를 어찌 믿겠는가. 선교라는 명목으로 조선에 들어와 살면서도 블랑 주교는 가끔 자신의 신분을 잊었다. 이따금 이게 옳은 일인가 싶은 회의에 빠질 때가 있었다. 이들은 이들의 방식대로 살게 두면 안 되는 것인가. 프랑스는 인도차이나를 차지하고 그곳에서 생산되는 목재, 쌀, 석탄, 진주들을 프랑스로 실어날랐다. 그것이 제국주의다. 그 아래서의 선교활동이 과연 올바르기만 한 것인가. 그런 회의를 무마하기라도 하려는 듯 블랑 주교는 조선의 고아원에 지금보다더 많은 지원을 해줄 것을 파리의 외방전교회에 청하곤 했다. 지금 리진을 아내로 맞이하겠다는 콜랭의 마음을 모르는 바는 아니었으나 순수하게 받아들일 수만도 없는 게 주교의 마음이었다. 인도차이나의 진주나 상아 같은 아름다운 것들을 파리로 실어나르는, 떠나온 곳 프랑스처럼 혹시 콜랭이 리진을 그리 생각하고 있는 게 아닐까 깊은 우려가 들었다.

블랑 주교의 침묵이 길어지자 콜랭은 불안했다.

—어디든 함께하겠습니다.

블랑 주교는 뒤이어 강연을 떠올렸다. 강연과 리진이 만나게 된 건 블랑 주교 자신 때문이었다. 그간 얼마나 세월이 흘렀나. 리진을 향한 강연의 연모의 마음을 가까이 있는 사람이 모른다면 이상한 일이었다. 블랑 주교는 말을 할 줄은 모르지만 들을 줄은 아니 강연에게 신부 교육을 시키고 싶어했으나 강연은 기어이 궁중 악사의 길을 택했다. 궁궐에 리진이 있기 때문이었다. 그렇다 해도 궁의 여자이니 도리 없는 일이라 여기며 지내왔다. 그런데 프랑스 공사의 아내라니. 상상조차 해보지 못했던 일이다. 강연이 알게 되면 얼마나 상심할 것인가. 어린 시절부터 유난히 총명하고 어여뻤던 여자아이. 곧잘 따라 해 프랑스어를 가르치기 시작한 게 이렇게 질긴 인연을 만들었다.

모든 것에는 처음이 있다.

공사관 마당 나뭇잎들이 바람에 쓸려다니는 소리에 리진은 귀기울였다. 입동을 앞둔 냉기가 뜰을 엄습했다. 이따금 진돗개가 끙끙거리는 소리가 들렸다. 콜랭이 조선에 왔을 때 외무대신이 선물한 진돗개는 이제 듬직하게 자랐다. 봄도 여름도 가을도 진돗개로서는 처음 맞이하는 계절이다. 난잎이 시드는 것을, 홍단풍이 마지막으로 불타오르는 것을, 얼굴만한 벽오동 잎새가 뜰에 우수수 떨어져내리는 것을 처음 보고 있을 것이다.

리진은 블랑 주교가 보는 앞에서 콜랭이 끼워주었던 반지를 내려다보았다. 사제관에서 돌아와보니 섬이네가 쇠고기를 살짝 볶아 버섯과 야채 마늘을 곁들인 불란서 음식을 마련해놓

고 있었다. 식탁 가운데 꽃병에 늦된 홍국이 꽂혀 있고 포도주
는 기다란 바구니 속에 눕혀져 있었다. 섬이네의 시중을 받으
며 식사를 하는 동안 두 사람은 한마디도 하지 않았다. 포크를
내려놓는 소리조차 크게 들릴 지경일 때 리진은 숨이 막힐 것
같아 먼저 식사를 마치고 방으로 들어왔다.

서씨가 준 비단보를 풀어보니 자리옷이 한 벌이 아니라 두
벌이었다. 팔이며 다리 길이가 길게 만들어져 있는 것으로 보
아 하나는 콜랭의 것이었다. 무명베를 덧대 누빈 깔개 속에는
리진이 궁에 있을 때 쓰던 백단향도 들어 있었다. 리진은 울컥
목이 메어 비단보 안을 들여다보다가 이경이 되어서야 목욕물
을 데워 백단향을 넣고 몸을 씻었다.

삼경이 되었을 때쯤 그녀는 입술을 모아 등불을 껐다.

공사관 마당에 서 있던 콜랭이 신발을 벗고 유리문을 밀고
안으로 들어오는 기척이 느껴졌다. 콜랭의 발소리가 리진의
방문 앞에서 멎었다. 노크 소리를 기다렸으나 들리지 않았다.
돌아가는 기척도 없었다.

리진이 일어서서 살며시 방문을 열었다. 거기 어둠 속에 콜
랭이 서 있었다. 리진이 몸을 약간 비켜주자 콜랭이 방으로 들
어왔다. 키가 커서 문지방을 들어설 때 고개를 수그려야 했다.

리진이 언젠가 콜랭이 주었던 법국의 기다란 촛대에 꽂혀
있는 초에 불을 붙이자 두 사람의 그림자가 방 안 가득 어른거

렸다. 촛불을 켜고 싶어 일부러 등불을 껐다. 콜랭은 자신이 아침마다 꺾어다주었던 들꽃들이 방 윗목에서 다발째 말라가고 있는 것을 보았다. 물기가 빠지니 선명했던 진홍빛도 보랏빛도 색이 바래 있다. 강아지풀이며 갈대가 뒤섞여 있다. 마른 꽃들 아래 찻상이 단정히 놓여 있다.

콜랭은 저고리 소매 끝의 리진의 손을 보았다. 블랑 주교 앞에서 끼워준 반지를 리진이 그대로 끼고 있는 것을 확인하자 콜랭은 적이 안심이 되었다. 그런데도,

—오늘 제 뜻을 따라주어 고마웠습니다.

엉뚱한 인사를 하고 말았다.

모친이 나이 많은 부친 자크와 결혼할 때 끼었던 반지였다. 블랑 주교에겐 어머니에게서 받은 반지라고 했지만 아니었다. 플랑시 마을에서 보낸 소년 시절에 사랑하는 마리에게 끼워주고 싶은 충동에 어머니 방에 들어가 몰래 들고 나온 반지였다. 그러나 마리에겐 반지를 보여줄 기회조차 없었다. 다시 제자리에 돌려놓으려고 했으나 이미 사라진 반지에 대한 소동이 한바탕 지나간 후라 어쩌지를 못하고 줄곧 가지고 있던 것이기도 했다. 프랑스를 떠나기 위해 짐을 꾸릴 때 서랍 깊숙한 곳에서 까마득히 잊고 있던 반지가 나왔다. 물끄러미 바라보다가 꾸러미 속에 챙겨넣은 것이었다.

—차를 마시겠어요?

288

콜랭은 윗목의 찻상을 가져오려 움직이는 리진을 가만히 껴안았다. 리진이 입은 옷에서 바스락 소리가 나고 은은한 백단향이 맡아졌다.

한두 잎 남아 있던 벽오동 잎새마저 질 것 같은 바람소리가 들렸다. 돛단배 모양의 벽오동 열매도 이 바람에 날려 멀리 갈 것이다.

콜랭은 리진의 반달 같은 이마와 검은 눈과 단정한 콧날과 그 아래의 작고 도톰한 입술을 응시했다.

— 오늘 내가 곤당골에 왜 간 줄 아오?

촬영국과 블랑 주교에게 가려던 게 아니었던가.

— 물론 기념사진도 찍고 주교님을 증인으로 반지도 끼워주려 갔지요. 하지만 그보다도 당신이 돌아오지 않을 것만 같아 찾아간 거요.

여인의 머리 내음에 콜랭의 눈이 감겼다.

— 책 속에서 당신의 향낭을 발견한 순간부터 온종일 아무 일도 할 수가 없었소.

— ……

— 이상한 일이지요. 그토록 향낭을 보게 되길 바라는 나날이었는데 오늘 아침 막상 당신의 향낭을 보게 되자, 순간 당신이 떠나버린 것 같았소. 돌아올 때까지 기다리고 있을 수가 없었소.

왜 내가 돌아오지 않을 거라 여겼을까?

고아원에 가게 해준 것이 고마워 여태 리진은 약속대로 해가 저물기 전에 가마를 타고 어김없이 공사관으로 돌아왔다. 조선식의 저녁을 지어 함께 저녁밥을 먹기도 했고 게랭이나 최 베드로와 차를 마시며 담소를 나누기도 했다. 어느 날 콜랭이 아주 어려운 부탁을 하는 얼굴로 밤나들이를 나가자고 했다. 그 밤 영추문 가까이까지 산보를 나간 걸 시작으로 정동 외교클럽의 외교관 모임에 동행한 적도 있었다. 친분이 생긴 러시아 공사를 공사관으로 초대하기도 했다. 정동의 외교가에서는 당연히 리진을 왕이 허락한 콜랭의 여자로 여겼다. 속으로야 어떤 생각을 할지 몰라도 겉으론 정중했다. 통리아문의 조선 관리들과 공사관의 법국 사람들이 함께하는 만찬을 준비하던 날도 있었다. 섬이네가 마포나루에 나가 싱싱한 생선이며 음식에 쓰일 재료들을 사오는 일은 얼굴이 상기될 만큼 즐거웠다. 옹기전에서 옹기를 고르는 일도. 처음엔 리진의 존재를 불편하게 여겼던 서기관 게랭도 리진이 와서 공사관이 사람 사는 곳 같아졌다고 반겼다. 이따금 왕비 생각에 깊은 우울에 빠지는 날만 제외하면 대체로 평탄한 날들이었다.

─이제야 안심이 되오.

사람 마음이 이리 반대일 수가 있을까. 콜랭은 리진이 돌아오지 않을 것 같아 종일 불안했다고 하는데, 리진은 요즈음 콜랭이 자신을 체념하면 어쩌나 싶은 두려움을 느끼고 있었다. 궁으로는 돌아갈 수 없다는 것을 현실로 받아들이고 보니 나아갈 길이 없었다. 그 두려움이 오늘 새벽 『레 미제라블』 속에 향낭을 끼워넣게 했다. 두려운 건 그뿐 아니었다. 나날이 깊어지는 강연의 마음도 리진은 두려웠다.

—당신을 사랑하오.

둥지 속의 알을 품듯 리진을 소중히 눕히고 콜랭은 리진의 이마에 뺨에 코에 입을 맞추었다. 저고리의 옷고름을 풀고 있는 콜랭의 손이 불안정하게 흔들렸다. 벗겨진 저고리 속에서 리진의 둥근 어깨가 드러났다. 치마끈이 풀리자 가슴을 친친 동여매고 있는 흰 띠가 나왔다. 콜랭이 서툴게 띠의 매듭을 풀어주자 눌려 있던 리진의 가슴이 한순간에 부풀어올랐다. 지난번 상처를 입은 어깨 쪽을 리진이 손바닥으로 가렸다. 상처는 아물었으나 흉터가 남아 있었다. 콜랭은 리진의 손을 내리고 상처에 입맞추었다. 리진의 몸이 움찔했다. 콜랭은 띠에 눌려 있다 자유롭게 풀려나 둥글게 부풀어오른 리진의 가슴에 얼굴을 묻었다. 이보다 보드랍고 둥근 것은 없을 거라 여겨졌다. 흰 구름 같고 흰 달 같고 물 같다.

이 남자는 나에게 누구인가.

머리맡에 줄지어 놓여 있는 마른 꽃 냄새 속에서 콜랭의 손이 리진의 속적삼과 속치마를 차례로 벗겨내고 있는 어느 순간이다. 여태 가만히 있던 리진이 콜랭의 손을 저지했다. 리진이 두 손으로 콜랭의 얼굴을 감쌌다. 두 사람의 네 개의 눈이 숨소리와 함께 마주쳤다. 촛불에 비친 리진의 검은 눈이 콜랭의 푸른 눈을 뚫어져라 들여다보았다. 리진이 손을 뻗어 콜랭의 이마와 눈과 코와 입술을 손가락으로 짚어내려왔다. 눈먼 사람이 지팡이도 없이 가야 하는 먼 길을 짚어보는 듯 신중한 손놀림이었다. 콜랭의 입술까지 더듬어내리던 리진의 검은 눈에 설핏 눈물이 고였다. 콜랭의 입술이 천천히 리진의 눈에 고인 물기를 핥았다. 콜랭은 공사관을 처음 찾아왔던 날 리진이 지어준 이름을 상기해냈다.

  ─나는 당신만의 길린이오.

  젖은 눈을 감으며 리진이 나지막이 속삭였다.

  ─나를 루브르에 데려가세요.

  ─그러지요.

  ─노트르담 대성당에 데려가세요.

  ─그러지요.

  ─불로뉴 숲에도요.

  ─예.

  ─카르티에 라탱 거리에 데려가세요.

  ─그러지요.

  ─오페라 극장에 데려가세요.

눈을 감은 리진의 입술에서 끝도 없이 파리의 지명들 건축물들 공원 이름들이 흘러나왔다. 콜랭은 놀랐다. 언제 이 여인은 구슬을 꿰듯 파리를 알아두었을까. 파리에서 살다 온 사람이 두고 온 거리를 추억하듯 리진의 입에서 파리가 술술 불려 나왔다. 뤽상부르 공원 샹젤리제 거리 앵발리드 시테 섬……음악처럼 리진의 입에서 흘러나오는 파리를 콜랭이 입맞춤으로 막았다.

—이 세상 어디든 당신과 함께 가겠소.

리진이 콜랭의 얼굴에서 손을 거두어 스스로 단단히 매어진 뒷머리를 풀었다. 땋아내린 검은 머리채가 리진의 어깨 밑으로 흘러내렸다. 콜랭도 옷을 벗고 리진 곁에 누우며 영원히 놓아주지 않을 것처럼 리진을 끌어안았다. 탐스러운 리진의 검은 머리가 콜랭의 가슴에 닿았다.

콜랭의 입술이 리진의 귓불로 목덜미로 가슴골로 허리로 도도록한 배 위로 엉덩이로 미끄러지다 가슴으로 다시 올라왔다. 콜랭은 리진의 숨소리를 들으려는 듯 가슴에 얼굴을 묻었다. 이 검은 눈을 가진 조선 여인에게 이리 흠뻑 빠지게 될 줄이야. 콜랭은 리진의 검은 눈 속으로 빠지듯 리진의 따뜻한 몸속으로 미끄러져들어갔다. 밤 바람결에 커다란 벽오동나무 잎새들이 앞뜰로 밀려와 이리저리 쓸려다녔다.

새벽녘에 리진이 먼저 눈을 떴다. 창호로 새벽빛이 흘러들어온 어둑한 방 안은 물 속처럼 고요했다. 매일 눈을 뜰 때면 머리맡의 마른 꽃 냄새가 먼저 맡아지곤 했는데 오늘은 꽃 냄새 속에 비릿함이 섞여 있다. 아무것도 입지 않고 잠을 자기는 처음이었다. 서씨가 지어준 자리옷은 개켜진 채 그대로 윗목에 놓여 있다. 첫밤을 위해 서씨가 정성껏 만들어준 것이었으나 입지도 깔지도 못했다. 리진은 옆에서 아직 잠들어 있는 콜랭을 가만히 내려다보았다. 침대가 아닌 요 위에서의 잠이라 불편할 터인데도 입가에 부드러운 미소가 번져 있었다. 턱 밑의 가지런한 콧수염을 보자 리진은 어젯밤의 일이 되살아나 얼굴을 붉혔다. 붓처럼 까슬하고 동시에 부드러운 감촉이 얼굴에 입술에 가슴에 발가락까지 스쳤던 밤이었다. 어느 순간 콜랭이 깊은숨을 내쉬었다. 콜랭의 가슴이 들썩이는 걸 보며 옷을 입으려 몸을 일으키는데 잠든 줄 알았던 콜랭이 나의 파랑새! 속삭이며 리진을 이불 속으로 끌어당겼다.

파리의 센 강변에 프랑스 대혁명 백 주년을 기념하는 에펠 탑이 우뚝 세워지기 일 년 전의 일이다.

2권으로 이어집니다.

신경숙

1985년 『문예중앙』 신인문학상에 중편 「겨울 우화」를 선보이며 작품활동을 시작한 이래
소설집 『겨울 우화』『풍금이 있던 자리』『오래전 집을 떠날 때』『딸기밭』『종소리』『모르는
여인들』, 장편소설 『깊은 슬픔』『외딴방』『기차는 7시에 떠나네』『바이올렛』『엄마를
부탁해』『어디선가 나를 찾는 전화벨이 울리고』『아버지에게 갔었어』, 짧은 소설 『J 이야기』
『달에게 들려주고 싶은 이야기』 등을 펴냈다. 국내에서 오늘의 젊은 예술가상, 한국일보
문학상, 현대문학상, 만해문학상, 동인문학상, 이상문학상, 오영수문학상, 호암상 등을
받았으며 『외딴방』이 프랑스의 비평가와 문학기자가 선정하는 '리나페르쉬 상'을, 『엄마를
부탁해』가 '맨 아시아 문학상'을 수상했다.

문학동네 장편소설
리진 1
ⓒ 신경숙 2007

1판 1쇄 2007년 5월 30일
1판 22쇄 2023년 2월 28일

지은이 신경숙
펴낸이 김소영
책임편집 조연주 | 디자인 송윤형 유현아
마케팅 정민호 이숙재 김도윤 한민아 이민경 안남영 김수현 왕지경 황승현 김혜원
브랜딩 함유지 함근아 박민재 김희숙 고보미 정승민
제작 강신은 김동욱 임현식 | 제작처 영신사(인쇄) 경일제책사(제본)

펴낸곳 (주)문학동네
출판등록 1993년 10월 22일 제406-2003-000045호
주소 10881 경기도 파주시 회동길 210
전자우편 editor@munhak.com | 대표전화 031)955-8888 | 팩스 031)955-8855
문의전화 031) 955-2696(마케팅) 031) 955-2675(편집)
문학동네카페 http://cafe.naver.com/mhdn | 트위터 @munhakdongne
북클럽문학동네 http://bookclubmunhak.com

ISBN 978-89-546-0322-5 04810
        978-89-546-0324-9 (세트)

* 이 책의 판권은 지은이와 문학동네에 있습니다.
  이 책 내용의 전부 또는 일부를 재사용하려면 반드시 양측의 서면 동의를 받아야 합니다.

* 이 도서의 국립중앙도서관 출판예정도서목록(CIP)은 서지정보유통지원시스템
  홈페이지(http://seoji.nl.go.kr)와 국가자료공동목록시스템(http://www.nl.go.kr/
  kolisnet)에서 이용하실 수 있습니다.(CIP제어번호 : CIP2007001553)

www.munhak.com